世界文學
經典名作

班森謀殺案

THE BENSON MURDER CASE
S. S. VAN DINE

范・達因 著

范達因的作品中處處都閃現著智慧的靈光和科學之美，是驚悚與懸疑完美結合的最佳典範。

——美國《出版者周刊》

在美國，不失公允地說，偵探小說家只有兩位——范達因和埃勒里·奎因。

——世界文學大師〔阿根廷〕博爾赫斯

我覺得開創了歐美偵探文學黃金時代的主要是范達因和奎因，范達因在推理小說結構的建設方面貢獻尤大。

——日本推理之神 島田庄司

在范達因的小說中，主人公菲洛·萬斯是一位富有的藝術鑑賞家，他生活優閑，但卻喜歡協助檢察官偵破一個個複雜的謀殺案。跌宕起伏的情節設置，引人入勝的案情發展，無疑都使他的作品成為驚悚懸疑類小說的經典之作。

——亞馬遜網站

本書簡介

一起驚悚血腥的謀殺！
一份匪夷所思的名單！
一個不可思議的結局！

股票交易人艾文．班森是親朋好友眼中一致公認的「老好人」，卻突然在家中遭遇槍殺。他穿戴整齊地坐在客廳的沙發上，頭部中彈，手中拿著書，看上去像在閉目養神一樣。是自殺？抑或是有人蓄意偽造現場？

案情引起軒然大波，轟動整個紐約。艾文．班森的哥哥班森少校——與艾文．班森性格迥然不同，案發之後忙前跑後，奔走於警檢雙方之間，力圖揪出殺害弟弟的真凶。業餘偵探萬斯參與此案偵察，接連拋出六份謀殺名單，每個人看起來都有作案嫌疑。可令人不解的是，每名嫌犯都無意替自己辯解，有的甚至還主動投案自首。每個人似乎都在隱藏著什麼，每個人似乎又在保護著別人，然而，真凶只有一個……

峰迴路轉，柳暗花明，誰是幕後的真凶？

打開本書，在跌宕起伏的情節中窺探石破天驚的真相！

作者范達因S.S. Van Dine，美國推理文學界大師級人物。早年擔任著名雜誌《智者》的主編，中年以後開始從事文學創作。先後出版了《班森謀殺案》《主教殺人事件》《金絲雀殺人事件》等一系列偵探小說，作品一經問世便引起巨大轟動，創下了二十世紀世界圖書銷售的新紀錄，成為美國新聞出版業的奇蹟，由此開啟了美國推理偵探文學創作的黃金時代。以范達因的小說改編而成的電影，是同時代最具票房價值的好萊塢電影，布魯斯威利、鮑威爾等影壇巨星，都以出演其片中的主角而名揚天下。

范達因在他的小說中塑造的貴族紳士菲洛．萬斯，身兼藝術鑑賞家和業餘偵探的雙重身分。他將心理學的分析方法運用到案件調查中，視犯罪事件為一件藝術品，把整個破案過程當作一場心智遊戲的演練，努力研判其涉及到的各種心理因素，並藉此推理出凶手的真實面目。菲洛．萬斯由此被譽為「美國的黃金神探」，成為美國文學史上的三大名偵探之一。

CONTENTS・目錄

特立獨行的「勢利眼」

六月十四日

星期五

上午八點三十分

六月十四日早晨，我正在菲洛・萬斯的公寓裡與他共進早餐，突然傳來消息：艾文・班森被人發現死在家中。時至今日，這起凶案帶給整個社會的震驚與轟動仍未完全消除。雖然我和萬斯經常一起用餐，但是由於他是個晚起的人，而且午餐前不習慣與人交談，所以我們一起吃早餐的次數，屈指可數。

這次之所以在早晨碰面，可以說是與公事有關。因為前一天下午，萬斯到凱勒畫廊參觀時，對瓦拉德珍藏的塞尚的幾幅水彩畫產生了很大興趣，於是約我共進早餐，給我講一些購畫須知。

我覺得有必要在這裡將自己與萬斯的關係先作一說明。出身於法律世家的我中學畢業後，就被送入哈佛大學學習法律。我在那裡與萬斯初次相遇。當時，他給我的第一印象是為人孤僻、刻薄，很多教授和同學都不喜歡跟他交往。可是有一點我至今都想不明白，就是他為什麼會在眾人之中選擇我做他的學習夥伴。我對萬斯產生好感的理由則非常簡單，那就是被他特殊的性格深深地吸引了，這種性格能激發我無窮的思考力。而我一直以來都是一個非常平凡的人，雖然算不上頑固，但思想卻非常傳統、保守。在學校裡，那些沈悶的法律訴訟程序根本無法吊起我的胃口，這也正是我對家族事業意興闌珊的原因所在。我想，可能就是這種心態恰巧與萬斯的某種性格相得益彰，使得我們相互配合，互補不足。不論是何種原因，我們之間建立的牢不可分的友情是不爭的事實。

畢業後，我成為了父親的「范達因和戴維斯律師事務所」中的一員，開始了長達五年的乏味的見習律師生涯。我是那裡資歷最淺的人，也成為了事務所中第二個姓「范達因」的人。辦公室就位於百老匯大道120號。當我的名牌正式掛上事務所大門時，萬斯剛好從歐洲回來了。他過世的姑母在遺囑中指定萬斯為她全部遺產的繼承人，正巧我被找去處理其中一些程序上的問題，最終幫助他順利繼承了全部財產。

這次重聚使我們之間，開始了一段嶄新且不尋常的歷程。萬斯厭惡一切商業活動，因此我逐漸成為了他在金錢交易上的經紀人。不久，我發現，自己的辦公時間幾乎全被他的事情給佔滿了，而他的經濟能力又足夠奢侈地雇用一位全職的法律顧問，因此我毅然離開了父親的律師事務所，專心為他一人工作。

但是，直到萬斯和我討論收購塞尚畫作的事情之際，我還是對離開「范達因和戴維斯律師事務所」抱有一絲不捨的情結，不過這種感覺最終在這個多事的早晨之後消失了。因為從「班森命案」開始，接下來的四年當中，我多次參與整個案件的偵破過程，對於我這個初出茅廬的年輕律師來說，這是再幸運不過的事了，何況我所參與的又是美國警局犯罪檔案中，最駭人聽聞的案件。

在班森事件中，萬斯是關鍵性的人物。他並未與犯罪事件沾上邊，僅憑自己傑出的分析、解說才能，就成功地偵破了連警察和檢察官都無能為力、束手無策的重大刑事案件。

我與萬斯之間的特殊關係，使我不僅有幸參與了他所涉足的全部案件，而且還多次參加了他和檢察官之間的非正式討論。

我做事向來有條不紊，我把他們每一次的會談都詳盡地記錄下來，並盡可能準確地將萬斯對罪犯心理狀態的獨特分析記錄下來。由此，當案情真相大白時，我們就能提供所有詳盡的資料。

另一件幸運的事是，吸引萬斯注意的案子恰巧是艾文·班森謀殺案。這不僅是紐約市歷年來最著名的凶殺案之一，而且這也是萬斯展現自己在犯罪動機推理方面罕見天分的絕佳機會。由於這起案子備受矚目，也使他對隨後的一連串行動產生了興趣。

這起案子出其不意地闖進了萬斯的生活，儘管他當初從檢察官那裡接下時極不情願，還不停抱怨它擾亂了自己的正常生活。但是事實上，從六月中旬的那個早餐開始，這起案子就主動地找上了我們，萬斯也因此將收購塞尚畫作的事情，暫時擱在了一邊。

當天下午，我們來到凱勒畫廊，萬斯發現自己看中的兩幅水彩畫被人捷足先登買走了。我相信，儘管萬斯最終成功地偵破了班森謀殺案，使一個無辜的人因他而免受牢獄之災，但是他心裡一定還在為失去那兩幅心愛的水彩畫，而耿耿於懷。

那天早上，萬斯的管家柯瑞帶我走進客廳。柯瑞是一位英籍的老管家兼廚子。我來到客廳時，萬斯正坐在帶扶手的大沙發上。他穿著一件上好的絲質睡袍，腳上穿著一雙灰色絲絨拖鞋，膝蓋上還攤著一本瓦拉德收藏的塞尚畫作的畫冊。

「哦，親愛的老范，原諒我無法起身，」他語調輕快，「我膝頭正放著整本《現代藝術發展史》。還有，你知道，早起令我疲倦。」他翻閱著手邊的畫冊說，「瓦拉德這個傢伙將塞尚作品的目錄大量地送了出去，昨天我已經仔細看過了，並且在我想要購買的作品上做了記號，今天畫廊一開門，你就立刻替我把它們買下。」

說完，便將手上的目錄交給我。

「我知道這是一件讓人頭疼的差事，」萬斯慵懶地微笑說著，「在你充滿法律智慧的眼中，這些畫大概一文不值，它們與傳統畫作截然不同，你甚至可能認為其中幾幅畫掛反了——事實上還真有一幅掛顛倒了，連凱勒都沒發覺。但是耐心點，老范，它們可都價值不菲，而且我相信過幾年價格還會大漲，對於愛財的人來說，這可是個不可錯失的投資機會，要比你處理我姑母遺產時所獲得的那一大筆律師淨值股票賺得多了。」

後來的事情證明了萬斯的確眼光非凡，他用兩百五十、三百美金收購來的那些水彩畫，其價值在四年後漲了三倍。這都歸功於他的興趣和嗜好。萬斯對日本繪畫和中國繪畫頗有研究，對壁氈和瓷器也很感興趣。我曾經聽到他與客人談論塔納格拉小擺飾，如果將他的談話內容記錄下來，那一定是一篇傑出的專述。

萬斯對藝術有一種濃烈的感情。他的做法絕非狹隘的私人性質的收藏，而是瘋狂地集中全世界最具價值的藝術珍品。萬斯一直憑藉自己的直覺來收藏藝術品，因此他擁有許多繪畫作品以及其他藝術品。總體來說，他的收藏品種類龐雜、包羅萬象，但是就形式或線條而言，它們又具有一些共性。在內行人眼中，他的收藏頗具獨樹一幟的風格。總之，我認為萬斯是一個了不起的、不尋常的人物，而且還是一個有哲理的收藏家。

萬斯的家位於東三十八街的一棟舊樓的頂樓，是一個挑高的戶型，空間十分寬敞，室內裝潢得豪華氣派，擺滿了他收藏的稀有畫作和藝術品，但是並不顯得擁擠。他收藏的畫作上可追溯到意大利文藝復興之前，下可至塞尚、馬蒂斯，應有盡有，其中甚至還包括米開朗基羅和畢卡索的原版畫作。至於中國畫，他可以算得上是美國最大的私人收藏家了。

萬斯十分推崇中國藝術。有一次，他對我說：「中國人是東方最偉大的藝術家。他們能夠從作品中表達出自己的哲理，與之相比，日本人則顯得膚淺得很。雖然中國的藝術創作從清朝開始就漸漸沒落了，但是我們仍然能夠從中感受到那種深邃的特質。」

萬斯對藝術的鑒賞力是驚人的。除了畫作之外，他收藏的藝術品還包括：古希臘酒瓶、十六世紀意大利盛聖水用的水晶碗、都鐸王朝時代的合金製品、印度佛像、明代觀音雕像、文藝復興時期的木雕和拜占廷時期遺留下來的象牙雕刻。埃及收藏品有：一個金色的罐子、水中女神的雕像（可與羅浮宮收藏的相媲比美）。在他家圖書室的牆上還掛著近代油畫和素描，書架上方擺著非洲人祭拜儀式時戴的面具和圖騰，它們大多來自蘇丹、阿爾及利亞、象牙海岸以及剛果等地。因此，我絲毫不懷疑，他的家就是一個私人博物館。

我之所以這樣不厭其煩、詳細地描述萬斯對藝術的狂熱，是因為如果你想弄清楚從六月的那個清晨開始，發生在他身上的一連串如同通俗肥皂劇般的經歷，你就必須先得熟悉他的性情和嗜好。熱愛藝術，這就是一個十分重要的事實，是影響他性格的最主要的因素。我從未見過像他這樣靜若處子、動如脫兔的人。

在藝術愛好上，一般人認為他是個「業餘的藝術愛好者」，但是這個稱呼對他來說並不公平。因為他具有非比尋常的文化觸覺和超高的智慧，並且還有種與生俱來的貴族氣質，所以在芸芸眾生中，他總是顯得特立獨行。在對一些地位低下的人的態度上，萬斯會不經意間流露出一絲輕蔑，所以這些人送給他一個綽號——「勢利眼」。但是到目前為止，他對人的態度不論是謙恭、還是鄙視，都是發自內心的，而且毫不偽裝。我深信，他對愚蠢的憎惡遠超過粗俗與鄙賤。我曾經在不同的場合，聽到他引用法國政治家富歇的一句名言：「愚蠢之罪在於罪不可赦——與犯罪相比，愚昧、無知是最不可饒恕的。」

萬斯是一個憤世嫉俗的人，但是他很少無病呻吟，而是帶著一種年少輕狂式的尖刻。對他最恰當的形容是：他是一個傲慢、無趣的人，但卻可以用旁觀者的眼光洞悉生命的真諦。對於人類的一切行為，他都深感興趣。但是他是用科學來證明這一切，而非從純粹的人文角度進行研究。他極具魅力，以致那些對他無法產生敬意的人也找不出絲毫討厭他的理由。他就是現代版的唐吉訶德，僅憑一口英國腔的英語，就可以使那些對他不甚了解的人為之傾倒，這也是他大學畢業後到牛津遊學的成果。當然，有時他也會裝腔作勢。

他的相貌雖算不上出奇的英俊，但是嘴型看起來卻與麥迪西家族的肖像，有異曲同工之妙；挑高的眉毛時常表現出一種嘲弄、傲慢的味道；他的臉部輪廓深刻，有時會掛上一副玩世不恭的神情；飽滿的前額使他上看去更像一位藝術家而不是學者；冷灰色、充滿智慧的眼睛相距頗遠，鼻子十分挺直瘦削；下顎中間的一道深痕，常常使我聯想起電影《哈姆雷特》中的男主角約翰·巴里摩爾。

萬斯的身高將近六英尺（1英尺＝0.3048米），身形瘦長而結實。萬斯十分喜愛戶外運動，僅用較少的時間就能把身體鍛鍊得很棒。他還是一位劍術專家，在大學裡擔任過校劍術隊的隊長。他的高爾夫球打得也不錯，曾有一季代表國家馬球隊與英國隊爭冠。但是他特別厭惡走路，哪怕是一百碼（1碼＝0.9144米）的路，都要坐車。

萬斯的衣著一向時尚，而且剪裁合身。他把大部分時間花在私人俱樂部裡，最常去的地方就是史蒂文森俱樂部。他告訴過我，這個俱樂部會員眾多，其中不乏很多政商界的知名人物，但是他從不參與任何比較嚴肅的話題的討論。有時他也會看一場現代歌劇，雖然只是偶爾為之，卻長期包下了古典交響樂和室內音樂廳的包廂。

這個傢伙是我見過的最怪誕的撲克玩家，他竟然偏好平民化的撲克遊戲，而不是高雅的橋牌或國際象棋，還善於將人類的心理學知識與撲克聯繫在一起。當然，這一切與我下面敘述的事件有著極其密切的聯繫。

萬斯對人類心理的了解奇特而有趣。因為他擁有精確的識人能力，再加上自己堅持不懈的學習研究，他的這種天賦已經達到了一個不可思議的境界。上大學時，他選修了很多門心理課程以及與之相關的科目。當我繼續在法律的必修科目上打轉的時候，萬斯就已經涉足文化課程的領域了。我們認識後不久，有一次他對我說：「如果想弄清楚世界文化的精髓，就必須通曉多國語言，特別是現在，那些希臘文和拉丁文的經典作品，已經被翻譯得面目全非了。」這裡我想說的是，萬斯除了英文，還通曉其他國家的語言，而且閱讀了大量的外文書籍，並且過目不忘，這使他在語言的運用上受益頗多。

萬斯是一個頭腦冷靜、做事講究客觀、以理智的邏輯思考問題的人，而且他還是為數不多的——能夠不被傳統束縛、不受感情和現代迷信影響的人。他洞悉普通人的一切行為舉止，能夠找出背後隱藏的真正動機。

有一次，萬斯對我說：「除非我們能夠像外科醫生那樣，用專注而冷漠的、對待小白鼠的態度來看待人類的難題，否則我們永遠無法找出真實的答案。」

萬斯的社交生活十分活躍，但是並不熱鬧，他的參與不過是對大家族關係的妥協，他本人其實並不熱中社交。實際上，他是我見過的最不合群的人，當他進行社交活動時，聰明人一看便知他來參加並非自願。其實，在那個令人難忘的六月早餐的前夜，正是由於當時他必須履行一項社交「義務」，不然我們就會在那時將收購塞尚畫作的細節說清楚。直到柯瑞把早餐端上來時，萬斯還在一旁抱怨著，而我卻為這種際遇心存感激。上午九點，檢察官來訪，當時萬斯正在舒適愜意地享用早餐，如果錯過這些，那我必將無緣經歷此生中最緊張刺激的四年生活，而最凶狠、惡毒的罪犯也會在紐約市繼續逍遙法外。

當我和萬斯舒服地靠在椅背上品嚐著第二杯咖啡時，門鈴響了，柯瑞應聲去開門，隨後我們看到檢察官馬克漢快步走了進來。

「太陽打西邊出來了！」他以一種嘲弄的口吻，大聲說道，「全紐約最著名的藝術鑒賞家竟然起床了。」

「你這是在侮辱我。」萬斯笑著回答。

檢察官的面容卻十分嚴肅，很明顯，他沒有說笑的心情。「親愛的萬斯先生，我到這裡來是為了一樁重大刑事案件——你知道嗎？艾文．班森被殺了。」

聽到這話，萬斯有氣無力地挑動了幾下眉毛。

「真的嗎？」萬斯慢吞吞地說，「那真是太糟糕啦！但他這是咎由自取，活該。不管發生什麼事情，你也用不著如此大驚小怪啊！坐下來，喝一杯柯瑞調的咖啡吧！」

馬克漢站在那兒猶豫了一會兒，才說了一句：「好吧，就等上一兩分鐘也沒什麼，但我只喝一杯。」

說完，他就在我們對面坐了下來。

滴血的子彈

六月十四日
星期五
上午九點

我想大家還記得，在轟動一時的總檢察官的選舉中，約翰．馬克漢擊敗對手湯米．雷爾獲得了最終的勝利，成為當時紐約的總檢察官的事。如果不是因為對手票源分散，他很可能在四年後的競選中獲得連任的勝利。馬克漢是一個不屈不撓的工作狂，他使整個地檢處變成了刑事案件和民事訴訟的大本營。他為人清廉、正直，不僅深受選民的愛戴與支持，而且還贏得了與他理念相悖的對手的信任。

在馬克漢就職幾個月後，有一家報紙戲稱他是法院的「看門狗」，從此這個綽號，就一直跟隨著他，直到離職為止。在他任職期間，起訴成功的案件不勝枚舉，有些案件至今仍被人津津樂道地談論著。

當時的馬克漢已經四十多歲了，身材高大、健碩，在比實際年齡顯得年輕的面孔的掩飾下，他那頭灰白色的頭髮並不顯眼。他的外形並不能用普通人所說的「英俊」來衡量，但他的確有一種獨特的高貴氣質，這種特質是後來一些政治人物身上所欠缺的。馬克漢還是一個性格豪爽、爭強好勝的人，但是他的直率與高傲，建立在良好的教養基礎上，絕非一般上流社會人士的那種趾高氣揚。

沒有工作在身時，馬克漢為人隨和，不過早在我初次與他見面時，就感受到他的態度能夠在瞬間由友善變為嚴厲，只要一啟動工作的開關，他就立刻變身成了一個嚴厲的、不屈不撓的、伸張正義的馬克漢。在後來相處的日子裡，我無數次目睹他這種閃電式轉變。

其實那天早晨，當他在我們對面的椅子上坐下時，我就感受到他剛毅的外表下隱藏著對艾文．班森凶殺案的種種困擾。

他耐不住慢吞吞地品嚐咖啡的香醇，拿起來一飲而盡。

萬斯用怪異的目光打量著他，說：「班森之死，怎麼令你如此魂不守舍？我想你應該不是那名兇手吧！」

馬克漢並沒有理會他的揶揄。

「現在我打算去凶案現場看看，你要不要和我一起去？我記得你說過想親身參與調查一些案件，我今天就是來幫你兌現諾言的。」

這時我才回憶起，幾個月前，在史蒂文森俱樂部裡，大家曾經激烈地討論過一起發生在紐約市的凶殺案。當時，萬斯說他很想陪同檢察官一起調查這起案子，馬克漢十分高興，應允了他。由於對人性行為和心理的共同興趣，萬斯和馬克漢成為了忘年之交，這也是他的請求獲准的原因所在。

「你還記得我那時說的話！」萬斯慵懶地說，「這真是一份貴重的禮物，儘管我很難消受。」說著，他看了看掛在壁爐上的時鐘，抱怨道，「只是時間不對，我可不想讓外面的人看見我現在的樣子。」

馬克漢有些焦急，不耐煩地在椅子上挪來挪去。

「如果滿足你的好奇心能夠彌補你此刻的狼狽樣，那麼就請你動作快一點，我是絕對不會帶一個穿著浴袍、腳上趿拉著拖鞋的人出門的，我只給你五分鐘的時間，你快去換衣服吧！」

「哦，親愛的，急什麼呢？」萬斯懶洋洋地打了一個哈欠說，「那個可憐的傢伙不是已經死了嗎？他又不會逃走。」

「動作快點，」馬克漢催促他說，「事態很嚴重，可不是鬧著玩的。按目前的情況來看，可能還會引發一起醜聞，你究竟是怎麼想的？」

「怎麼想的？當然是想追隨眾人眼中的偉大執法者啦！」萬斯說著站了起來，向馬克漢奉承地鞠了一躬。

然後，萬斯把柯瑞叫了過來，命他將衣服拿過來更換。

「我要參加一場由馬克漢先生為死者召開的會議，所以要著裝整齊，態度端正。真絲的西服足夠表達我的誠心了吧？再配上一條紫羅蘭色的領帶。」

「我想你該不會還要戴上一朵綠色康乃馨吧？」馬克漢嘲笑他說。

「呸，呸，」萬斯輕聲斥責道，「這是檢察官該說的話嗎？那種裝扮早就過時了，只有街頭賣藝的才會這麼打扮自己，真是的。好了，跟我講講班森的案情吧！」

在柯瑞的協助下，萬斯迅速地穿戴整齊。雖然他表現得很輕鬆，但是我知道，憑他的觀察力和警覺心，他心裡十分清楚這樁案子非比尋常，我明顯感覺到了他的興奮之情和躍躍欲試的心態。

「我想你應該知道艾文．班森這個人，」馬克漢說，「今天清晨，他的管家發現他穿戴整齊地坐在客廳的沙發上，頭部中彈身亡。這個管家便立刻向當地警察局報案。很快，這個消息就轉到了總局，我的助理通知了我。最初我打算以警察局例行偵察的手續處理，但是半個小時之前，我接到了艾文的兄弟班森少校打來的電話，要求我一定要親自負責這起案子。我和班森少校相識快二十年了，實在無法拒絕他。因此我只好以最快的速度吃完早餐，打算親赴現場看個究竟。正巧路過你家門口，想起你上次提出的請求，就順道進來問問你是否心意未改。」

「哦，親愛的馬克漢，你想得真是周到啊！」萬斯站在門口的小穿衣鏡前邊整裝邊說。然後轉身看著我，說：「你也和我一起去吧，老范，去看看班森的屍體。我想一會兒馬克漢的手下一定會受不了我的挑剔而指控我就是兇手，為了安全起見，我的身邊最好有一位律師，你沒有異議吧，馬克漢？」

「當然沒問題。」馬克漢回答。從馬克漢的表情我能夠感受到，他希望我最好置身事外，但是我已經對這起案子產生了莫大的興趣，於是便跟著他們一起下樓了。

坐在駛向麥迪遜大道的計程車裡，我一如往常地對身邊這兩個性格迥異的人之間的友誼感到好奇——馬克漢是一個直率、傳統，有時還有點吹毛求疵、對生命的看法過於嚴肅的人；而萬斯卻是一個隨意、樂觀、快樂、多變、憤世嫉俗的人。

有意思的是，他們之間的反差恰恰是彼此之間友誼的基石。從馬克漢身上，萬斯能夠認識到生命的堅固性和不可改變；而馬克漢將萬斯看做是自由自在、無拘無束的化身。他們絕非泛泛之交，即使馬克漢有時會反對萬斯的作風或意見，但是我相信，他心裡一定十分佩服萬斯的智慧，並且認為在自己認識的人中，沒有人能夠比得上他。

剛開始我們都沒有說話，馬克漢的表情也很憂鬱。直到車子轉進四十八街時，萬斯才開口問道：「除了在見到屍體時要脫帽以外，不知道針對這起清晨謀殺案，還要特別注意哪些社交禮儀呢？」

「把你的帽子戴好就可以了！」馬克漢近乎咆哮地說。

「哦！上帝！難道我們要進入猶太會所？哈，有意思，或許我們應該把鞋脫掉，以免和歹徒留下的腳印相混淆。」

「沒這個必要！你們什麼都不用脫，這與你們平時參加的聚會完全不同。」

「馬克漢！」萬斯用責備的口吻說，「你那些令人害怕的道德感，好像又跑出來了。」

此時的馬克漢無心與他展開舌戰。

「我必須提前警告你們幾件事，」馬克漢十分嚴肅地說，「這個案子很有可能轟動全城，而且偵查過程中還會出現許多的猜忌與紛爭。實際上，親身參與這起案子讓我一點也高興不起來。我的助手已經告訴我，這個案子現在由刑事局的希茲警官負責，我想他一定認為我接手這個案子是為了出風頭、做宣傳。」

「但是從體制上說，你是他的上司啊？」萬斯問。

「就是因為這個，事情反而變得更複雜……我真希望少校沒有給我打電話。」

「唉，這個世界上到處都是希茲這樣的討厭鬼。」

「我不是這個意思，」馬克漢馬上糾正他說，「事實上，希茲這個人很能幹，而且是我們所有警員中最出色的。單從他被指派調查整件案子這一點，就足以說明總部十分重視這起案子，我想我接手倒不至於產生什麼不愉快，我現在只希望氣氛盡可能和諧一點。但是希茲如果看到我帶了你們同去，一定會發火的，所以我拜託你們，務必要表現得謙卑、謹慎。」

「我就是不喜歡這個，不過如果真的有必要，我願意賄賂一下那個超級敏感的希茲，當我見到這位長官時，我會馬上向他奉上我最喜愛的香煙。」

「假如你真這樣做，」馬克漢笑著說，「他一定會把你當做嫌疑犯當場拘捕的。」

這時，我們的車子在西四十八街靠近第六大道上的一幢古老而又氣派的豪宅前停了下來。這幢二十五英尺高的優雅的建築物誕生於紐約市提倡建築兼顧美觀、實用的年代裡。所以從外形設計來看，它與附近的房子都顯得非常傳統，但同時，裝飾門窗的繁複石雕又透露出一股不凡的華麗氣息。

路邊與房子前面的階梯之間留有一小段水泥路，周圍則全部用鐵欄杆圍住。唯一的進出口就是大門。大門建在十級石階的頂端，高出馬路六英尺。大門右邊的牆上嵌著兩扇配有鐵欄杆的大窗戶。

看熱鬧的群眾將門口擠得水泄不通，街道上有很多看上去頗為冷靜、機警的年輕人，我猜是記者。身著制服的警員替我們打開了車門，舉手向馬克漢敬禮，並將人群驅散以讓我們通過。守在大門外的巡警將大門打開讓我們進入屋子，同時也向馬克漢敬禮致意。

「哦！凱撒大帝，我們向您敬禮。」見此情景，萬斯微笑著輕聲說道。

「閉上你的嘴，」馬克漢說，「我的頭已經大得要爆炸了。」

當我們通過那扇橡木大門後，助理檢察官蒂維爾迎了上來。這是個認真、謹慎、聰穎的年輕人，他給人留下了一個身堪重任的好印象。

「早上好，長官，」他向馬克漢打了個招呼，同時舒了一口氣，「見到你真高興，這起案子非常麻煩，目前看來無處下手。」

聽到這話，馬克漢沈重地點了點頭，然後向客廳望去。「裡面這麼多人啊！」

「除了總探長，全部到齊了。」蒂維爾無助地回答，似乎預見了不祥之兆。

這時，客廳的入口處出現了一位面色紅潤、蓄著白色鬍鬚的人，一看到馬克漢便快步走了過來。我認出他就是警察局刑事組的最高領導人，奧布萊恩探長。他們彼此問候了一番過後，馬克漢將萬斯和我介紹給他，奧布萊恩只是敷衍地對我們點了點頭，轉身便朝客廳走去了，馬克漢、蒂維爾、萬斯和我緊隨其後。

客廳裡有兩扇十英尺高的對開式大門，開口朝向街道。室內呈正方形，十分寬敞，屋頂挑得很高。在大門反方向通往天井的牆上有扇開啟的窗子，旁邊有個落地式拉門通往餐廳。

整個屋子裝潢得富麗堂皇。牆上還掛著幾張畫工精細的賽馬圖和一些狩獵的戰利品。客廳的整個地面被一張高級的中東地毯鋪滿了，東邊面對大門的牆中央有一個大理石砌成的壁爐，一架直立式鋼琴就擺在對角處。旁邊還有一個桃木製成的書架、一個鋪了繡幃的沙發、桌面鑲嵌珍珠的小矮几和一張六英尺長的柚木製長桌。在長桌的旁邊，靠近甬道背向大門的地方，有一張藤椅，椅背極高呈扇狀。

艾文・班森的屍體就倒在那張藤椅上。

我曾在大戰期間，在前線服役兩年，目睹過無數死相慘烈的屍體，但是當我見到班森的屍體時，仍然無法抑止反胃的衝動。在法國的那段日子裡，死亡是我生活中常見的事情，但是面前的環境無論如何都無法與這一暴行聯繫起來。室內灑滿了六月清晨的陽光，市場的喧囂聲從窗外傳了進來，這一切因素都讓你感覺彷彿置身於一個和諧的環境中。

班森的屍體隨意地傾斜在椅子上，彷彿會隨時轉身訓斥我們這群擅自闖入的人。他的頭靠在椅背上，蹺著二郎腿，右手搭在長桌上，左手輕輕地倚靠在椅子邊上，最為自然是他的手裡還拿著一本書，大拇指正夾在閱讀的那一頁上。這是一本歐・亨利撰寫的《嚴正事件》，班森正讀到「市政報告」那一章。

他是被兇手一槍擊中前額斃命的，彈孔隨著血液凝固已經變為黑色，椅背的地毯上有一大片從腦部流出的血跡。如果不是因為這兩項恐怖的證據，他看起來簡直就像一副在閉目養神的模樣。

他身穿一件咖啡色的上衣，腳上穿著紅色的拖鞋。他長著一張大眾臉，體型肥胖，臉孔腫大，禿頭，雖然特意解開了上衣領口的釦子，飽滿的雙下頜依然擋不住且明顯地呈現出來。我匆匆掃了一眼屍體，便轉頭去看屋內的其他人。

那兩位戴著黑色帽子、身材高大的男人正在檢視鐵窗，看起來他們對窗戶外面的鐵欄杆很感興趣，其中一位還用雙手不停地搖晃欄杆，好像是在試探它的牢固性；另外一位留金黃色短髮的人，正彎腰檢查壁爐；長桌的另一端，一位身穿藍色制服、頭戴德貝禮帽的男人正雙手叉腰，觀察著椅子上的屍體，他那全神貫注的模樣，好像想從中找出一些祕密似的。

後窗前有一位探員，正在用一支專門用於珠寶鑒賞的放大鏡檢查手裡的小物件。我曾在報紙上看過這位探員的照片，他正是全美頂級的武器專家卡爾．海德恩隊長。今年大約五十歲。他身材魁梧，腦形異於常人，耳朵好像藏在腦殼裡似的，嘴唇被灰白的鬍子遮蓋著。紐約市警局與海德恩隊長合作已經長達三十年了，儘管他的長相有些滑稽，但是大家都很敬佩他，更是將他的彈道鑒定報告奉為「金科玉律」。

在靠近餐廳附近，警政署的督察威廉．莫朗正與馬克漢之前向我們提到過的刑事組警官厄尼．希茲交談著。

當我們跟隨奧布萊恩總探長進入客廳的時候，屋內所有人暫停了手中的工作，以不安卻又充滿敬畏的目光注視著檢察官。唯有海德恩瞥了一眼馬克漢之後，馬上又繼續檢視著手中的小物件，他的舉動讓萬斯不禁莞爾一笑。

這時，莫朗督察與希茲警官面色凝重地走了過來，相互握手之後（後來根據我的觀察，那只不過是警察和檢察官之間的一種客套儀式），馬克漢將萬斯和我介紹給大家，並簡單解釋了我們出現在現場的原因。莫朗面帶笑容地欠了欠身，而希茲則完全沒有理會馬克漢，直接將我們兩個給「過濾」掉。

莫朗與屋內的其他人完全不同，他大約六十歲，銀色的頭髮，留著咖啡色的短鬢，衣著整潔，看上去並不像一個警察，反倒像一名事業有成的華爾街股票經紀人。事後我才知道，莫朗曾經是紐約一家大銀行的總裁。一九〇七年銀行倒閉之後，才接受國務卿蓋諾的邀請，就任警政署的督察。

「馬克漢先生，我已經指派希茲警官負責這起案件了。」他緩慢低沈地說道，「總探長清晨八點就來為我們打氣了，看來要想破獲這起案件，我們得解決很多麻煩。」

我們進來之後，奧布萊恩探長一直站在窗邊，一絲不苟地審視著所有取證工作。

「我得走了，」莫朗接著說，「早上七點半就被叫醒了，直到現在連早餐還沒吃上。既然你來了，我想我可以離開了。再見！」他和我們一一握手告別。

「蒂維爾，有勞你照顧這兩位男士了！他們想要了解我們的作業流程，麻煩你向他們說明一下，我過去和希茲聊一聊。」

蒂維爾非常高興地接受了這項任務，我想，他一定很興奮，終於找到了傾訴的對象。

當我們所有人不約而同地走向屍體時，我聽見希茲憤憤地對馬克漢說道：「馬克漢先生，從現在開始，就由你來主持大局吧！」

蒂維爾正在與萬斯說話，而我留意著馬克漢的反應，因為他曾經跟我們說過，警察局與地檢處一直私下裡較著勁兒。

「別這麼說，警官，」馬克漢回答道，「我是來與你合作的。我想還是說清楚得好，要不是因為班森少校親自打電話給我，我是絕對不會參與這次調查的。因此，我希望不要將我的名字曝光，因為大家都知道我與少校是老友，如果被外界誤認為我出於私交介入此案，對大家都不利！」

希茲接著說了些什麼，我並沒有聽清楚，但是可以看得出來他不滿的情緒，已經逐漸平復了。他與其他熟知馬克漢的人都了解，馬克漢是一個言出必行的人，何況私底下，他本人也非常欣賞這位檢察官。

「假如有任何功勞，」馬克漢繼續說道，「全部歸於警方，所以由你出面應付記者是最恰當的……」他又隨意地補充了一句，「當然，如果有任何指責，也應該由你們來承擔。」

「這樣很公平！」希茲點頭。

「好的，警官，讓我們開始幹活吧！」馬克漢說道。

M. ST. C 密碼

六月十四日
星期五
上午九點半

檢察官與希茲一起走到了屍體旁邊。

「你看，」希茲用手指著屍體，「他是被兇手從正面射中的，這一槍力道非常大，子彈穿過腦部射入壁板。」說著他順勢指向了走道窗邊的位置，「彈殼已經被我們找到了，現在海德恩正在檢查彈頭。」

接著他面向彈道武器專家問道：「怎麼樣，隊長？發現什麼特別的地方了嗎？」

海德恩慢慢抬起頭來，眉頭緊鎖望著希茲，以平緩的口吻說道：「兇器是一把威力巨大的點45口徑柯爾特自動手槍。」

「那麼槍口距離班森有多遠？」馬克漢問道。

「報告長官，大約五到六英尺。」海德恩以穩重的態度回答道。

希茲倒吸了一口氣，他對馬克漢說：「隊長都這麼說，肯定錯不了！長官，你知道的，一般而言，只要是小於點44或者點45口徑的子彈都不能致命。這顆軍用鋼製子彈不但射穿了顱骨，而且直接嵌入了壁板，像貫穿一塊乳酪一樣，可以肯定這是近距離發射。另外，死者的臉上沒有出現任何傷痕，想必隊長的推斷不會有錯。」

這時，大門處傳來了動靜，緊接著法醫艾曼紐．德瑞摩斯跟他的助手一齊出現在我們面前，他與馬克漢、奧布萊恩一一握手之後，又友好地向希茲揮了揮手。

「對不起，我們遲到了。」他抱歉地說道。

他的臉上布滿了皺紋，就好像一個房地產經紀人一樣，看起來有些神經質。

「有什麼發現嗎？」他看著椅子上的屍體問道。

「醫生，正等你來告訴我們呢！」希茲回答。

德瑞摩斯走近屍體，很有專業的架式，先是觀察了死者的面部——我猜他是想要看看有沒有火藥殘留的痕跡——接著開始檢查前額和後腦勺的傷口，隨後他抬起死者的手臂扳動手指，同時還將頭部輕輕向旁邊移了一下。然後，他轉身看著希茲問道：「我能不能把他移到沙發上？」

希茲望著馬克漢，詢問道：「長官，可以嗎？」

馬克漢點了點頭，希茲便招呼了兩個人將屍體挪到了沙發上。因為死者的肌肉已經僵硬，所以屍體仍然保持坐姿，直到德瑞摩斯醫生與他的助手將死者的四肢伸直，才完全褪除了死者身上的衣物。法醫特別關注死者身上有無其他傷口，尤其是手臂部分。他將死者的手掌攤開，查看他的掌心，接著他起身掏出一條花色絲質手帕擦拭雙手。

「子彈是從左前額射入的，擊穿腦殼之後從後枕骨的左邊穿出。你們已經找到那顆子彈了吧？他被擊中的那一瞬間是清醒的，隨後立刻就斃命了——或許還沒搞明白是怎麼回事呢。死亡時間大概在八小時之前，也有可能更早一點。」

「確切地說，是在夜裡十二點三十分，對嗎？」希茲警官問道。

法醫看了一下手錶。

「沒錯。還有別的問題嗎？」

沒有人回答。

一陣沈默之後，總探長說道：「我希望今天就能得到一份正式的驗屍報告。」

「絕對沒問題。」法醫自信地說，隨即將工具箱關上交給助手，「不過必須盡快把屍體運到停屍房去。」

法醫和我們握手致意後，就匆匆離開了。

「波克，」希茲警官吩咐站在長桌旁邊的那位警員，「打電話通知總局的人過來搬運屍體，一定要快。你到辦公室等我。」

波克行個禮，匆匆離開了。

希茲隨後又向負責檢查前面兩扇鐵窗的警員詢問：「這欄杆怎麼樣？」

「兇手絕不可能破窗而入，警官。」他回答，「窗戶的欄杆像監獄的一樣牢固。」

「不錯。」希茲說，「你們和波克一起回去吧！」

他們走後，那位頂著德貝禮帽、穿著整潔的藍色西服、一直在察看壁爐的男人，把兩截煙蒂放在桌上。

「這是在壁爐的木堆旁邊找到的，警官。」他冷冰冰地說，「此外沒發現其他東西。」

「好吧。」希茲瞥了瞥桌上的煙蒂，「你也回去吧，等會兒辦公室見。」

海德恩拿著彈頭走上前來。

「我也該告辭了，不過我想暫時保管這顆彈頭，這其中有些疑點十分值得研究，再說現在你也用不著。是吧，警官？」

希茲勉強擠出一張笑臉，「我要它幹什麼？你留著吧，隊長。可千萬別弄丟了。」

「放心吧！」海德恩保證道，隨後拖著步子離開了，如同一隻巨型的爬行動物。

萬斯和我正站在門邊，他緊隨海德恩走到走廊上，兩人小聲交談了幾分鐘。萬斯私下問了幾個問題，儘管我沒能聽到全部的內容，可隱約聽到了某些字眼：「彈道」、「槍彈的速度」、「射擊的角度」、「衝擊力」、「偏斜度」什麼的，這不禁使我感到奇怪。正當萬斯感謝海德恩的幫助時，奧布萊恩也踱進了走廊。

「這麼快就開始學習起來了？」他以施惠者的態度，面帶微笑地詢問萬斯。還沒等對方回答，又開口道：「咱們一塊兒走吧，隊長。我順道送你進城。」

馬克漢聽見了，連忙問：「能把蒂維爾一起帶上嗎，總探長？」

「當然沒問題，馬克漢先生。」

隨後又有三個人離開了。

此刻，現場就只有萬斯、檢察官、希茲和我四個人了。我們各自找了個位置坐下。萬斯在餐廳前找了一把椅子坐下，剛好對著班森被殺時所坐的椅子。

從萬斯一進入這所凶宅，我就時刻注意著他的一舉一動。調整單眼眼鏡是他進到屋子裡的第一個動作——這說明已經有東西引起了他高度的興趣。萬斯的右眼一百二十度散光，左眼視力正常。一旦他留意某樣事物想盡快進入狀態時，他就會戴上他的單眼眼鏡。其實沒有眼鏡，他也看得見。我認為這是種心理作用，視覺上的清晰能夠激起他更多的情緒，讓他的頭腦保持興奮。

一開始他只是漫不經心地在屋裡閒逛，當看到希茲對他流露出輕蔑的態度時，他以嘲弄的表情予以回應。問過了助理檢察官蒂維爾幾個問題後，他就開始隨意瀏覽四周。一會兒看看這裡，一會兒研究一下家具，一會兒又彎下腰琢磨壁板上的彈孔，有時還觀察一下大門前後的通道。

唯一讓萬斯定下神來的是那具屍體，他花在上面的時間有數分鐘之久，甚至還將死者攤在長桌上伸直的手臂彎過來，以便研究死者原本的拿書姿勢。死者交疊雙腿的坐姿更引起他極大的興趣。在那具屍體面前觀察良久，他才把眼鏡取下放回了大衣口袋，隨後走到窗前在我和蒂維爾的旁邊，靜靜地看著希茲和其他警員在屋裡忙前忙後，直至海德恩隊長離開。

這時，一位負責前廳的警員出現在門口，說道：「當地分局的一位男士希望和負責凶案的警官見面。可以讓他進來嗎？」

希茲默許地點點頭。不一會兒，一位身材高大、面色紅潤的愛爾蘭人出現在我們面前。他穿著便服，恭敬地向希茲行了個禮。當他認出馬克漢時，便轉身對檢察官報告。

「我是西四十七街分局的邁克爾·弗里，昨天晚上是我當值巡邏此區。臨近午夜，一輛灰色凱迪拉克停在了這棟房子前。當時車的後備廂裡伸出來一截漁具，車燈十分耀眼，因此我特別留意了一下。今早聽說這裡發生了謀殺案後，我向分局的領導報告了此事，他要我過來向你們報告。」

「好極了！」馬克漢高興地說道，並示意希茲警官接手此事。

「也許其中另有蹊蹺。」希茲有些懷疑，「那輛車停在那裡有多長時間？」

「至少有半個鐘頭吧。十二點前它就停在這裡，等我又巡邏到此看到它時，已經是十二點半了。不過我再次返回時它就不見了。」

「你有沒有看到坐在車裡的人？或者在車身附近看到疑似車主的人？」

「沒有看到，長官。」

希茲又試圖問了一些與案件有關的問題，但是沒有獲得新的線索。於是就讓他離開了。

「至少，對記者們來說，汽車這檔子事是個好題材。」希茲聳聳肩。

邁克爾．弗里報告的時候，一旁的萬斯好像快要睡著了，可能只聽進了開頭部分。此刻他打了個長長的哈欠，整個人懶散地站了起來，晃到中央的長桌子旁邊，把從壁爐裡找到的煙蒂夾在拇指和食指間，仔細觀察。他將外面的煙紙撕開，把煙絲搓到鼻頭處輕輕嗅著。

希茲警官一直虎視眈眈地盯著萬斯的一舉一動。此時，他突然向前探出身子，厲聲問道：「你在做什麼？」

萬斯顯然被嚇了一跳，他很有禮貌地揚起一條眉毛，以謙卑的口氣回答道：「只是聞聞煙草的味道而已。味道很淡，不過挺精緻的。」

希茲兩頰的肉隨著怒氣顫動著，「我建議你最好把它放下來，夥計。」他從上到下打量著萬斯，語氣中充滿了譏諷與不屑，「難道你是煙草專家？」

「噢，我當然不是。」萬斯輕快地回答，「埃及托勒密王朝聖甲蟲上的象形文字，才是我的興趣所在。」

「你實在不該亂動屋裡的東西，萬斯。」馬克漢有意插話進來打圓場，「特別是在這種情況下，這些煙蒂說不定就是最重要的證據。」

「證據？」萬斯大聲重複著他的話，「上帝！真的嗎？這簡直太不可思議了！」

馬克漢沒有說話，希茲被氣得臉都變色了，可沒有針鋒相對地發表任何評論，甚至還擠出一張笑臉。或許他覺得對檢察官的朋友勃然大怒實在有些不妥，儘管對方應當受到斥責。

希茲警官並非阿諛奉承之輩，他深知自己責任重大，可以說他把全部的精力都花在了上級指派的任務上面，根本沒有想過自己的政治前途，正是這種剛正不阿的態度，使他深受長官的器重。

希茲生得高大而健碩，身手不凡，就像一名優秀的拳擊手。小巧的鼻子，寬闊的下顎，堅毅的雙唇，一雙炯炯有神的藍眼珠彷彿能夠洞悉一切事物。儘管已經年過四十，可從他那精短而豎立起來的頭髮中找不到半根白髮。他的嗓音極富侵略性，不過很少聽到他大聲喊叫。無論是從外形還是個人氣質上來看，他都堪稱是公眾心目中標準的警探形象。儘管他一再限制我們的行動，我依然對他懷有一種欣賞之情。

「事情的詳細經過到底怎樣，警官？」馬克漢開口問，「蒂維爾只說了個大概而已。」

希茲清了清喉嚨，說：「大約在今早七點鐘，警局接到普利斯太太，也就是班森的管家打來的電話，報告說班森先生被害，要我們盡快過去。消息很快傳到了總局，當時我並不在那裡。值班的波克和艾密力報告給莫朗督察之後就立即趕往現場。到達時看見當地分局的警員已經在進行取證工作。督察到了之後，視察了現場的狀況並通知我趕快過去。當我抵達時，當地警員已經離開了，有三位州事組的警員加入到波克和艾密力的行列。隨後督察又告知海德恩隊長——他覺得案情過大，應當通報隊長——隊長和你們差不多同時到達現場。隨後蒂維爾也趕來了，他很快向你作了報告。在我抵達之前，奧布萊恩總探長已經在現場了。我對普利斯太太立即展開訊問。你們到的時候，我們正在搜查現場。」

「普利斯太太此刻在哪裡？」檢察官問道。

「現在在樓上。一位本地警員正在陪她，她就住在這棟房子裡。」

「為什麼你會對法醫特別強調十二點三十分這個時間？」

「普利斯太太告訴我，在十二點三十分時聽到一聲巨響，我猜測這可能是槍聲，現在已經被證實了。此外它還證明了別的事情。」

「我建議我們再跟這位普利斯太太好好談談，」馬克漢說道，「不過在此之前，在這屋子裡，你發現什麼可疑的東西了沒有？」

希茲遲疑了一陣，隨後從大衣口袋裡掏出一隻女用手提袋和一雙白色長筒手套，把它們放在馬克漢面前的桌子上。

「只有這些了。」他說道，「是當地的一位警員在壁爐架上發現的。」

快速檢查完手套後，馬克漢打開了那個手提袋，裡面的東西被倒在桌子上。我往前湊了湊，萬斯沒有動，繼續抽著煙。

這是一個金色的網狀提袋，鈕襻上鑲嵌著小粒的藍寶石。應該是女士參加晚宴時常用的那種，容積很小。馬克漢一一檢視著袋中的物品：一支金色外殼的口紅，一個扁平的煙盒，一小瓶香水，一個小巧的景泰藍化妝盒，一支鑲嵌著琥珀的濾嘴，短小而精緻，一小塊麻紗料的一角刺有「M. ST. C」縮寫字母的法式手帕，此外還有一把鑰匙。

馬克漢指著手帕上的縮寫字母，說道：「這是我們追查的重點。我想你一定已經仔細檢查過這些東西了，是吧，警官？」

「是的。」希茲微微點頭，「我推測這個提袋是昨晚和班森一同出行的女人的。我從管家那裡聽說，班森昨晚有一個約會，還穿了正式服裝出去。可她並沒有聽到他回來的動靜。不過，這位『M. ST. C』女士，應該很容易就能找到。」

馬克漢又仔細地看了下煙盒。當他把煙盒反過來看時，一些煙草的碎屑落到了桌上。

警官突然站起身，「說不定那些煙蒂就來自這個煙盒。」他拾起原先的煙蒂仔細察看，「沒錯，這是女士專用煙，吸煙的時候一定套上了濾嘴。」

「請原諒我無法認同你的看法，警官。」萬斯不緊不慢地說，「我想你會原諒我這麼說的。香煙尾端的金色濾嘴上有口紅印，雖然痕跡不是很明顯。」

希茲的目光直射向萬斯，吃驚得說不出話來。他再度把煙蒂仔細察看了一番，隨後對萬斯說：「難道你可以通過這些煙草的碎屑，來告訴我們這些煙是否來自這個煙盒？」話語中盡帶諷刺。

「不是所有人都能夠學會這一手。」萬斯淡淡地說，隨即拿起煙盒，打開後輕輕敲打，仔細觀察著煙盒的內部。不一會兒他就嘴角含笑，將食指伸進盒內，掏出一支細香煙——它被嵌在煙盒的底層。

「現在，我這靈敏的嗅覺都派不上用場了，」他笑著說，「恐怕連瞎子都能夠猜到這兩支煙是一樣的，對吧，警官？」

希茲無可奈何地笑笑，「把它交給我吧，馬克漢先生。」他小心地把香煙和煙蒂裝進了信封內封好。

「現在，你認識到這些煙蒂的重要性了吧，萬斯？」馬克漢問道。

「我還是不明白，」萬斯皺著眉，「這些煙屁股會有什麼用？又不能抽。」

「這是證據，親愛的夥計。」馬克漢解釋道，「這可以證明，提袋的主人前天夜裡曾和班森一同回到這裡，逗留的時間至少可以抽兩根煙。」

萬斯裝出一副很驚訝的表情，故意說：「真的嗎？簡直太奇妙了。」

「現在我們要做的，就是找出這個人。」希茲補充道。

「不管是什麼人，她應該有著一頭褐色的長髮，希望這一事實，能夠幫助你早一點找到她，」萬斯俏皮地說，「雖然我怎麼也想不通，你為何一定要去騷擾那位女士？我無論如何也不明白。」

「你怎麼知道她是褐色頭髮？」馬克漢問。

「假如她不是，」萬斯坐回椅子上，冷冷地說，「那麼她就該請個美容師好好學習一下化妝知識。粉色或深色口紅實在不適合金髮女子。」

「我願意接受你這位行家的建議。」馬克漢微笑著說，他轉頭告訴希茲，「我想我們是應該從調查這位女士入手，警官。」

「我完全沒意見。」希茲愉快地回答道。我想此刻，萬斯撕毀煙蒂所引起的憤怒，早被他拋到九霄雲外了。

善意的謊言

六月十四日
星期五
上午十一點

「現在，」馬克漢提議道，「我們需要再搜查一遍。我知道已經徹底搜查過了，不過我想弄清楚屋內的格局。等屍體運走後，我還需要向管家提出一些問題。」

希茲站起來，「遵命，長官。我可以再查一遍。」

我們四人穿過走廊，走到房子後邊。在盡頭的左邊有一扇通往地下室的門，這扇門是鎖起來的。

「目前，地下室是當儲藏室用的。」希茲解說道，「對著大街的那扇門已經用木板釘死了。管家住在樓上，死者單獨住在這裡，房子裡有很多空房間，廚房在一樓。」

他打開了通道對面的一扇門，我們一下子進入了一間現代化的廚房。兩扇八尺高的大型窗對著後院，窗戶是鎖上的並且全部加裝了鐵欄杆。推開一扇活動門，就進入了客廳後方的一間餐廳，牆上兩扇正對著天井的窗戶也都上了鎖並安了鐵欄杆。

隨後我們回到玄關，站在樓梯下邊。

「馬克漢先生，」希茲開口道，「除了大門，兇手不可能從其他地方潛入這棟房子。因為班森是一個人居住的，我想他平日對竊賊的防範一定很嚴，唯一沒有裝鐵欄杆的那扇窗戶也是鎖著的，但是那裡只能通到天井。子彈幾乎不可能從外面穿過裝有鐵欄杆的窗戶射進來，況且死者是被人從正面射殺的——種種跡象表明，兇手確實是從大門進來的。」

「看起來的確如此。」馬克漢肯定了警官的說法。

「我倒認為，」一直沈默的萬斯開口道，「是班森自己開門讓他進來的。」

「是嗎？」希茲冷笑道，「我們遲早會查出真相。」

「那是當然了。」萬斯譏諷地說。

我們上了樓，來到位於客廳正上方的班森的臥室。室內佈置得很簡單，家具一塵不染。床上的被褥整整齊齊的，顯然昨夜不曾有人睡過。窗簾是拉上的，椅子上搭著主人晚餐時穿的上裝和一件白色背心，黑色領結被丟在床上，很可能是班森回家換衣服時扔在上面的。床腳的長凳前擺著一雙晚裝皮鞋；床頭櫃上放著一杯清水，裡面浸著一副假牙；梳妝格上有一頂精緻的假髮。

萬斯立刻對這最後一樣東西產生了興趣，他走上前認真觀察起來。

「真有趣，」他揚起了嘴角，說了句，「你知道嗎，馬克漢？我們這位離世的朋友原來還戴假髮！」

「對此我一直很懷疑。」一直杵在門口的希茲警官，有些不耐煩了。「這邊還有一間臥室，」他領著我們來到走廊的另一端，「聽管家說，那是一間客房。」

檢察官和我都好奇地向裡張望，萬斯則懶洋洋地靠在樓梯的頂端，似乎對艾文·班森這座豪宅的佈局絲毫提不起興趣，所以當我們三人爬往三樓時，他一個人下樓去了。當我們結束檢查下樓時，他正在對著書櫃上的那些書名發呆。

我們下到一樓時，兩個抬著擔架的人走了進來，社會局派來的救護車將把屍體運到停屍房。屍體被裝進了屍袋，被擔架抬出大門後放在汽車的後座上。這一過程看得我渾身顫抖，而萬斯則剛好相反，他只抬起眼皮瞥了一眼，隨即發現了一本精裝的圖書，便被封面精緻的雕刻圖案迷住了。

「我想，是時候去訊問一下普利斯太太了。」馬克漢說。

希茲隨即走到樓梯口，大聲地傳喚著。

在一名叼著雪茄的男士的陪同下，一位灰髮的中年婦女走進了客廳。看得出普利斯太太是個十分樸素的舊式婦女，臉上洋溢著母性的溫柔，從頭到腳打扮得都很得體，這使我想到，她一定是位勤勞能幹、遇事沈著的女性。

「請坐，普利斯太太。」馬克漢的語調很溫和，「我是檢察官馬克漢，想請你回答幾個問題。」

她坐在靠近門口的一把椅子上，緊張地看著我們。但隨著檢察官的循循善誘，他那溫和的口吻也起到了一定的安撫作用，普利斯太太的回答逐漸清晰起來。

一刻鐘的訊問內容大致如下——

普利斯太太已經給班森先生做了四年管家，也是這房子裡的唯一傭人。她一直住在三樓靠裡面的一個房間。

案發當天的下午，班森下班回來得比平時早，四點左右便回到家裡，告訴普利斯太太不用準備他的晚餐。此後他就一直待在客廳裡，直到六點半上樓更衣，在這段時間裡，大門一直是關著的。

班森大概七點的時候出去的，沒交代去什麼地方，只說不會很晚回來，叫普利斯太太不用等門——他每次帶客人回家時都是如此。這也是她最後一次見到班森。當晚他回家時，普利斯太太沒有聽到任何動靜。

晚上十點十分左右，她就上床睡覺了，因爲天很熱，所以半開著房門。半夜的時候，她被一陣劇烈的爆炸聲驚醒，感到非常害怕，就打開了床頭燈，正好看到鬧鐘指向十二點半。

她很快鎮定下來，因爲班森如果外出，通常不會在半夜兩點以前回到家。而且房子也沒有發生損壞，她認爲那一聲巨響，是街上汽車撞擊所引起的，所以很快就又睡著了。

第二天早上七點鐘，她照常下樓開始一天的工作。她先到前門取牛奶，回到屋裡時看到了班森的屍體。當時客廳裡的窗簾都是放下來的。

開始她以爲班森先生在椅子上睡著了，但隨後就看到了彈孔以及屍體身上的血跡，並且還注意到電燈全被關掉了。她立刻跑到走廊打電話，請總機轉接警局報案。班森的哥哥安東尼．班森少校打來電話，他幾乎和西四十七街分局的警員同時到達。他簡單地向普利斯太太問了幾個問題，和警員們交談了一陣，在總局的人到來之前，就走了。

「普利斯太太，」馬克漢看了一下手上的記事本，「我這裡還有一兩個小問題，其他的我們就不再麻煩你了。最近一段時間，班森先生有沒有一些異常的舉止，讓你感到可能有某種使他害怕的不祥之事將會發生？」

「沒有，先生。」婦人毫不猶豫地回答道，「過去一週裡，他心情非常愉快。」

「我們注意到這裡的每一扇窗戶幾乎都安了鐵欄杆，他是不是很恐懼竊賊？或者以前有人闖入過這棟宅子？」

「不完全是，」她躊躇地說，「他只是抱怨過警察，說他們全都是飯桶——請原諒，先生——假如一個人不希望遭到搶劫，可能更多的只能靠自己小心。」

馬克漢轉身對希茲警官露齒一笑，「我想，你或許該在報告裡把這段注明一下。」隨後接著問普利斯太太，「那麼，班森先生有沒有仇人呢？」

「絕對沒有，先生。」普利斯太太特別強調，「儘管在某些方面他可能比較古怪，可看起來他的人緣挺好的，常常參加各種宴會，他自己也常舉辦這種活動。我真想不到有什麼人會害他。」

馬克漢再次低頭翻閱了一下手上的筆記本，隨後說道：「我想，暫時沒有問題了。警官，你還有什麼需要提問的嗎？」

希茲考慮了幾秒鐘。

「暫時沒有，但是普利斯太太，」他冷冷地說，「你得一直留在這兒，直到被允許離開為止。一會兒我們還有幾句話要問你，現在你不許和其他人說話，明白嗎？我們的兩位警員會留下來陪你。」

在審訊問話的時候，萬斯在一個小筆記本上寫著一些東西。當希茲說話的時候，萬斯將剛才寫的東西撕下來遞給了馬克漢。馬克漢接過來看了一眼，皺了皺眉頭，想了一會兒，然後開口對管家說：「你說每一個人都非常喜歡班森先生。請問，普利斯太太，你自己是否也喜歡他呢？」

管家不敢迎向他的目光，只好將視線死盯著自己的膝蓋。

「我……我只是他的一個管家而已，對主人我從來都不會抱怨。」她很勉強地回答。此時她的表情已經清楚地告訴我們，要不是她非常不喜歡他，要不就是她根本不贊同他的某些做法，馬克漢知道其中必有隱情，所以就沒有繼續追問下去。

「普利斯太太，班森先生家裡有武器嗎？比如，左輪手槍之類的？」

普利斯太太在訊問中流露出惶恐的神情。

「我想他應該有吧。」她全身顫抖地回答道。

「他一般都把槍放在家裡的什麼地方？」

她看起來很憂鬱，慢慢抬起頭，眼珠輕輕地轉動了幾下，好像在考慮自己該說什麼。之後她用微弱的聲音說：「好像是放在長桌中間的暗層裡，要想打開暗層必須按那個按鈕，之後暗層就會自動彈出。」

希茲按捺不住了，起身按下她所說的那個按鈕，於是一個小而窄的抽屜就彈了出來，裡面果然躺著一把史密斯與威爾森點38口徑珍珠柄左輪手槍。他拿起槍，打開槍膛往裡面瞧了一眼。

「槍膛內是滿的。」他說。

她聽了如釋重負一樣，舒了一口氣。

馬克漢站在希茲的背後，近距離地看著這把手槍，無奈地說：「這件事就由你來負責吧，警官。我總是看不出這把槍和整個案件有什麼聯繫。」

他坐到椅子上，瞧了一眼萬斯剛才遞給他的小紙條，繼續開始問話了。

「普利斯太太，還有一個問題想問問你。你說班森先生一回到家，就一直待在房間裡直到晚餐前，在這期間有人來找過他嗎？」

我一直在仔細地觀察這個管家的一舉一動，聽到這裡她立即抿了一下嘴巴，微微地坐直了身體說：「沒有。」

「如果門鈴一直在響，你應該能聽得到，你會去開門嗎？」馬克漢繼續問。

「從來都沒有人來過。」她回答。

「昨天晚上你睡覺之後，門鈴沒有響嗎？」

「沒有。」她搖搖頭說。

「假如你睡著了，能聽得見門鈴的聲音嗎？」

「可以，先生，班森先生特地叫人給我的房門口和廚房裡都裝上了鈴，兩個鈴一模一樣，會同時響起。」

馬克漢點頭表示對她的感謝，說：「你可以走了。」

當她離開房間之後，馬克漢困惑地看著萬斯。

「你遞給我的那張小紙條上面寫的是什麼意思？你想幹什麼？」

「不好意思，或許我有點擅越權職了，其實當普利斯太太讚揚班森受人歡迎時，我就認為她有點誇過頭了。她的讚揚倒像是在諷刺，其實她對班森先生一點好感都沒有。」

「那手槍怎麼解釋？」

「這跟裝防盜門一樣是為了防盜。如果他要真害怕有人會破門而入，那他肯定會把槍帶在身邊。」

「總之，萬斯先生，」希茲插話，「我們應該感謝你，因為你的好奇心，我們又發現了一把也許從來都沒用過的左輪手槍。」

「謝謝你，希茲警官。」萬斯根本沒有理睬希茲的奚落，「那你想怎樣處理這把左輪手槍？」

希茲半開玩笑地回答：「班森先生在長桌抽屜暗層內放置的這把史密斯與威爾森點38口徑珍珠柄左輪手槍，我要將它沒收。」

「佩服。」萬斯故意抬高聲調。

這時馬克漢有點煩了，打斷了他們之間的玩笑。

「萬斯，為什麼你想了解關於訪客的事情？很顯然，沒有人來過他們家。」

「噢，那是我一時的念頭而已。我突然很想知道普利斯太太會怎樣回答。」

發生了這麼多事情，希茲對萬斯的惡劣印象一掃而空了，開始對他產生了好奇。他突然發現在萬斯在既不嚴肅又不認真的態度下，有著他之前沒有覺察到的個人特質和魅力。其實他根本不滿意萬斯對馬克漢作出的解釋，試圖親自去發現萬斯幫助馬克漢訊問普利斯太太的用意。希茲的機智、才能與萬斯的完全不一樣，對他來說，萬斯就是一個謎，耐人尋味。

馬克漢不再追問了，把椅子拉到身旁坐了下來。

萬斯指出：「現在，我們應該組隊分頭進行調查，當然是越快越好。」

馬克漢非常贊同。

「希茲警官，這次調查就由你全權負責吧！我只是來協助。」

希茲回答道：「謝謝，長官。」他挑了挑眉毛，「看來我們要全部出動才可以，先從提袋的主人入手，再去調查一下班森工作之餘常見的那些朋友，我去管家那裡問幾個人名出來，從這些人著手。還有我會調查那輛凱迪拉克車的下落。班森的女友們，我們也該追查一下，我想數量一定很可觀。」

「少校……也許我可以從他那裡獲得一些線索，」馬克漢附帶了一句，「他不會對我隱瞞的，順便我可以調查一下班森在生意場上的事情。」

希茲回答：「這方面我不如你，我們要快一點調查到線索以便循著線索追查下去。查到和班森共進晚餐的女士之後，我會把她帶到這裡，詢問出整個事情的緣由。」

萬斯嘟囔道：「搞不好會越弄越亂的。」

希茲抬起頭看著萬斯，大聲地說：「萬斯先生，你要是想在這起案件中有所收獲的話，就聽我的話吧，在這個世界上但凡有大事發生，只要從女人那兒下手打聽就準沒有錯，你放心好了。」

「哦？」萬斯微微一笑，「女人是禍水啊，這一點羅馬人深信不疑。」

「我覺得他們的想法也是很對的。」希茲反駁道。

馬克漢再一次打斷了他們的對話。

「不久之後就可以見分曉了，警官。如果沒有別的事情，我先告辭了。今天約好與班森少校一起共進午餐，說不定今晚就會有一些好消息給你。」

希茲說：「嗯，我得在這兒多待一會兒，也許還有什麼地方被遺漏了。至於普利斯太太，我會在屋子內外各派一名警員看著她。稍後我會向記者宣布凱迪拉克和班森先生藏在抽屜暗層裡的左輪手槍這兩個新發現，這些消息該夠他們忙一陣的了。一旦有什麼新發現，我會立即向你彙報的。」

他和馬克漢檢察官握手言別後，轉向了萬斯。

「再見了，萬斯先生，」他語調很愉悅——這有點出乎我的意料，我覺得馬克漢肯定也很驚訝，「今早你收獲頗豐啊！」

萬斯毫不在乎地說：「我這兒還有一些東西會讓你更加詫異呢，希茲警官。」

希茲眼裡又一次閃過那道敏銳的光，但轉瞬即逝了。

希茲笑了笑，應付道：「那好，我非常高興。」

馬克漢、萬斯和我三個人走出了房間，一起搭了一輛車。

萬斯說：「這就是我們偉大的警察處理驚人命案的慣用手法？親愛的馬克漢，這些年輕的警官們有沒有成功地抓到過一個罪犯？」

馬克漢馬上向他解釋說：「你所看到的只是一些前期的準備工作，這些都是我們的例行程序。」

「天啊，就是這種技術？」

「有時候一些人會藐視希茲。或許你覺得他沒多大能力，但實際上他非常精明。」馬克漢耐心地說。

「不敢苟同。當然我很感謝你讓我參加這種大型案件的調查，真是讓我大開眼界了。你們那位法醫在我看來是一個急躁、冷血的人，對死者根本沒有一點憐憫、同情之心。他應該把認真破案視為己任，而不僅僅是一名法醫而已。」

馬克漢一路上望著車窗外面，一言不發，直到回到萬斯家。他說：「我不喜歡看到這樣的事情，這個案子讓我感覺有點不妙。」

萬斯瞟了他一眼，嚴肅地問道：「馬克漢，你覺得是誰殺害了班森？」

馬克漢苦笑著說：「我哪知道？一般有預謀的犯罪都很難破案，何況這一樁看來比往常的還要更加複雜。」

萬斯一隻腳邁出車外說：「是嗎，我怎麼認為很簡單啊！」

浮出水面的釣竿

六月十五日

星期六

上午

艾文・班森謀殺案件轟動了整個紐約，不僅報紙、雜誌的頭版頭條紛紛聚焦該案件，就連普通民眾也開始大嚼舌根。一切偵探類小說必備的恐怖、懸疑因素，在班森謀殺案裡聚齊了，現在它正悄悄地散發著一種無法解釋的詭異氣息。尤其是在缺乏證據的情況下，各種滿足大家好奇心的流言蜚語，開始傳播了開來。

雖然艾文・班森不像花花公子般浪蕩不羈，但在社交界也算得上是一個鼎鼎大名的人物，志得意滿地過著自己的逍遙日子。他是紐約富豪的形象代表——活躍在各種運動場地，醉心於牌陣賭局，是一個典型的成天吃喝玩樂、不務正業的紈袴子弟。他所在的上流社會日日夜夜上演著離奇古怪的奇聞軼事，這也使他成為了當地報刊、雜誌大肆報導的對象之一。這些報導總是披露他在夜總會和歌廳一帶出沒的消息，豐富了大家的談話資料。

被殺之前，班森和他的哥哥安東尼在華爾街20號合開了一家「班森&班森證券公司」。在華爾街股票經紀人的眼中，他們是一對精明、圓滑的生意人，這也許是因為他們的某些做法並不符合證券交易法規。兄弟兩個脾氣、秉性大不相同，除了公事外，很少待在一起。艾文·班森的空閒時間都用在玩樂上，他是城中各個高級餐廳、夜總會的常客；而他的哥哥安東尼，曾經在第二次世界大戰期間當過少校，性格保守、辦事嚴謹，私人俱樂部佔去了他晚上絕大多數的時間。他們兩個在各自的社交範圍內，人緣都極好，擁有龐大的客戶群。

由於這起謀殺案事關紐約金融界，各大報刊對此都異常關注，一夜之間這條消息便成為了媒體報導的重中之重。若在往常，這樣的事件轉瞬就被人們忘在腦後，而這次，報刊記者們幾乎把全國著名的警探都採訪了個遍，過去懸而未破的著名案件，也開始舊事重提。一些有預測能力的奇人異士甚至被報紙、雜誌請來進行案情占卜，每天的報導中都不乏與案件相關的照片和細節描寫。

灰色凱迪拉克和珍珠柄史密斯與威爾森手槍出現在所有的新聞報導裡，有些報導中的汽車圖片甚至有釣具從後車廂伸出來的圖像，用來貼合邁克爾·弗里的描述；班森家裡的長桌照片也被刊登出來，抽屜暗層部分被放大了好幾倍，一家報社甚至不惜重金聘請了一位製造櫥櫃的專家，撰寫了一篇名為《家具祕密暗格》的文章。

在檢警雙方看來，班森命案從一開始就特別棘手。在離開凶案現場不到一小時之後，希茲警官就帶著刑事局探員對班森的住宅展開系統的分組調查，整個又抽查了一遍。班森所有的信件都被拆閱了，但並沒有發現任何線索和跡象，除了那把左輪手槍，沒有找到其他任何有疑點的東西；班森家的全部鐵窗也被再次檢查了一遍，證實的確堅不可摧，這說明兇手若不是有班森家的住宅鑰匙，就是班森自己開門讓他進入的。但希茲認為後者不可信，雖然普利斯太太一再強調除了她和班森外，不可能有其他人有房子的鑰匙。

除了手套和提袋之外，沒有任何其他證物，接下來唯一可做的便是對班森的朋友和其他涉案人士展開訊問，也許可以從他們身上找到一些確鑿的證據，使整個案件進入一個司法審判的程序。希茲希望可以找到手提袋的主人，另一方面繼續追查班森被殺當晚的行蹤。一切都在積極進行中。在訊問班森的朋友和他平時經常光顧的餐廳、俱樂部的時候，沒有任何人聲稱曾見過他，也沒有人知道他當晚的活動。警方正在盡全力徹查這樁案件，但是一段時間過去了仍然沒有一點頭緒。看起來，班森從沒有過敵人，也從沒與別人有過口角和爭執，事業上也是十分順利。

就這樣，對班森最熟悉的人——他的哥哥安東尼．班森少校便成了警方咨詢的主要對象，之前正是因為他的關係，檢察官在案發之後立刻加入了偵察的隊伍。當天稍晚，馬克漢和班森少校一起吃了午餐，他表示雖然幫助不大，但願意同警察合作，即便到頭來殘酷的事實，可能有損他弟弟的好名聲。

安東尼．班森少校向馬克漢解釋道：「弟弟的朋友我倒是認識不少，但是我絞盡腦汁怎麼也想不出誰會對他下此毒手，我很難幫助警方抓到真正的兇手。至於他的私生活我完全不了解，因此我很抱歉無法在這方面給你們提供更多的資料和線索。我只知道弟弟和女人的關係有些不同尋常，我覺得從這個方向下手偵察，或許能找到突破口。」

根據少校含糊不清的建議，馬克漢派出兩名借調過來的優秀探員深入調查班森交往過的所有女士，並一再囑咐不可介入警察局的一切調查行動。另外，萬斯對管家的訊問引發了大家的高度興趣，也派人去調查了她的資料。

結果顯示，普利斯太太出生於賓夕法尼亞的一個小鎮，父母是德國人，丈夫早些年就過世了，如今已經守寡十六年了。在給班森當管家之前，她曾經為一家人工作了大約十二年之久，辭職的原因主要是女主人要去旅店居住，不再需要管家了。前雇主聽說她有一個女兒，但是從來都沒有見過。這些事實與本案毫無聯繫，所以馬克漢只作了一份簡報。

希茲下令地毯式全面搜索灰色凱迪拉克，但是他對謀殺案和這部車的聯繫也沒有太大信心。媒體對於這部車的報導引起了紐約市民的回應，一位清道夫在報上看到這則裝有釣具的車的新聞後立即向警方報警，說他在公園的過道上發現了兩根纏在一起的釣魚竿。但是這就可以確定是邁克爾．弗里見到的凱迪拉克車廂內的釣具嗎？誰也說不定。這也許是車主故意扔出車窗外的，又或者是有人開車經過公園時不留神掉出來的，除了這些推斷以外，就沒有更進一步的消息了。這樣，在發現死者的第二天上午，謀殺案的調查工作就陷入了僵局。

那天早晨，柯瑞給萬斯買回了當天所有的報紙，隨後萬斯足足看了一小時關於這起謀殺案的報導，我發現他的表情很異樣。

「范……范達因，」他一點精神也沒有，「我變得感性、有人情味了？人們已經用濫了這兩個形容詞，更何況別人認為有人情味的事情在我看來恰恰相反。但這樁謀殺案很有意思，也許就像記者說的那樣『有吸引力』？這字眼實在有夠殘酷的！老范，你來看一下這篇希茲的採訪稿，整個報導裡他就說了一句『我什麼也不知道』。真是無價之友啊，我倒有點喜歡他了。」

「希茲也許只能從報刊上獲悉案情發展的狀況了，他只是擺個樣子而已。」我說。

萬斯有點悲傷，搖頭說：「不是，這正是他要對記者說的。再不虛榮的人，也不會故意在人們的面前，表現出自己連將殺人犯繩之以法的能力都沒有。」

「難道馬克漢知道一些事情，但是從來沒有告訴我們？」

萬斯低頭思索了一下。他點頭：「有這種可能，他一直不肯接受採訪，我想我們應該更進一步的了解一下囉！」

他走到電話前，撥打了檢察官辦公室的電話，我隱約聽到他說要和馬克漢在史蒂文森俱樂部共進午餐。

我突然想起來訪的目的，便說：「在史泰萊茲藝廊看見的那個雕像，該怎麼處理？」

他回答道：「今天就算了，以後再說吧！」說完又專心看他的報紙了。

也許我用「詫異」這兩個字來形容我的感覺，有點輕描淡寫了？但是我和他相處這麼多年以來，從沒見他為了另一件事而把自己對藝術的熱愛擱置到一邊，以前與法律扯上關係的事情，根本不會引起他多大的興趣，所以這次我一句話都沒有說，我想此刻必定有一些不尋常的想法，在他大腦中開始形成了。

儘管馬克漢比約定時間提前了一些到了俱樂部，但萬斯和我比他在更早之前，就坐在我們最喜歡的角落裡了。

萬斯歡迎道：「偉大的檢察官，除了發掘那些新而有力的、會在近期內給案情帶來重大突破的胡說八道的證據之外，真正的進展如何？」

馬克漢笑了，「看來你每天都在看報紙呀，你對這些新聞報導有什麼意見？」

「這些都已經司空見慣了，他們故弄玄虛、繪聲繪色，在那些捕風捉影的事件上大做文章，但都沒抓住重點。」萬斯回答。

「想請教一下，什麼才是你所說的重點？」

「以我這個外行人來看，艾文的那頂假髮才是最值得關注的。」

「我也知道，班森將它視為第二生命。還有呢？」

「還有梳妝台上的衣服和領結。」

「另外，不要忽略玻璃杯裡的那副假牙。」馬克漢開玩笑地加上一句。

「高見！」萬斯輕呼，「沒錯，它們也是現場的重點之一，我保證希茲還不曾注意到這些，其他那些人也一樣粗心大意。」

「我知道，昨天的搜查工作並沒有給你留下深刻印象。」馬克漢說。

「恰好相反！印象深刻到令我驚慌失措，整個程序看起來荒誕不經：重要的證物幾乎全部被跳過，至少有一打的疑點全部指向同一個方向，但這些很少有人注意。大家都忙著做愚蠢的例行工作，檢查煙頭以及窗戶。對了，那些窗戶非常漂亮，是在佛羅倫斯鑄造的。」萬斯感慨地說。

馬克漢有些哭笑不得，「警察做事都很仔細的，萬斯！我相信，要不了多久他們就會發現線索。」

「你對人性的信任讓我欽佩，希望你也同樣信任我。能不能告訴我，班森一案你究竟知道多少？」

「這可是要保密的……」馬克漢猶豫了一會兒，說道，「今天早上在你打來電話之後，被我派去偵察班森感情生活的探員回來了，他向我報告說他已經找到提袋和手套的主人——多虧手套上的縮寫字母，它們幫了他很大的忙。提袋和手套的主人名叫瑪麗亞・聖・克萊兒，是一個演音樂劇的女演員。正如我猜測的那樣，她是班森那晚的女伴。」

「真不幸！真希望你的手下還沒找到那位女士。我雖無緣結識她，但我很想送上一封慰問信。你一定對她窮追猛打了吧？」萬斯吸了一口氣。

「我當然會問她一些問題，如果你指的是這個。」

午餐後，馬克漢顯得心事重重，很少和我們交談。

我們正在大廳抽煙，站在附近窗前的班森少校看見馬克漢在此便走了過來。班森少校大約五十來歲，身材挺拔，看起來很嚴肅。

他向萬斯和我稍微彎腰行了個禮後，便立刻轉向馬克漢，說道：「馬克漢，昨天午餐以後，我便不停地琢磨，突然想起來有一個名叫林德．凡菲的人和艾文走得很近，或許他可以提供一些有用的線索。昨天我沒有想到他，是因為他沒有住在城裡，大約在長島附近——華盛頓港一帶。這只是一個小線索，這件可怕的事是如何發生的，我真的想不通。」

說完，班森深深地吸了一口氣。

「這是一個很有價值的線索。」馬克漢邊說邊在信封的背後，記下那人的姓名和聯繫地址，「我會立即派人跟進。」

在班森和馬克漢這段簡短的對話間隙，萬斯好像心不在焉地望著窗外。這時他突然轉過頭來問少校：「奧斯查爾上校呢？我曾經在你弟弟的公司見過他幾次。」

「他根本幫不上忙，只不過是個熟人罷了。」說完，班森少校又轉向馬克漢，「現在我若問你發現了什麼，是不是還為時過早？」

馬克漢取下嘴裡的雪茄在手指中把玩，回答道：「也不盡然！星期四晚上和你弟弟共進晚餐的人已經被我們找到了，這個人於午夜時分和他一起回的家。」說到這裡，馬克漢停頓了下來，過了一會兒，他又繼續說下去，「事實上，有沒有更多的證據已經不重要了，我手上的這些，已經足夠讓檢察處進行起訴了。」

班森少校聽了，晦暗的臉上現出了一絲驚喜。

「感謝上帝！」少校拍拍檢察官的肩膀，「看在我的面子上，放手去做吧，馬克漢！有需要我的地方儘管吩咐，我會在俱樂部待到很晚。」

說完，少校轉身走了出去。

「問這麼多問題對一個痛失親人的少校來說，似乎有些不人道。但是，地球還要照樣旋轉。」馬克漢意味深長地說。

「為什麼要奉上帝之名？」萬斯打了一個哈欠，喃喃自語道。

迷霧中的交鋒

六月十五日
星期六
下午兩點

我們坐在椅子上，靜靜地抽著煙，萬斯懶洋洋地朝窗外的麥迪遜廣場望去，而馬克漢則目不轉睛地盯著壁爐上方老彼得・史蒂文森的油畫像。

過了一會兒，萬斯帶著一絲揶揄的微笑轉向馬克漢。

「馬克漢，」他慢條斯理地說，「我看你們這些刑事探員實在很容易受所謂的證物的誤導。比如你們對於一個腳印，一輛停在門口的汽車，或者一條繡了姓名縮寫的手帕的無休止的追查，就很好地證明了這一點。難道你不明白這起案件僅憑表面證物與推測出來的證據，是不可能破案的嗎？」

對於這些突如其來的批評，我想馬克漢一定和我同樣吃驚，因為以我們對萬斯的了解，他這麼說肯定是有著某種特殊的含意的。

「對於所有的證據，你都不以為然嗎？」馬克漢問。

「是的，」萬斯平靜地說道，「那些證據非但絲毫無益，還有可能會惹來麻煩。你們最大的問題就在於調查一起案件的時候，已經有一套固定的模式定格在你們的腦海之中了，覺得嫌犯要麼是笨蛋，要麼就是大盜。難道你從來都沒有想過，警探能夠發現的線索，嫌犯不也一樣能看見，他就不會毀滅證據掩人耳目嗎？你沒想過，一個高手在作案的時候，可能會有意留下一些線索引你們上當？這些警探不願承認表面證據經過設計的可能性，其實就是在掉入真凶為了誤導辦案精心設計的陷阱。」

馬克漢嚴辭反駁道：「如果對所有表面證據、有利的情況以及接近合理的推論，都視而不見的話，那麼在我看來，破案的希望就更加渺茫了。這些是你們局外人所不能了解的。」

「不，你說的完全是錯的！」萬斯平靜地說道，「局外人還是可以了解的。犯罪如同藝術品，沒有人可以看到犯罪的過程，這就像是人們無法親眼目睹藝術品的創作過程一樣。假如魯本斯在創作安特衛普大教堂的那幅《基督下十字架》的時候中途遇事外出，如今的警探是否也會由此斷定那幅畫並非魯本斯本人所作？這樣作出的判斷十分荒謬，就算推論是合理的，除了魯本斯本人外，你能找到別人畫出那幅畫嗎？畫家絕無僅有的技藝與天賦，就可以證明一切。」

「我不是藝術鑒賞家，」馬克漢鄭重地提醒他，「我是一個講求事實的執法者，我更喜歡通過確鑿的證據而不是抽象的假設，來判斷一件罪行。」

「你的個人偏好將會帶來很多錯誤。」萬斯點燃一支煙，朝著天花板吐了一個煙圈，「就目前這個案子來說，你在遭受誤導的情況下花大力找到謀殺班森的嫌犯，之後就對少校說已經掌握了足夠的證據起訴嫌犯。你手上的確有不少所謂的確鑿的證據。然而實際上你根本就沒找對人，一位可憐的女士即將因你遭受虐待，而她原本同這起案子沒有絲毫瓜葛。」

萬斯的一席話，受到馬克漢尖銳的反擊，他說：「我使一位可憐的女士即將遭受虐待？現在，我跟我的助理已經掌握了可以證明她有罪的證據，你有什麼理由相信她是無辜的？」

「這個不難，」萬斯說，「真兇十分狡猾，至今還沒有現身，他清楚你和警探根本就無法找到任何可以證明他涉案的證據。」他的自信令人感到了一種無形的壓力，似乎沒有任何反駁的餘地。

馬克漢不屑地笑了起來，「沒有哪個兇手可以做到如此心思縝密、面面俱到的。就算是再無關緊要的小案子，在案件發生的前後，都一定會留下一些蛛絲馬跡，這已經是一個不爭的事實了。無論兇手在作案前花費了多長時間、經過了多少周密的計畫，都會留下很多疑點，而這些疑點往往在關鍵時刻出賣他。」

「一個不爭的事實？」萬斯不斷重複著，「哦，不，『惡有惡報』僅僅是荒謬的迷信，一般人相信這種『法網恢恢，疏而不漏』的傳統觀念，我是可以理解的。可是，如果連你也這麼想，那事情就糟了！」

「不要讓它將你一天的情緒都破壞掉了。」馬克漢的話語中略帶一絲調侃的意味。

「比方說那些每天到處都在發生而警方卻無法破獲的案件，」萬斯不顧他的嘲笑繼續說道，「為什麼這些令全國一流探員頭疼的案子這樣難以偵破呢？其實是因為那些可以被偵破的案子，全都是由一些笨蛋策劃的，這就是為什麼聰明人在實施犯罪之後，通常可以全身而退而絲毫不被察覺的原因了。」

「那些案子之所以遲遲未能偵破，主要是運氣不好的緣故，跟犯罪技巧的高低沒有直接關係。」馬克漢不屑地說。

「運氣不好——」萬斯提高嗓音，「那僅僅是一個藉口，是『無能』的同義詞。聰明人是不會將一切都歸咎於運氣不好的。不，親愛的老友，案件之所以未能偵破，完全是由於犯罪者天衣無縫的計畫，班森殺人案就完全符合這些特點。因此，你僅僅經過數小時的調查就確定兇手的這種做法，實在讓人不敢恭維。」他停頓了一下，連吸了幾口煙，接著說，「你們很容易被自己的方法誤導，這樣終將會斷送那位可憐的年輕女士的自由。」

此時，一直笑容可掬的馬克漢終於壓抑不住內心的憤怒，對萬斯怒目相向，「可我手上已經掌握了不少把柄，就是關於你口中聲稱的那位『可憐的年輕女士』的！」

萬斯依然冷冷地說：「這個案子絕對不是女人做的。」

看得出，馬克漢已經快被氣炸了，口沫橫飛地說：「絕對不是女人做的？無論證據顯示的結果怎樣？」

「對！」萬斯冷靜地說，「除非她對犯罪事實供認不諱，並且拿出你們所謂的『確鑿的證據』來。」

「哼！難道你認為親口承認犯罪事實都毫無意義？」

「對，我要讓你徹底明白，它們不但毫無意義，而且還會誤導整個案件的偵破方向。有些證據大概是像女人的第六感一樣偶爾被蒙到了，不過絕大多數是不足以採信的。」

馬克漢生氣地回應道：「一個人為什麼會招供？他吃錯藥了？還不是他認為真相已經或者即將大白了。」

「我真是對你刮目相看！馬克漢，其實招供的動機有許多，或許是因為害怕，或許是受到脅迫，又或許只是違心的權宜之計，是心理分析學家所說的自卑感在作祟、盲目自大、認識膚淺、虛榮心太強，招供的理由有幾百種。要知道，在所有證據中供詞是最不可信的，即便是在目前這樣一個過時的、不科學的法律體制之下，也應該對供詞的可信度提出質疑，除非還有其他證據做佐證。」

「你這完全就是在狡辯，」馬克漢說，「假如法律如你所建議的那樣，將所有的供詞與實物證據拋諸腦後，那麼法庭與監獄乾脆關門大吉好了。」

「哦，你這是典型的法律邏輯。」萬斯回答。

「那麼，請問，你要如何給嫌犯定罪？」

「的確有一個方式能夠檢驗人類的犯罪行為與責任，只不過警方到現在為止，既不了解其價值也不懂得如何對其加以應用。要想找出真相，只有對犯罪心理進行嚴密分析，並將其延伸到個別人身上來。真正的破案線索是心理，而不是實體。正如一位學問和修養兼備的藝術家在鑒定一幅畫的時候，不會依靠材料或者顏料的化學分析報告作出判斷，而是通過對整幅畫所傳達出的觀念及其使用的技法，來了解創造者的個性特徵。他會問自己：這件藝術品真的具有獨特的個人風格嗎？——比如，像魯本斯、米開朗基羅、維羅內塞、提香、丁托列托這樣的大家或者其他任何一位優秀的藝術家的作品，都會有一定的信譽度。」

「我承認，我的認識水平還停留在關注表面證據的階段。」馬克漢說，「在這起案件中，我掌握了許多這樣的表面證據，並且所有證據全都指向這位年輕女子，證明她就是殺害艾文．班森的真凶。」

萬斯聳聳肩，說道：「你可不可以信心滿滿地告訴我，你究竟掌握了哪些證據？」

「當然！」馬克漢同意，「首先，那位女士在子彈射出時，剛好也在現場。」

「我的上帝啊！她果真在場？這太令人驚訝了！」

「她的確在案發現場。晚餐的時候，班森家的客廳裡有她的手套和提袋。」

「噢！」萬斯微笑了起來，喃喃地說，「從探案的觀點來看，並不能確定那位女士就在現場，只是在現場發現了她的手套和提袋。對於我這個淳樸善良的門外漢來說，將這兩件事情混為一談，實在是很荒謬。換句話說，倘若我的褲子在乾洗店，那是否表明我本人也在乾洗店呢？」

馬克漢顯然有些激動，他望著萬斯，說道：「依你這個門外漢所見，一個女人帶了整個晚上的貼身用品，於第二天清晨出現在她男伴的家中，這些全部不能夠當做證據了？」

「是的，」萬斯冷靜地說，「這種指控根本就是無效的。」

「然而這位女士不可能從下午開始就一直穿著一身晚宴的行頭，更不可能在晚上趁班森不在家的時候去拜訪，最令人不解的是她竟然刻意避開了管家。所以請告訴我：如果那天晚上不是她本人親自將這些東西帶到班森家裡，那又怎麼可能會在第二天的清晨，出現在同一個地方？」

「上帝，我並不這麼認為，」萬斯回答，「這位女士無疑讓你的好奇心得到了滿足，但也可能是其他什麼原因。例如，班森先生在死之前或許將這些東西裝進大衣口袋裡帶回了家——你知道，女人們通常喜歡要求男人幫她們拿東西，她們會說：『我可以把這些東西放在你的口袋裡嗎？』如果不是，那麼很有可能是真凶故意將東西放在現場，用來誤導警方破案的。你也知道，女人從來不會將隨身物品擱在衣帽架和壁爐上，而是喜歡順手將它們扔到你最喜愛的椅子或者桌子上。」

「難道，」馬克漢突然冷冷地丟了一句，「班森先生會將那位女士的煙蒂，也一併放進口袋裡帶回家？」

「任何怪事都有可能發生，我並沒有特指這樁案件。也許煙蒂是先前會面的證據。」

「就連一向被你看不起的希茲，都聰明地查到班森家的管家，每天早晨都會將壁爐打掃一遍。」馬克漢告訴他。

萬斯笑著說：「呵呵，他想得還真周到。不過我想要問你的是，這應該不是你手裡唯一的一項對這位女士不利的證據吧？」

「這根本無關緊要，」馬克漢鄭重申明，「關鍵在於，無論你對它有多少懷疑，都無法否認它是一項非常重要的證物。」

「我真的不希望看到無辜的人被法庭判罪。請再告訴我一些更加詳細的情況。」

馬克漢想了想，說：「目前我掌握的情況如下：首先，這位女士曾經和班森一起在西四十街的一間波西米亞餐館裡用餐；其次，他們曾經發生過爭吵；最後，他們是在午夜十二點的時候，共同乘坐一輛計程車離開的。而罪犯的行凶時間被證實是在十二點三十分，恰巧這位女士就住在毗鄰八十街的河濱大道上。從時間上考慮，不可能出現班森在送她回家後返家被槍殺的情況，因此可以斷定，他們是一同回到班森家中的。同時我們也證實她的確曾經出現在班森家，據我的手下調查得知，她是在午夜一點鐘以後才返回自己的公寓的。她甚至在回家時忘記拿自己的提袋和手套，而不得不用備用鑰匙將自己家門打開，根據她自己的說法，是她不小心將鑰匙弄丟了。或許你還記得，我們曾經在她的提袋裡找到一把鑰匙。此外，我們從壁爐裡找到的煙蒂，跟她的煙盒是同一個牌子的。」

馬克漢停了下來，點燃雪茄繼續道：「那夜發生了很多事情。今早在我得知這個女人的身分之後，就立即加派人手前往調查她的私生活。就在我中午準備離開辦公室的時候，派去調查的兩個人打電話說那位女士有一個未婚夫，名叫里奧·庫克，是陸軍上尉，他極可能擁有一把和用來殺害班森的同型號的手槍。此外，據調查，里奧·庫克上尉曾經在案發當天同這位女士共進午餐，並於第二天早上打電話到她的公寓。」馬克漢向前傾了傾身子，手指不停地敲著座椅的扶手，明顯加重了語氣，「目前，我們已經了掌握嫌犯作案的動機、時間以及手段，而你竟然還要告訴我，我沒能掌握足夠的證據。」

「我親愛的老友，」萬斯冷靜地宣稱，「恐怕稍有頭腦的小學生都不會被你這種觀點說服。」他搖了搖頭，「你這些所謂的證據將會奪去一位無辜女士的性命與自由！上帝，你令我感到恐懼，我甚至開始為自己的人身安全擔憂了。」

馬克漢被徹底激怒了：「你倒是給我說說看，我的推理錯在哪裡？」

「從你的推理來看，這位女士無辜的可能性被徹底排除掉了，你非要將一些毫無關聯的線索拼湊在一起而得出現在這個結論。在我看來，這個結論是錯的，原因就是它與一切犯罪者的心理都背道而馳。很多時候，真正的證據來源於那些沒有被你注意到和認為不可能發生的事情。」說著，他的聲音開始變得異常嚴肅，同時做了一個強調的手勢，「假如你要用謀殺艾文·班森的罪名來逮捕任何一名女子的話，那你又會犯了一項非常嚴重的罪行——那就是愚蠢。因為與射殺一個像班森這樣粗俗的人相比，毀掉一個無辜女子的名譽，更應遭到譴責。」

馬克漢眼中的怒火幾乎要燃燒起來，不過他沒有立即進行反擊。他與萬斯是非常要好的朋友，即使兩人的觀點水火不容，他們依然能夠彼此了解並互相尊重。雖然有時他們彼此間的坦白程度令人驚訝，但可以肯定的是，那全都是出於君子之交的高尚情懷。

馬克漢在一段時間的沈默之後，才勉強擠出了笑容，說道：「你真讓我感到疑惑。」雖然他的語調故作輕快，但我還是感覺到了他的誠懇，「事實上，我還沒有意願要將那位女士逮捕歸案呢！」

「你所表現出的約束力值得稱讚，」萬斯說道，「不過我相信，你已經準備好要對那位女士採取威逼的措施，或者通過一番設計，令她說出一些前後矛盾的供詞。這可以說是律師的專長，所有被當做嫌犯的人，在精神緊繃的狀態下接受交叉訊問的時候，都有可能說出這種前後矛盾的供詞來。」

「我一定要訊問她的。」馬克漢看了一下錶，「我的手下半小時後，會將她帶到我的辦公室，所以我現在必須要中止這次愉快而有益的談話了。」

「難道你真的以為通過對她的審問，就可以獲得更多的細節？」萬斯問，「我倒還真的想親眼看一看，你究竟要怎樣來羞辱一位無辜的女士，不過估計訊問也算做是法律程序的一部分吧！」

此時，馬克漢已經起身向門外走去，聽到萬斯的話之後，他停了下來，說道：「如果你真的想來，那就來吧。」

我想他只是想要向萬斯證明，他所說的「羞辱」僅僅是他的個人偏見。不一會兒，我們乘坐的計程車，已經行駛在了去往刑事法庭大樓方向的路上。

玫瑰花下的毒刺

六月十五日
星期六
下午三點

我們進入一棟古老的大樓，來到位於四樓的總檢察官的辦公室。室內的佈置同整棟大樓一樣，散發著懷舊的氣息。懸掛在挑高的天花板上的銅製吊燈，顏色暗淡斑駁的石灰牆，以及向南而設的四扇狹長的窗戶，都向我們展示著一種已逝的、古老的建築風格。

地上是一條陳舊的、骯髒不堪的咖啡色天鵝絨地毯，窗簾也是同樣材質和顏色的。窗戶正下方是檢察官的辦公桌，在高背旋轉椅的右手邊擺放著一張橡木桌，而在辦公桌的對面擺放著另一張橡木長桌，旁邊圍著幾張座椅。除此以外，屋子裡還有幾個文件櫃和一個保險箱。向東的那面牆的正中央有一扇皮製的門，上面有黃銅把柄，打開這扇門可以看到一間狹長的屋子，那裡擺放著檢察官的祕書和幾位職員的辦公桌。在這扇門的正對面還有另一扇門，是通向檢察官的密室的。而面對窗戶的門就直接通向走廊。

萬斯隨意地環顧了一下室內，「原來全城正義的孕育之地，就是這樣的啊？」說著，他來到窗前，眺望著遠處的灰色高塔建築，「估計那裡就是監獄，是監禁那些受法律制裁的人的黑牢，目的是要儘量將他們在群眾間的犯罪率降到最低，不過馬克漢，這畫面實在令人慘不忍睹。」

此時的檢察官正坐在自己的辦公桌前，翻閱著手上的記事本，頭也不抬地說：「我的手下正等著要見我，如果你現在能夠乖乖回到那邊的椅子上坐下，我想我調查那些懸案的效率會更高一些。」

說完，他按了一下桌旁的按鈕，一個戴著厚厚鏡片的年輕男子出現在了門口。

「史懷克，把腓普西叫過來，」馬克漢下達了命令，「另外，如果斯賓格已經用過午飯，告訴他，一會兒我要見他。」

祕書離開後不久，一個身材高大、削肩的男人，顯得有點笨拙地走了進來，長了一張鷹一樣的面孔。

「目前，你們得到了什麼消息嗎？」馬克漢問道。

「長官，」探員低沈的聲音聽起來有些刺耳，「剛才我發現了一些線索，也許您馬上就能用得上。中午我向你報告完畢之後，就來到里奧．庫克上尉的住所，原本想要從門童那裡打探一些消息，結果竟然碰到了里奧．庫克，他當時正準備外出，於是我立即尾隨他去了那位女士的公寓，一小時之後，我看到他愁容滿面地返回家中。」

馬克漢聽完思索了一會兒，說道：「噢，這沒什麼，不過我還是很高興你能告訴我。一會兒瑪麗亞・聖・克萊兒就到了，我想聽聽她怎麼說。現在沒別的事了。告訴史懷克，立即叫崔西進來。」

與腓普西相反，崔西是個溫柔敦厚的人，他身材矮胖，一張渾圓親切的臉上，架著一副夾鼻眼鏡。

「早安，長官。」他平靜地跟馬克漢打了聲招呼，聲音清脆悅耳，「我知道下午克萊兒會來接受訊問，我已經掌握了一些或許對案情發展有幫助的線索。」

他打開手上的一個小筆記本，調整了一下鼻梁上的眼鏡。

「她跟著一位老師學習唱歌，我從他那裡打探到了很多。這位老師是意大利人，叫芮那多，曾經是大都會歌劇院的成員，如今自己組建了一個專門訓練歌舞劇第一女主角的合唱部分的合唱團。克萊兒是他的得意門徒之一。看得出來，他對班森非常熟悉，班森曾經多次來彩排現場探班，還經常打電話找她。這位老師覺得班森對克萊兒情有獨鍾。去年冬天，克萊兒得到了出演一個小角色的機會，芮那多擔任後台監督，當時班森送的花幾乎將整個演員化妝間都擺滿了。我曾試探性地問他班森是否是克萊兒的『恩客』，不過芮那多表示自己對此並不了解，或者是他不願意說。」崔西將筆記本合上，抬起頭來說道，「長官，不知道這些是否對你有所幫助？」

「哦，這簡直太棒了！」馬克漢說，「繼續努力，星期一的這個時候再來跟我彙報。」

崔西行禮離開了，祕書隨後出現在了門口。

「長官，斯賓格回來了，」他問，「是否要他進來？」

斯賓格和腓普西、崔西都不同，他屬於另一種類型的警探。他年紀稍微大一些，感覺就像是一個辛勤工作的銀行簿記員，能力出眾，能夠完成所有艱巨的任務。

馬克漢從口袋裡拿出一個信封，上面寫著許多由班森少校透露的人名。「斯賓格，現在一定要盡快將住在長島市的這個人找出來，我懷疑他與班森的死有關，你一找到他就馬上將他帶來。他叫林德．凡菲，如果可以從電話簿裡查到這個名字，就不用親自去了，估計他就住在華盛頓港。」

馬克漢將這個名字抄在一張卡片上，然後遞給了警探。「今天是星期六，明天下午我在史蒂文森俱樂部，如果明天他可以進城的話，就叫他到那裡找我。」

馬克漢等斯賓格離開後按鈴將祕書叫了過來，告訴他瑪麗亞．聖．克萊兒小姐一到，就立即帶她進來。

祕書前來報告：「希茲警官來了，如果您有時間的話，他想要見您。」

馬克漢抬頭看了一眼掛在門上的鐘，說道：「還有一些時間，就叫他進來吧！」

在檢察官的辦公室見到萬斯和我，讓希茲感到異常驚訝，和檢察官握手之後，他便微笑著對萬斯說：「萬斯先生，仍舊在做指導工作嗎？」

「哦，這怎麼敢當，警官，」萬斯說，「不過我找出了一些很有趣的錯誤。對了，追查的結果怎麼樣？」

希茲突然嚴肅起來：「這正是我要向長官報告的，」他對馬克漢說道，「這起案件很棘手啊，我和我的手下至少查問過一打以上的班森的那些好友們，也沒有問出任何有價值的東西來，他們要麼是真的對事件一無所知，要麼就是在故意隱瞞。看起來，每個人都在盡力對槍殺一事表現出驚愕，但要問他們到底知不知道事情是怎樣發生的或者為什麼會發生，他們就會立即向全世界宣布，他們什麼都不知道。你甚至都可以想像得出他們的回答：有誰會忍心殺害老好人艾文呢？不可能會有人這麼做的，除非那個惡棍不認識老好人艾文；如果他和艾文認識，那麼就算是惡貫滿盈的盜賊也絕對不會下此毒手的……可惡！我真想親自動手將這些口是心非的壞蛋們統統幹掉，讓他們去和他們的老好人艾文團聚。」

「有關車子的問題，有什麼新的進展嗎？」馬克漢問道。

「一點也沒有。不過有趣的是，許多報導都指出這樣一個事實：釣竿是我們目前唯一的發現。即使今早法醫送來了驗屍報告，但裡面的內容也全是我們已知的事實。用行話來說，班森的死因就是頭部中槍，他的內臟器官完好無損。既沒有中墨西哥豆毒，也沒有被非洲毒蛇咬了一口，什麼異樣都沒有，這就使得整個案件更加盤根錯節，無從下手了。」

「警官，打起精神，」馬克漢安慰他說，「我的運氣比你好一點，崔西不但找到了提袋的主人，還查出案發當日她曾經與班森一起共進晚餐。並且他和腓普西還找到一些非常有價值的旁證，我現在正在等待這位女士，想看看她怎麼說。」

就在檢察官說話的同時，希茲的眼神中突然出現了一道憤恨的目光，不過很快他就將這種憤恨壓了下去，向馬克漢詢問了一些問題，馬克漢盡力回答他，並將林德·凡菲這個人的事也告訴了他。

「偵訊之後，我會馬上向你報告結果。」他對馬克漢說道。

萬斯看著希茲離開，朝馬克漢做了一個鬼臉道：「我怕這個複雜事件的細枝末節會讓他茫然不知所措，令他失望至極！剛才聽到那個戴著厚鏡片的、忙碌的年輕人說他來訪的時候，我還興奮了一陣，以為他是來向你報告說他已經逮到了六名班森案件的兇手呢！」

「你這樣想也太不現實了。」馬克漢說道。

「哦？這種想法難道不正常嗎？報紙上的頭條新聞不常常都是這麼報導的嗎？我一直以為一旦有命案發生，警察就會立即展開漫無目的的搜捕行動，這樣才夠刺激啊！唉！看來幻想又要破滅了。真是可憐呢！」他喃喃自語道，「我絕對不能原諒我們的希茲警官，他太令人失望了。」

此時，史懷克在門口通報說克萊兒小姐已經到了。

我想，在場的所有人都被這位年輕女子所吸引了，她傲慢地將頭微微仰起，平穩而優雅地走進辦公室，身材嬌小但卻十分美麗，不過，我覺得「美麗」二字根本不足以形容她。她就像是卡拉齊兄弟筆下的異國美女，雙眸漆黑明亮，鼻梁秀美而挺直，額頭飽滿，雙唇的線條也十分優美，嘴角洋溢著夢幻般的迷人微笑，她看上去自信而又美麗，神情泰然自若。然而，我可以感覺到在她平靜的外表下潛藏著一股激動的情緒。她雖然穿得拙樸淡雅，但衣著上的幾件小飾品，就可以襯托出她高雅不凡的氣質。

馬克漢躬身為禮，請她坐在辦公桌前的一把舊椅子上，她點了點頭，看了一眼那張座椅，最後卻坐在了另外一把沒有扶手的高椅上。

「我想你不會介意——」她說，「我自行選擇座位。」

她嗓音很低沈，聽起來像是受過嚴格訓練。雖然她在說話過程中始終面帶微笑，然而可以看得出並不是發自內心的，只是一種客套。

「克萊兒小姐，」馬克漢禮貌地說，「很明顯，艾文．班森先生被殺一案與你有關，現在，我想先請教你一些問題，不過出於為你著想，希望在我尚未採取更進一步的措施之前，請務必坦白交代。」

他停頓了一下，那個女人用譏諷的眼神看著他，說：「我是否應該對你的慷慨忠告，表示感謝呢？」

馬克漢眉頭皺了一下，低頭盯著桌上的文件道：「你應該知道，我們在案發第二天的上午，從班森先生的家中發現了你的提袋和手套。」

「我知道你可以查出那個提袋是我的，不過你說手套也是我的，有什麼證據嗎？」

馬克漢犀利的目光緊緊地盯著她的眼睛，「你是想說，那手套不是你的？」

「哦，不，」她又一次冷笑道，「我只是對此感到好奇，為什麼你那麼肯定手套是我的？對於我手的大小和我所喜歡的款式，你根本一無所知。」

「那麼可以告訴我，你喜歡的手套的特點嗎？」

「當然。我的手套是翠弗絲牌的，五又四分之三號，白色，羊皮的，長度大約到肘部。我希望你能把它還給我，當然，如果你不介意的話。」

「哦，很抱歉，」馬克漢說，「我想現在我們必須要將它保留在這裡。」

她微微聳了一下肩膀，問道：「我想抽根煙，可以嗎？」

很快，馬克漢從抽屜裡拿出一盒班森赫吉斯牌香煙。

「謝謝，我自己有。」她說，「不過如果你能將那個濾嘴還給我，我會十分感激的，我實在很想念它。」

馬克漢猶豫了一會兒，這個女人的態度讓他感到困惑。「好吧，可以先把它借給你用一下。」最終他還是作出了讓步，伸手從另一個抽屜裡取出濾嘴，放在她面前的桌子上。

「克萊兒小姐，」馬克漢又變得嚴肅起來，「現在請你告訴我，你的這些私人物品為什麼會出現在班森先生家的客廳裡？」

「馬克漢先生，請恕我無可奉告。」她回答。

「你知道拒絕回答的話，會有多麼嚴重的後果嗎？」

「抱歉，我根本就不想知道。」她的態度依然十分冷漠。

「你最好弄清楚自己目前的處境，」馬克漢警告她說，「那些留在班森先生家的私人物品對你很不利，會讓你涉嫌謀殺。」

女人抬起頭，嘴角再度浮現出謎一樣的微笑，她用探詢的口吻問道：「你現在掌握了足夠的證據，可以起訴我了嗎？」

馬克漢不理會她的傲慢：「你和班森先生交情不淺吧？」

「就因為在他的住處發現了我的提袋和手套，你們才作出這樣的判斷，是吧？」她有意迴避問題。

「他對你是不是有意思？」馬克漢繼續追問道。

她用鄙夷的眼神打量著馬克漢，說道：「是的！他簡直令我無法忍受！難道我被帶到這裡就是為了討論這個男人對我的迷戀程度嗎？」

馬克漢依然不理會她的反應：「克萊兒小姐，從昨晚十二點你離開餐館之後，一直到半夜一點回到家中的這段時間，你在什麼地方？」

「哦，你真是太厲害了，簡直無所不知。不過，那段時間我正走在回家的路上。」

「從河濱大道四十街到八十一街，這麼短的路程要用一個小時嗎？」

「唔，大概是的，最多只差個幾分鐘。」

「你這時間是怎麼算出來的！」馬克漢顯然已經不耐煩了。

「我根本不會計算，時間是自己流逝的，馬克漢先生，我想你知道的，時光飛逝，歲月如梭啊！」

「如果你繼續這樣的話，只會對自己更加不利，」馬克漢再次警告她，「難道你對自己目前的處境還不清楚嗎？你和班森先生一起吃晚餐到十二點，之後一同離開，在半夜一點的時候返回自己家中，而班森先生則在午夜十二點三十分遇害了，第二天清晨我們就在案發現場發現了你的私人物品……」

「哦，這樣看來還真的是很可疑啊！」她的態度有些反常，突然變得很認真，「馬克漢先生，我可以坦白地告訴你，如果我用自己的意識就可以殺死班森的話，估計他早就死過一百次了。我知道，對死者這樣蔑視是很不應該的，可是我實在是對班森先生厭惡至極。」

「既然這樣，你又為何要與他共進晚餐呢？」

「同樣的問題，我也曾無數次在心裡問過自己！」她顯得十分悲傷，「女人就是這樣一種情緒化的動物，永遠都在做一些不該做的事情。我知道你現在在想什麼：如果我想要謀殺他，最好讓一切看起來順其自然。我想或許每一個殺人兇手都會先和他們要謀殺的對象一起用餐吧！」

她一邊說話，一邊拿著粉盒不停地照鏡子，整理額前的瀏海，還不時地用指尖在眉毛上按一按，對著鏡子左顧右盼。她的舉止比任何言語都更能表達出內心的真實想法——她是想讓聆聽者注意到她外在的美貌，這遠比談話的內容來得重要。

馬克漢的臉拉得更長了。要是往常，他早就施壓令她就範了，不過這次馬克漢決定不像平時那樣用威脅恐嚇的手段來對付女嫌犯。倘若沒有萬斯在俱樂部說的那番話，馬克漢現在一定會採取更加強硬的態度，然而萬斯的話令他十分困惑，而眼前這個女人閃爍的言辭和不可理喻的舉止，也令他更加不敢輕舉妄動。

馬克漢沈思了一會兒之後，再次厲聲問道：「你曾經做過投機生意？就在班森的證券公司裡？」

聽到這個問題，克萊兒笑了起來，笑聲如銀鈴般悅耳動聽，「哦，我知道，親愛的少校又在饒舌了。我是曾經上場豪賭過，但那並非是有意的，估計是我太貪財了。」

「這麼說來，由於輸得太多被班森先生逼迫追加保證金，最後將你名下的債券賣掉——

這些全不是事實咯？」

「哦，我多麼希望這不是真的！」她似乎在故作悔恨，「因此，我用殘忍的手段殺害了班森，或者這僅僅是個報應而已？」她頑皮地微笑著，並抬起頭來期待回應，自認為是在玩一個猜謎遊戲。

在問下一個問題的時候，馬克漢的眼神變得異常冷酷和犀利。「菲利浦．里奧．庫克上尉是不是有一把軍用的點45柯爾特自動手槍，和殺死班森先生那把手槍是一樣的？」

聽到未婚夫的名字，她顯得非常吃驚，屏住了呼吸，雙頰立刻變得緋紅，不過很快，她又擺出一副滿不在乎的樣子。

「對於里奧．庫克上尉有什麼牌子、口徑多大多小的槍，我從來都不過問。」她回答得十分輕鬆且乾脆。

馬克漢平靜地繼續說道：「在命案發生的那天上午，里奧．庫克上尉去過你的公寓，還把這支手槍借給了你，是這樣嗎？」

「馬克漢先生，你問這些就很不應該了。」她羞怯地埋怨道，「哪有人會去質問一對未婚夫妻這樣的私人問題。我想你應該清楚，我已經是上尉的人了。」

馬克漢強忍著怒火，站起了身子。「看來你是想拒絕回答任何問題，完全不顧及個人的後果了。」

她沈思了一會兒，緩緩說道：「是的，先生，我現在什麼都不想說。」

馬克漢用手撐在書桌上，身子用力向前傾。「你知道這樣的態度會給你帶來什麼後果嗎？我現在已經掌握了有關你涉嫌犯罪的證據。既然你拒絕為自己辯護，那麼現在我必須下令將你暫時扣押起來。」

就在馬克漢說話的同時，我觀察到她的眼皮不自覺地垂了下來。除此之外，似乎絲毫不為之動容，只是藐視地瞥了馬克漢一眼。

馬克漢將下顎收緊，伸手準備去按辦公桌底下的按鈕，不過他看了萬斯一眼，手便停下了。萬斯滿臉責備的表情，不只是為馬克漢所做的決定感到吃驚，更重要的是，他覺得馬克漢這個愚蠢的做法，將導致嚴重的、無法挽回的後果。

室內充斥著緊張的氣氛，而克萊兒小姐卻氣定神閒地拿出粉盒，不斷地往鼻子上撲粉，鎮定自若地問馬克漢：「你要立即逮捕我嗎？」

馬克漢盯著她看了一陣，並沒有馬上做出回答，只是起身走向窗邊，俯視著「嘆息橋」——連接刑事法庭大樓和「墳墓」監獄的橋。

「不，不是現在。」他緩緩地說。

沈思了一會兒之後，他突然像是擺脫了猶豫，迅速轉過身來面對那個女人。

「我暫時不會扣押你，不過你也不能夠擅自離開紐約，否則我將立即拘捕你，你清楚了吧？」說完，他把祕書叫了進來，吩咐道：「請將這位克萊兒小姐護送下樓，並幫她叫輛計程車。好了，你現在可以走了。」

她起身朝馬克漢輕輕點了一下頭：「你真是個好人，肯將我的濾嘴借給我。」她看起來心情不錯，說完，把濾嘴放在桌子上便轉身離開了。

門剛一關上，馬克漢立即按下另外一個按鈕，隨著通往走廊的那扇門打開，一位白髮的中年男子出現在了門口。

「班，」馬克漢急促地下達了命令，「馬上跟蹤同史懷克一起下樓的那名女子，要二十四小時監視，不能讓她離開城裡——知道嗎？那名女子就是崔西查出的瑪麗亞·聖·克萊兒小姐。」

那個人接到命令離開之後，馬克漢便不動聲色地緊盯著萬斯。

「現在，對於這位無辜的女士，你有什麼新的看法嗎？」他帶著幾分得意對萬斯說。

「哦，一個了不起的女人，一點都不怯場。你知道，有一陣子，我真擔心你會真的取出手銬來，如果你那樣做了，老兄，你一定會死不瞑目的。」

馬克漢盯著萬斯，他知道萬斯的話別有用意，也正是基於這個原因，他才在扣押這個女人之前，及時改變心意。

「她的態度很難讓人相信她是無辜的，」馬克漢說，「就算她表現得再出色，也只是她自知有罪之後耍弄的花招。」

「難道你沒發現，無論你是否認定她有罪，她都毫不在乎。實際上，剛才你放她走的時候，我還從她臉上看到了失望的表情。」萬斯說。

「在這一點上我不敢苟同，」馬克漢說，「不管有沒有罪，誰都不會希望自己被捕。」

「那位幸福的情郎，在班森遇害的那段時間裡身在何處？」萬斯問。

「你以為我們沒查過這個嗎？」馬克漢不屑一顧地說，「里奧・庫克在那天晚上八點以後就一直待在自己的公寓裡。」

「哦？是這樣嗎？」萬斯反駁道，「還真是個模範青年啊！」

馬克漢又一次用嚴肅的口吻對他說：「我很想弄清楚你腦子裡現在在想些什麼！如今我已經暫時將那位女子放走了，放棄了自己先前所做的判斷，不是正中你下懷嗎？現在你最好老實告訴我，你葫蘆裡究竟賣的什麼藥？」

「賣藥？哦，老兄，這個比喻多麼粗俗啊，不知道的人還以為我是在耍雜技呢！」

見萬斯這樣回答，馬克漢知道多半意味著他不想直接答覆問題，隨即轉變了話題。

「無論如何，今天未能如你所願，沒有讓你看見我修理人的場面。」

萬斯故作驚訝地抬起頭，說：「是啊，真是太可惜了！不過你知道的，生命本來就充滿了失望。」

極限挑戰

六月十五日
星期六
下午四點

馬克漢打電話將審訊的內容告知希茲之後，我們便再次來到史蒂文森俱樂部。一般情況下，檢察官的辦公室都是在週六下午一點休息的，不過今天是個例外，因為聖・克萊兒小姐的到訪將下班時間推後了。一路上馬克漢始終一言未發，直到我們到達俱樂部，坐在沙發上的時候，他才憤憤地說道：「該死！我真不該將她放走，我到現在都還覺得她有罪。」

萬斯裝出一副崇拜的樣子說：「哦，上帝！你肯定是一位通靈者，生來就擁有特異功能。你通常是不是都能夢想成真？你想著誰是不是就能立刻接到誰的電話？真是厲害啊，那你一定會看手相了？怎麼不用星座來判斷那位女士是不是兇手？」

「可是我找不出可以證明她無罪的證據，除了你的直覺。」馬克漢立即反駁道。

「不過，」萬斯宣稱，「我敢肯定她一定是無辜的，因為兇手絕對不是女人。」

「你不要蠢到認為女人就不會使用這種點45柯爾特自動手槍。」

「噢，」萬斯聳聳肩，說道，「對於這件案子的實質性證據我完全不屑理會，就將那些垃圾留給你們吧——愚蠢的律師和一些肌肉發達的傢伙。我自有我的辦法。你以射殺班森的罪名將任何女人逮捕都是極其唐突的，你這是犯了一個極大的錯誤。」

馬克漢的聲音變得嘶啞，他憤怒地說：「你到現在居然還拒絕相信任何足以揭發真相的推論，還要將那套人類心智運作的信念一再重申。」

「這難道是上帝的子民所說的話嗎？」萬斯感到異常驚訝，「馬克漢，你真是太頑固了！難道你的原則是『所有你不知道的』就都不能算數，因此你不想要弄明白的話，也就不需要解釋了。這個觀點倒是挺不錯的，它能夠將所有的憂慮與不可知統統化解。在你眼裡，這個世界很完美嗎？」

馬克漢忍受著他的奚落，繼續道：「中午用餐的時候，你說有一個方法，可以絕對正確地將罪犯查出來，能否讓我這個微不足道的小檢察官，知道一點你這個深奧無比的祕密？」

萬斯聽了這話，誇張地向檢察官鞠了一躬。

「哦，當然，我非常樂意。它被我歸為人類性格與心理分析的科學方法。包括你我在內的每個人都有自己的一套行事方式。人的一切行為，不論大小，都是其個性的體現。從一個人的行事方式上，就可以看出這個人的性情如何，因此，音樂家可以通過一節樂章得知此曲的作者是貝多芬、舒伯特還是蕭邦；藝術家能夠從一幅畫作中看出作畫者是阿比尼斯、柯爾，還是林布蘭、哈爾斯。世界上沒有兩張完全相同的臉孔，當然也不會存在兩種完全相同的性格，這樣，同一件事物在二十位畫家的手中，會因每個人想要表達的思想不同而呈現出不同的結果，每一件作品都是畫家個人直覺的體現。這是個非常簡單的道理。」

「你舉的藝術家的例子，我非常能夠理解。」馬克漢的話語中帶有諷刺意味，「然而，對於我這個粗人而言，這種抽象又細膩的技巧似乎是行不通的。」

「每個人都傾向於相信那些自己想要相信的事情。」萬斯低語道。

「是啊，藝術同犯罪相比，還是有很多不同之處的。」馬克漢說。

「其實它們在精神上完全沒有差別，」萬斯立即給予了糾正，「犯罪與藝術有著共同的基本要素，那就是接觸、技巧、觀念、想像力、執行、方法與組織能力。更為關鍵的是，犯罪的佈局和藝術品毫無二致，無論是一樁精心策劃的謀殺，還是一幅精美的繪畫作品，都能夠強烈地表現出個人風格，藝術鑒賞家可以通過對畫的個性的分析告訴你畫的原創者；心理學家也可以通過對一件犯罪事實的分析告訴你真凶是誰——他能夠通過觀察找出罪犯行為的特徵。親愛的老夥計，這就是發掘人類罪行的唯一辦法，其他的猜測全都是不科學的，甚至是十分危險的。」

萬斯在整個解說過程中始終保持著輕鬆的語調，他的態度沈穩而懇切，這就使得他的分析聽起來更具權威性。馬克漢饒有興致地盯著他看，似乎並沒有將萬斯的理論當回事，他反駁道：「你完全忽略了罪犯的犯罪動機。」

「是的，」萬斯回答得很乾脆，「因為在我看來，在凶案中，犯罪動機是最不相干的因素。一百個人裡大概有九十九個人都曾有過想要殺死一大幫人的動機。如果一個人被殺死了，估計最少有一打無辜的人會與真凶有著相同的動機。因此，動機並不能代表什麼，懷疑一個有殺人動機的人就是真凶，就好比是懷疑一個人跟別人的老婆跑了，只因他也有兩條能跑會跳的腿！這多麼滑稽！有的人會真的動手來殺死一個人，有的人不會，這和個人的心理因素及性情的差異有關。此外，倘若一個人有著非常強烈的動機，他通常會將自己的想法掩飾得更好，不會輕易被人發現。或許他會掩飾數十年，只等有一天機會來臨；或者忽然發覺十年前的一些事實，在五分鐘之內突然心生殺機……因此，一件缺乏明顯動機的案子，比有動機的案子更加麻煩。」

「如果從辦案的角度來看，想要將『何人得益』的想法摒棄是十分困難的。」

「我敢說你所謂的『何人得益』的想法是無稽之談，因為很多時候一個人的死亡會給許多人帶來好處。」

「不管怎樣，」馬克漢依然堅持著自己的看法，「動機仍然是犯罪中至關重要的因素，環境與當下的情況跟某些人的犯罪有著非常密切的關係。」

「哦，這簡直太荒謬了！」萬斯說，「仔細想想看，每一天我們有多少機會可以將自己討厭的人除掉：就在幾天前，我在公寓裡舉辦了一場禮儀性的晚宴，那真是一場無聊透頂的聚會，我幾乎是用了極大的自制力才克制自己沒在飲料中下砒霜。你知道柏吉斯同我是完全不同類型的兩種人，一旦我想要下毒手，就會像十五世紀意大利智慧過人的貴族那樣製造出一些機會。等摩擦產生了，就可以通過偽造的不在場證明來掩飾自己的罪行。還記得有這樣一個案子，兇手在未動手之前，打電話到警察局，聲稱懷疑被害人家中有事發生，之後在警察抵達前入室刺殺了被害人。」

「那麼，怎樣才能證明凶案發生時嫌犯的確在案發現場出現過呢？」

「看來你又被誤導了！」萬斯斷言道，「一個愚蠢的罪犯常常利用現場的無辜者來進行自我保護，而聰明的罪犯可以在千里之外對凶案現場進行操控，他會巧妙地安排不在場證明，而在案發之後重返現場，並大膽地參與討論。對於罪犯來說，製造一個不在場的藉口實在太容易了，反之亦然。不過，人類的個性與特質是永遠無法被掩飾的。所以，所有犯罪事實最終都歸咎於人類的心理——這就是難以偽裝的根本。」

「呵呵，這麼說來乾脆將百分之九十的警力都撤掉，直接安裝上兩部測謊儀就可以破案了！」馬克漢說。

萬斯沒說什麼，沈默地抽了一會兒煙。

「關於那篇有意思的小玩意兒的報導我看過了，受測者把目光從那些陳腔濫調轉移到法蘭克．凱恩博士的球面三角學上，這樣的話還有誰會不緊張呢！即使是一個真正的無辜者，在身上被插上一堆管線、電流計、電磁體之後，再被要求回答一大堆問題，誰都無法做到鎮定自如而不影響測試效果。」

馬克漢得意地笑了一下，說：「你是說有嫌疑的人接受測試就會完全沒有反應？」

「哦，不，恰恰相反，」萬斯心平氣和地解釋道，「測試的指針一樣會跳的，但這並不是因為他有罪。倘若他是愚蠢的，指針之所以跳動是因為他對這種三流的虐待方法感到深惡痛絕；倘若他是聰明的，那麼指針跳動的原因就是他覺得執法者所使用的斷案方法實在幼稚無聊，因此他強忍著笑聲，而引起了指針的跳動。」

「我都被你弄糊塗了！在我們這些卑微的世俗之人眼中，引起犯罪行為的原因就是腦細胞存在缺陷？」

「是的，就是這樣的，」萬斯同意，「然而不幸的是，幾乎所有的人都具有這種缺陷，而那些品德高尚的人僅僅是缺乏善用它們的勇氣罷了。不過，只要有犯罪傾向就被認定會實施犯罪，那可就麻煩了。報社記者郎伯斯歐曾提出一種犯罪學說叫『先天性犯罪』——這是二十年前由皮爾遜和高芮格對職業犯罪所作的一連串調查報告。他們的觀點是：首先，罪犯實施犯罪的時間大約是從十六到二十歲左右開始的；其次，百分之九十的罪犯智力水平一般；最後，許多罪犯的兄長或者父親有犯罪前科。而他的這種白癡理論在科學家杜柏斯、皮爾遜、高芮格等人的大力推崇下，逐漸發揚光大。」

「哦，上帝，我被你的博學打敗了。」馬克漢感嘆道，喚來服務生又要了一支雪茄，「我常常自我安慰說實際上所有兇手都會自己泄漏身分的。」

萬斯平靜地抽著雪茄，靜靜地看著窗外薄霧曚曚的六月的天空。最後，他終於開口道：「馬克漢，知道嗎，現存的許多有關犯罪的荒謬理論實在讓人驚訝，甚至連一個意識清醒的人都對『兇手會自動暴露身分』這種過時的觀點表示認同，這實在太令我感到意外了。實際上，很少會有人這樣做的，否則還要刑事局做什麼？又為什麼在發現一具屍體的時候，所有的警察都會忙得不可開交？身為偉大守護者的你敢叫所有警察靜靜地待在辦公室、俱樂部或者理髮店裡，等待凶案罪犯自動泄漏身分嗎？假如你真這麼做了，他們一定會向州長請求下令將你撤職的。你說是吧，老夥計？」

馬克漢自顧自地吸著雪茄。

「我斷言你們這些人對於犯罪還存有另一種幻覺，」萬斯說，「你們覺得兇手一定會返回凶案現場。這種奇異的幻覺甚至被解釋成為另一種神祕莫測的心理因素。不過我可以肯定，心理學家從來沒有提出過如此荒謬的理論。倘若兇手回到被害人屍體旁的目的不是為了收拾他所犯下的某些錯誤的話，那他這樣做豈不是將自己當成了百貨公司櫥窗裡的展示品。

如果這個不合邏輯的想法是真的，辦案對警察來說不就太簡單了？他們只需要坐在凶案現場打打撲克牌，優閒地等待著兇手返回現場，就可以將他逮捕歸案了。真正的心理本能反應該是這樣的：倘若一個人犯下滔天罪行，他一定會逃離現場越遠越好。」

「不過就目前這個案子來看，」馬克漢提醒他，「我們警方並沒有坐在班森的客廳裡傻等著兇手自動送上門來。」

「如果你們真的那麼做的話，或許破案的效率還要比你們現在所採取的方法高呢！」萬斯直言不諱地說。

「我可沒你那種過人的洞察力，」馬克漢立即反駁道，「我只能通過常人的不完善的方式來調查案件。」

「是的，」萬斯看了他一眼，深表同情地說，「對於你們所採取的行動的結果，我不得不作出這樣一個判斷：所有具備法律邏輯的人，都能夠輕易地將你們這種建立在缺乏常識基礎上的做法駁倒。」

這番話徹底將馬克漢激怒了。「有必要為了克萊兒這個女人，這樣跟我喋喋不休嗎？無論如何，在沒有其他確鑿證據的情況下，你必須承認，我現在除此之外別無他法。」

「不，我不會承認什麼的。」萬斯堅定地說，「因為我可以清楚地告訴你，現在有一大堆證據正在指向另一個方向，只不過你們還沒有察覺到罷了。」

「你可真厲害呀！」馬克漢的鎮定終於正式被萬斯冷漠的自信給衝垮了，「很好，你給我聽著，從現在開始，我拒絕相信你所說的每一個理論，我要向你挑戰：請立刻說出一個你所謂的確鑿的證據來！」他的語氣充滿了刻薄和不滿，他做了一個強烈的手勢以示自己不願再繼續這個話題。

萬斯彷彿受了傷一樣，聲音有些低沈，「嘿，你知道的，我並不是一個嗜血的復仇者，也不是社會道德的辯護者，對我來說這兩個頭銜實在太無趣了。」

馬克漢終於高傲地仰起了頭，笑了笑，卻沒有立即回話。

萬斯沈默了。突然，他出乎意料地以一種極其平靜的口吻對馬克漢說：「好，我接受你的挑戰，當然這完全不符合我平時的行事標準，可你也知道，我對這件案子十分感興趣，它的困難程度就好比是鑒定一幅名畫的真偽一樣。」

馬克漢從嘴邊取下雪茄，吃驚地望著萬斯，其實他所謂的挑戰只不過是口頭機鋒罷了，並不是真的想這樣做。而他當時並不知道，自己隨口一說的挑戰，卻因萬斯的悍然接招——最終改變了整個紐約市的犯罪史。

「那麼，你打算從何入手呢？」他問。

萬斯擺擺手，說：「正如拿破侖所說，我必須首先涉足其中，然後才能知道該怎樣去做，不過你要答應我，在各個方面都要協助我，而且不許用那些深奧枯燥的法律問題，來故意為難我。」

馬克漢雙唇緊閉，被萬斯突如其來的轉變弄得措手不及，過了一會兒，他開懷大笑起來，好像這件事沒什麼大不了。

「好，我答應你的要求，」他說，「那麼你具體要怎麼做呢？」

萬斯點燃一根煙，慢慢地站起身來，說：「首先我會從調查兇手的身高入手，毫無疑問，這個發現可以列為重要證據之一了吧？」

馬克漢用懷疑的眼光看著他：「哦，看在上帝的份上，你怎麼辦到呢？」

「這個簡單，用最原始的演繹法就行。」他回答得很輕鬆，「現在，讓我們回到案發的現場去吧！」

說著，他已經向門口走去，馬克漢只好悶悶不樂地跟在後面。

「可是屍體已經被運走了，」馬克漢提醒道，「況且那個地方已經被整理過了。」

「上帝！」萬斯發出一聲低呼，「我對屍體可沒多大興趣，並且我不喜歡現場有太多人，像菜市場一樣嘈雜，你知道的，那樣的話，我會頭腦發昏的。」

我們一起步行至麥迪遜大道，他叫來一輛計程車，一言不發地招呼我們坐進去。

在車子開往上城的途中，馬克漢終於忍不住生氣地說：「這太荒謬了！現在你還想找到什麼線索？哪還有什麼線索！」

「我親愛的朋友，」萬斯嘲弄地說，「看來對於哲理方面的知識你實在太貧乏了：倘若一件物品，只因為渺小就可以完全消失，那麼這個世界早就不存在了——宇宙的一切問題都能夠得到解決，造物者也會在空曠的穹蒼上寫下『這是可以證明的』。在我們的潛意識裡，生命真實的謊言就好似無窮盡的小數點一樣，這似乎也是唯一能夠使我們繼續這種錯覺的原因，你小時候是否也曾嘗試著想要用一除盡三？結果在整張紙上寫滿了『三』？倘若你可以在寫下一萬個『三』之後就能夠用一除盡三，那麼你現在的難題也就可以解決了。我親愛的馬克漢，生命能夠繼續下去的原因就是存在許多無法去除的事。」

他指手畫腳地強調著自己所說的話，然後自顧自地抬頭望著紅彤彤的天空。

馬克漢顯得非常安靜，坐在車廂一角用力吸著雪茄，我覺得他直到現在還在為自己貿然下的戰書而感到惱火，不過現在說後悔已經太遲了。就如同他事後告訴我的，當時他覺得自己就好像是被人從一張舒適的椅子上強拉了起來，要去聽候一個傻瓜的肆意支使一般。

凶殘的大塊頭

六月十五日
星期六
下午五點

我們的到來，讓斜靠在班森家的鐵欄杆上昏昏欲睡的警衛立即驚醒了過來，他慌忙地向我們行了禮，望著我和萬斯，從他臉上的神情可以看出，他認定我們就是檢察官帶到現場要進行偵訊的嫌犯。後來，還是案發當天起派駐在此的刑事探員過來將門打開讓我們進去的。

馬克漢對他點了點頭，問道：「有沒有什麼事情發生？」

「沒有，」那人回答得很輕鬆，「那位老婦人很溫和，而且廚藝超群。」

「史尼芬，沒什麼事的話，別叫人進來打擾我們！」當我們進入客廳的時候，馬克漢隨後吩咐道。

「哦，我記得那位美食家叫史尼金，不是史尼芬。」合攏門後，萬斯說。

「呵呵，你的記性可真好！」馬克漢嘀咕道。

「這好說，」萬斯說，「我想你也從來不會忘記人的長相，是少數的奇人之一，不過就是記不住他們的姓名，不是嗎？」

馬克漢可沒有心情跟他鬥嘴，「你把我拉到這裡，究竟想做什麼？」他大手一揮，將自己重重摔在了一張座椅裡。

客廳看上去和我們上回來時所見到的大致相同，不過現在一切物品都已經被收拾整齊了，窗簾也拉開了，在夕陽的照射下，室內華麗的擺設顯得更加耀眼。

萬斯向他望了一眼，做出了一個戰慄的表情，「我想我們似乎可以回去了，這顯然是一個恐怖的室內裝潢專家完成的恐怖謀殺案。」

「我親愛的萬斯先生，唯美主義者，」馬克漢十分不耐煩地催促道，「請暫時拋開你的美學偏見，先來對付眼前的問題吧！」他又奉上了一個惡意的微笑，「當然，倘若你害怕結果會讓你丟人的話，現在反悔似乎還來得及喲！」

「之後你就可以理直氣壯地將一位無辜的女士送上電椅？」萬斯的表情有些誇張，「去去去，我的教養可不允許我這樣輕言退出，我可不是自怨自艾的亨利王子，他就只會說：『我真可恥，我怠忽了我的騎士精神。』」

馬克漢惡狠狠地瞪著萬斯，說道：「我開始覺得你所說的每一個人都有謀殺他人的動機的理論很有道理。」

「哦，是嗎？那太好了！」萬斯非常愉快，「你現在開始接受我的想法啦！我想差遣史尼金先生去做一件事，不知道你介不介意？」

馬克漢無所謂地聳了聳肩，說道：「我想抽煙，希望不會影響到你的演出。」

得到了馬克漢的默許，萬斯來到門口，喚來史尼金：「請向普利斯太太借一把量尺和一根繩子，檢察官需要這些東西。」

「哦？你不會是要用繩子來上吊吧？」馬克漢欷歔地說。

萬斯用責備的眼神看著他，「允許我引用莎翁在《奧賽羅》中的經典台詞來提醒你：『那些沒有耐心的人是多麼可悲啊！若非時間，傷口要怎樣才能痊癒？』或者我再用朗費羅的詩句來提醒你：『所有的事情都會從那些不肯靜心等待之人的身邊繞過』。耐心是最終的訴求，是人們在束手無措時的良方。耐心就如同善行美德一般，對於那些擁有者而言是一大獎賞，當然我也承認，有時它是毫無用處的。」

「史尼金怎麼還沒回來？」馬克漢不耐煩地吼叫著。

就在他說話的同時門打開了，警探迅速將量尺和繩子遞給萬斯。

「這就是對你的獎賞。」

萬斯根據地毯上椅腳的印跡將那張大藤椅挪到了班森被射殺的位置。隨後，他又將繩子從椅背上的彈孔穿過，並且要我幫忙拉住繩子一端，站到壁板上的彈痕的位置；之後他將量尺拉長，來到班森屍的椅子旁，在班森屍體額頭位置的上方量出了五英尺六英寸的距離，然後將繩子打結，作為記號。最後他將壁板到椅背彈孔之間的繩子拉緊成一直線。

他向馬克漢解釋道：「繩子上的結就代表了那支將班森置於死地的槍口的位置，至於原因，你明白吧？從椅背上的彈孔和壁板上的彈痕可知，從死者頭部算起，射程的垂直距離約五到六英尺，只要測量出這條繩子拉直後的長度，便可以知道子彈發射的正確位置。」

「理論上講是對的，」馬克漢發表了自己的看法，「不過我不明白你為何如此大費周折僅僅只是為了將這一點弄清楚。我想你忽視了子彈折射所產生的可能的偏差。」

「請原諒，我想我必須得進行反駁，」萬斯笑了笑說，「昨天上午我已經向海德恩隊長證實了子彈在射擊過程中不存在任何偏斜。在我們抵達前，他已經仔細檢查過，所以他對此非常肯定。首先，從子彈由前額射入的角度來看，就算是一把小口徑的手槍也不會產生任何偏斜；其次，我們已經知道，殺死班森的是一把體積較大的點45手槍，射速非常快，即便是遠距離射擊，子彈也一樣會沿著直線前進的。」

「那麼海德恩又是怎樣得知子彈的速度的？」馬克漢問道。

「對於這一點，之前我也覺得好奇。」萬斯答，「他解釋說他是根據子彈的大小、特徵以及脫開的彈殼來進行推斷的，因此，他十分肯定那把槍是美國軍用柯爾特自動手槍，而不是普通的柯爾特自動手槍。這兩種手槍在所用子彈的重量上略有差異，普通手槍的子彈重約二百克，而軍用的則重達二百三十克，海德恩憑著極其敏銳的觸覺一眼就能分辨出來。不過你知道的，我一向都沈默寡言，還沒有機會向他請教他在物理學上的造詣。他聲稱那是一把軍用的點45柯爾特自動手槍，子彈的初速度高達八百零九英尺，射擊的力道足可以將二十五碼外的六英寸厚的白松射穿。呵呵，這個海德恩可真是厲害，腦袋裡全是這些驚人的資料！我以前也曾對一個人為何能夠將自己的一生奉獻給低音小提琴和找尋那些調弦的木栓感到疑惑，不過現在看來，這些和一個終身研究子彈的人比起來，都是小兒科！」

「噢，這個話題我不感興趣。」馬克漢不耐煩地說，「就算我們承認你已經找到了手槍發射的正確位置，那麼然後呢？」

「當我將繩子拉直的時候，」萬斯說，「準確測出地板與繩結之間的距離，我所說的祕密就可以正式揭曉了。」

於是馬克漢對這段距離進行了測量，然後大聲地宣布：「四英尺八又二分之一英寸。」

萬斯拿一根煙放到了繩結下方的地毯上面說：「現在，我們已經知道了手槍發射時的離地高度。我覺得這個推論的結果足以讓你理解我這剛才那番推演的要義了。」

「沒錯，相當清楚！」馬克漢回答。

萬斯走到了門口，再度召喚史尼金，他吩咐道：「檢察官先生想要借你的槍，進行一項實驗。」

史尼金來到馬克漢面前看了他一眼，有些遲疑地掏出了手槍，說：「長官，保險沒開，需要我將它打開嗎？」

其實在萬斯開口向史尼金借手槍的時候，馬克漢幾乎要出聲阻止了。

「哦，不用了，馬克漢先生其實不是真的要開槍——我想是這樣的。」

史尼金轉身離開，萬斯坐到了藤椅上，將自己的頭部對準了子彈孔。

「馬克漢，」萬斯說，「請你站到兇手的位置上，將手槍舉到地板上那支香煙的正上方，之後用槍瞄準我的太陽穴。」他笑著道，「不過千萬要小心，不能扣動扳機，否則你永遠不會知道殺死班森的兇手是誰了。」

馬克漢顯得有些勉強，不過還是照萬斯的話做了。當他用槍瞄準的時候，萬斯要我將地板到槍口的距離測量出來。

我測量的結果是四英尺九英寸。

「嗯，差不多，」他從椅子上起身對馬克漢說道，「你看，你的身高是五英尺十一英寸，因此我推測殺害班森的真凶與你的身高非常相近，絕對不會低於五英尺十英寸，現在不是很清楚了嗎？」

馬克漢看著萬斯簡單明瞭的示範。蹙眉沈思了一會兒之後，開口說道：「非常好，不過或許兇手當時舉槍的高度比我高呢！」

「這絕不可能！」萬斯回答得很絕對，「我自己親自射擊過很多次，我知道，如果是一個用槍的好手，他在瞄準一個小目標的時候，手臂一定是向前伸直的，並且將肩膀微微聳起，這樣才能保證眼睛與目標成一直線。因此，從他拿槍的高度便可以準確推算出他本人的身高。」

「你的理論依據是建立在殺害班森的兇手，是一個能夠輕鬆瞄準小目標的用槍高手的假設之上。」

「不，這並非假設，而是事實。」萬斯說道，「你想啊，假使這個人不是個用槍的高手，他怎麼會選擇以五、六英尺外的前額作為射擊目標？他其實可以挑選大一些的目標，比如前胸。此外，假使他不是好手，他的射擊目標是前胸，那麼他在射擊時就不可能只發一顆子彈。」

馬克漢沈思了一會兒，說：「我承認，你的推論聽上去非常合理，不過兇手的身高也可能是五英尺十英寸以上的任何高度，因為他完全可以選擇蹲下身子來瞄準目標。」

「是的，」萬斯表示了贊同，「不過請不要忽略這樣一個事實，那就是在這個案子裡兇手所站的位置，應該是非常自然的，因為如果不是這樣，一定會被班森察覺並有所防範，而事實上班森是在毫無預警的情況下被射殺的。當然，也許兇手為了避免班森必須抬頭和他說話而稍微將腰彎下去了。倘若我們設定兇手的身高在五英尺十英寸到六英尺二英寸之間，你怎麼看？」

馬克漢什麼也沒說。

「我們那位可愛的克萊兒小姐的身高，不可能超過五英尺六英寸吧？」萬斯笑著說。

馬克漢依然默默地抽著煙。

「里奧．庫克上尉身高應該六英尺多吧？」萬斯說。

馬克漢的眼睛瞇了起來。

「你為什麼這麼想呢？」

「你剛才對我說的，你忘了嗎？」

「我對你說過？」

「你是沒有直接說，」萬斯說，「但我對你所說的兇手的大約身高，不符合你懷疑的那位年輕女士的條件，我知道你肯定會尋找其他的可能性。那位女士的情夫是世上唯一有可能的人，所以我斷定你心中已鎖定是他。如果他的身高和我所推斷的一致，你就什麼也不說了；但如果你堅持兇手是彎著腰行凶，我就推斷出上尉的身材非常高。所以在你長時間沈默不語的時候，你實際上已經告訴我了，那位男士大約六英尺高。」

「想不到你還會讀心術，我是否可以看你表演石板寫字？」

他有點惱羞成怒，而他惱的是自己對萬斯的剖析不得不信服，他覺得自己是跟在萬斯的後面走，又頑固地想堅持己見。

「你對我的推斷還有疑問嗎？」萬斯笑容可掬地說。

「沒有，表現非常好……但，如果是這麼簡單，為什麼海德恩沒有發現？」

「希臘哲學家亞拿薩哥拉曾說：有機會使用燈的人，別忘了添加燈油。這句話意味深長。馬克漢，隻言片語往往會有微言大義。沒有油的燈是沒有任何用處的。警察有許多燈，但很遺憾卻沒有油，所以他們如果不是在大白天，就看不見任何人。」

馬克漢的腦子現在正忙著思考另一個問題呢，他站起身踱起方步來。「到目前為止，我還沒有想到過里奧．庫克上尉是真正的兇手。」

「為什麼你沒有想到他？是不是因為你的手下對你說，那天晚上，他就像個乖寶寶一樣在家中待著？」

「也許是的。」馬克漢繼續踱來踱去，忽然轉過身來，「不是因為這個，是因為有很多確鑿的證據指向克萊兒小姐。萬斯，除了今天你在此所作的說明外，你並沒有對那些不利的證據做出合理的解釋。午夜十二點至一點之間她身在何處？和班森共進晚餐的原因？她的提袋怎麼會出現在這裡？壁爐裡的煙蒂又如何解釋？我現在還不能說你的剖析已完全將我說服了，因為還有這些煙蒂，這是非常有力的證據。」

「老天！」萬斯嘆了口氣，「你已經陷入一個可怕的推斷中，但是，我想我能夠解答那個討厭的煙蒂問題。」他再次來到門口，把槍還給史尼金，「檢察官請你將普利斯太太帶來，我們有話要和她說。」回到室內，他對馬克漢微笑著說：「如果可以的話，我希望單獨和她談話。昨天，你對普利斯太太訊問的時候，可能有些事漏掉了。」

馬克漢非常感興趣，雖然也有著些許懷疑。

「你全權負責。」他說道。

藍色珠寶盒

六月十五日
星期六
下午五點半

管家進來的時候，她的神情顯得格外平靜，比上一次接受馬克漢的訊問時要鎮定得多，她的態度既溫和又帶有一種打從骨子裡的固執。馬克漢輕輕對她點了點頭表示致意，這時萬斯立刻起身請她坐到了壁爐對面的窗戶邊的椅子上，她緩緩坐了下來，順勢將雙肘放在了椅子的扶手上。

「普利斯太太，我有幾個問題想要請教你。」萬斯凝望著她誠懇地說，「如果你能夠說出實情對大家都有好處，明白嗎？」

此時的萬斯拋開了平時與馬克漢共處時的輕鬆與搞怪，嚴肅地站在婦人面前。婦人緊抿嘴唇，茫然地抬起頭來，眼睛中隱約流露出憂慮的神色。

萬斯停頓了片刻之後，才開始發問，他字字清晰，絲毫不敢含糊：「班森先生被殺當天，那位女士幾點幾分來到這裡的？」

婦人睜大眼睛，鎮定地望著他。「沒有人來過。」

「普利斯太太，一定有人來過的，」萬斯肯定地說，「請你回答我，她幾點鐘來的？」

「我說過了，沒有人來過，絕對沒有人來過！」她固執地回答道。

萬斯停止了追問，點上一支煙慢慢品嘗起來，但是目光一直注視著婦人，直到婦人避開為止。這時，他走到她的面前，語氣堅定地說：「放心，如果你說實話，絕對不會有人為難你；但是假如你刻意隱瞞事實，你會惹來很大的麻煩。知情不報是違法行為，法律絕對不會對此寬大處理。」

說完，萬斯對馬克漢做了一個鬼臉，而馬克漢正興致盎然地觀察著這一切。

這時，婦人變得不安起來，她放下雙肘，呼吸也跟著急促起來，她沙啞著嗓音激動地說：「我對天發誓，那天真的沒有人來過。」

「不要把老天拖下水。」萬斯輕鬆地說，「只要告訴我，那位女士什麼時候來的？」

婦人面無表情，緊閉雙唇，室內頓時鴉雀無聲。萬斯安靜地抽著香煙，馬克漢則用拇指和食指把玩著雪茄，他們都在期待著……

片刻之後，萬斯再次嚴厲地問道：「她到底是什麼時候來的？」

婦人不停地搓著雙手，將頭向前方伸了伸。「我發誓……」

萬斯立刻做了一個阻止的手勢，冷笑著對她說道：「你的演技實在太差了，我們來到這裡，目的只有一個：查明真相！所以，你必須說實話！」

「我已經將實情告訴你們了。」

「你非要檢察官下令扣押你嗎？」

「我已經將實情告訴你們了。」她再次重申道。

萬斯將香煙按滅在長桌上的煙灰缸內，「好的，普利斯太太，既然你這麼堅持，那麼現在就由我來告訴你那位女士是怎麼來過好了！」

萬斯的態度自然中帶有嘲弄，婦人疑惑地望著他。

「你的主人被殺的那個下午，門鈴響了。也許班森先生早就告訴過你，他正在等待一位朋友來訪。總之，你打開了門，將一位迷人的年輕女士迎進了客廳……親愛的夫人，此刻你在想些什麼呢？當時，她就坐在你現在所坐的椅子上！」萬斯停了下來，嘲弄地看著她笑著，隨後繼續說道，「接著，你為班森先生和那位女士端上了茶點，不一會兒那位女士就離開了，班森先生便上樓換裝準備去參加晚宴。普利斯太太，看吧！我全都清楚！」

萬斯點燃另一支香煙說道：「你有沒有注意那位女士的長相？如果沒有，那麼現在讓我來形容給你聽：她身材嬌小，黑色的頭髮，黑色的眼睛，衣著簡單樸素。」

此刻，婦人的表情完全變了，她雙眼發直，面色蒼白，呼吸急促極了。

「普利斯太太，現在你還有什麼要說的嗎？」萬斯繼續厲聲問道。

她深深地吸了一口氣，倔強地回答道：「沒有人來過！」語氣中流露出驕傲的意味。

萬斯低頭沈思著。這時，馬克漢實在忍不住想要開口，但是最終壓抑住自己的情緒準備繼續觀察婦人的反應。

「我能夠理解你的態度。」萬斯終於說話了，「你與那位女士有著非同尋常的關係，所以你有理由不想讓任何人知道她曾經來過！」

萬斯話音剛落，婦人便不自然地坐直了身子。

「我從來沒有見過她——」她大聲喊道，接著便戛然而止。

「是嗎？」萬斯瞥了她一眼，「從來沒有見過嗎？是的，很可能，但是這並不重要。我相信她是一個優秀的女孩，雖然曾經在家中與你的主人共進下午茶。」

「你怎麼知道她來過這裡？是她告訴你的嗎？」她的聲音疲憊不堪。緊繃的情緒過後，她的態度淡然了很多。

「並不完全是這樣。」萬斯回答她，「即使她不說，我也能夠猜到。普利斯太太，她到底幾點鐘來的？」

「大概是在班森先生從辦公室回家之後半個小時左右，」婦人終於承認了，「但是班森先生並不知道她會來訪，因為他沒有告訴我有客人要來，也沒有交代我準備茶點。」

馬克漢將身體向前挪了挪，「為什麼昨天早上我問你的時候，你不告訴我她來過呢？」

這時，婦人不安地向四周看了看。

「依我看，」萬斯愉悅地加入了這個話題中，「普利斯太太是擔心你懷疑那位女士就是兇手。」

婦人急切地回應道：「是的，先生，就是這樣。我怕你以為她是兇手，她是那麼文靜、那麼美麗的一個女孩。先生，這是唯一的理由！」

「可能是這樣吧！」萬斯附和著，「但是，當你看見這位文靜美麗的女孩抽煙的時候，沒有感到十分震驚嗎？」

婦人驚訝地看著萬斯，「是的，先生，有那麼一點。但是，我看得出來她不是一個壞女孩。更何況現在有很多年輕女孩都在抽煙，人們對此的看法也不像以前那麼保守了。」

「你說得沒錯。」萬斯點了點頭，「但是她實在不應該將煙蒂扔進壁爐，你認為呢？」

婦人疑惑地望著萬斯，她不能確定萬斯的用意是什麼。

「真的嗎？她真的這樣做了嗎？」她轉頭看向壁爐，「可是今天早上我並沒有發現任何煙蒂啊！」

「當然了，你不會看見的，昨天檢察官的手下已經幫你清理了。」

她詫異地看了看馬克漢，她不知道萬斯說的是真是假，但是萬斯輕鬆愉悅的語調，已經讓她放鬆了下來。

「普利斯太太，現在我們已經相互了解了。」萬斯說道，「那麼請你告訴我，你還注意到那位小姐有什麼特別的地方嗎？如果你能夠說出實情，將會幫她一個很大的忙，因為檢察官和我都確信她是被冤枉的。」

她看著萬斯，沈默了很久，彷彿在評估他這句話的真誠性質，最終決定將她所知道的一切告訴萬斯。

「我不知道我所說的這些，能否幫得上忙。我送點心進去的時候，感覺班森先生與她發生了一些爭執，看起來她好像在擔心即將發生的某些事情，她在懇求他不要逼迫她兌現她的承諾，我停留的時間很短，所以只聽到這些。但是，就在我準備離開的時候，班森先生哈哈大笑起來，說這一切只是在虛張聲勢，根本不可能發生任何事情。」

婦人說完之後，焦急地等待著萬斯的回應，生怕自己的言辭會對女孩產生不利。

「只有這些嗎？」萬斯輕描淡寫地問道。

婦人猶豫了一會兒，才又說了一句，「是的，我真的只聽見這些。當時桌上還放著一個藍色的珠寶盒。」

「珠寶盒！你知道是誰的嗎？」

「不知道，先生，我不知道！我是第一次見到那個珠寶盒。」

「那麼你是怎麼知道那是珠寶盒的？」

「班森先生上樓換衣服的時候，我進去收拾茶具，它放在桌上，我就……」

萬斯笑了，「你就是潘朵拉，對嗎？你偷看了盒子裡面的東西。是的，這是一種本能反應，以前我也做過相同的事情。」他向後退了幾步，禮貌地鞠了一躬，「普利斯太太，沒有別的問題了。你不用擔心那位小姐，她會非常安全的。」

婦人離開之後——

馬克漢立刻衝上前，對著萬斯猛烈地揮動著手上的雪茄，不滿地說：「你這傢伙，怎麼沒有告訴我這些事情？」

「親愛的老友，」萬斯挑著眉毛反問道，「你說的是哪一項？」

「你怎麼知道克萊兒小姐曾經來過這裡？」

「我並不知道，只是猜測罷了。壁爐內有煙蒂，班森被害的時候她又不在場，所以我推測她是在班森被殺之前來的。而班森下午四點以後就沒有再去過辦公室，所以我敢肯定她是在四點以後，班森離家赴宴之前來的。這只不過是個小學程度的常識推論罷了。」

「你怎麼推測她，並不是在那天晚上來訪的？」

「就像我以前跟你說過的，就精神層面而言，女人是不會幹這種事情的——這是一種抽象的假設，但是這並不重要。昨天早上，我站在兇手行凶的位置，目測了班森中彈之後頭倒向壁板彈痕的距離，顯而易見，兇手的身材非常高大。」

「很好！那你又是怎麼知道她離開的時間比班森早？」

「當然！否則她是怎麼換上晚禮服的？你不知道嗎？優雅的女士們從來不會在大白天下午就袒胸露背的啊！」

「那麼，班森的提袋和手套怎麼會在家裡？難道是他自己帶回來的？」

「總之一定有人這麼做，但那個人絕對不是克萊兒小姐。」

「好！」馬克漢點了點頭，「那麼你又為何認為她所坐的就是這把椅子？」

「你說坐在哪裡才能輕而易舉地將煙蒂扔進壁爐？女人射門一向不準，更何況要將小煙蒂從屋子的另外一端扔進壁爐？」

「這個推論的確非常合理！」馬克漢承認，「但是，你一定私下調查過，否則你怎麼知道她來過這裡。」

「這個……我實在不好意思向你解釋。其實，昨天我是查看了煮茶的壺，裡面的茶袋還沒有清洗。」

馬克漢輕蔑地看了看他，「你似乎犯了藐視法律的罪行。」

「所以我才會覺得不好意思嘛！但是，只有精神層面的推論，並不能判定事實的存在，只能判定不存在的，當然我們還要考慮到其他因素。就現在的進展而言，這個茶壺已經暗示了管家與此案並無關聯。」

「我沒有理由否認你這麼做。」馬克漢說道，「但是我很想知道，你為何認為管家與女孩有著某種特殊的情感？就這一論點而言，說明你對目前的形勢有一定的了解。」

萬斯立刻嚴肅起來：「馬克漢，我可以向你保證，我根本沒有任何想法。我只是想，如果指控是錯誤的，那麼她會反駁，從而跌進我的陷阱中。但是，我好像說中了她的心事。只是我實在不明白，她為什麼那麼害怕？」

「或許吧！」馬克漢又問道，「那麼你怎麼看待那個珠寶盒，以及班森與克萊兒小姐之間的爭執？」

「目前我沒有任何想法，看起來那些事情並不重要。」

思考了片刻之後，萬斯認真地說道：「馬克漢，請你聽從我的建議，不要再為這些毫不相關的事情煩惱。我可以肯定地告訴你，那位女士與本案沒有任何關聯，假如你能放過她，想必你老了之後，也會更快樂一些。」

馬克漢滿臉愁容地坐在那裡，嘆了口氣：「現在，我確定了一件事情——你『以為』你知道某些事。」

「你知道，我一直相信笛卡兒主張的自然哲學思想，它從宇宙的自我懷疑中解脫出來去尋找本性；但是，他的追隨者——荷蘭哲學家斯賓諾莎的泛神論，以及伯克利的唯心論，都誤解了前輩的『省略推理法』存在的重要性，因此無法領會他的邏輯理論。但即使是謬誤，笛卡兒都是了不起的，他的推論方法為分析科學領域中不準確的事物帶來了新含義，如果想要有效地應用思想，那麼必須將數學的精確與天文學單純的觀察力結合起來。舉例來說，笛卡兒的……」萬斯又要長篇大論。

「你有完沒完！」馬克漢大聲吼叫道，「不要賣弄你那些莫名其妙的學問！不要強迫我去了解一個十七世紀哲學家的思想！」

「但是你必須承認，當我解決了那個討厭的煙蒂問題之後，至少已經排除了克萊兒小姐的嫌疑了。」

馬克漢並沒有立刻回應他，不可否認，過去的一小時內發生的事情，給他留下了非常深刻的印象。他並沒有低估萬斯，他知道萬斯尖刻的言語背後蘊藏著認真與嚴肅。雖然馬克漢平日裡很重視公理、正義，但對此並不是頑固不化，我從未見過他拒絕接受任何事實，即便事實與他的原意相違背。所以，當他最終抬起頭來，微笑著投降時，我並不覺得驚訝。

「你說得很明白了，我會虛心請教的，並且非常感謝你的推斷。」

萬斯走向窗口，看著外面說道：「我也很高興你能接受這個只要有思想就無法否認的證據事實。」

對於萬斯與馬克漢的關係，我已經注意很久了：如果一方作出評論，那麼另外一方則會以不露感情的態度回應，彷彿他們之間不願意將內心的情感公開一樣。

馬克漢並未理會萬斯的冷言冷語，說道：「除了負面的建議以外，對於尋找兇手你還有其他的新建議和指教嗎？」

「當然，」萬斯點頭，「還有一大堆建議呢！」

「能否賜教於我？」馬克漢模仿著萬斯的語調。

「首先，我建議你尋找一位身材高大、遇事冷靜，並且熟悉槍支，與死者很親密——知道班森會與克萊兒小姐共進晚餐的人。」

馬克漢凝視著萬斯，沈思了一會兒，開口說道：「我明白你的意思——這的確是一個好辦法，我會立刻讓希茲詳細調查里奧．庫克上尉在案發當晚的所有活動。」

「還有……」萬斯一邊走向鋼琴，一邊說道。

馬克漢一臉茫然地看著他。萬斯並未理會，突然彈奏起一首法國歌，並跟著音律唱道：

「小麻雀們都藏在葡萄叢裡……」

馬克漢張大嘴巴，一個字也吐不出來。

宴會上的爭吵

六月十六日
星期日
下午

第二天是週日，我們和馬克漢在史蒂文森俱樂部一起吃午餐，約會是前天晚上萬斯提出的。他對我說，希望屆時林德．凡菲能夠從長島市趕回來。

「人們總喜歡故意將一個普通問題複雜化，這種作風實在讓我嘆為觀止，」他這樣說道，「他們害怕簡單明瞭的事。現代商業行為一點都不神祕，不過是一套盤根錯節的交易程序罷了。在商場購買東西，購買的清單會列在一張三聯複寫的收據上，經過六個以上的店員查驗，簽字再簽字，還要蓋上各種不同形狀、顏色的印章，最後小心謹慎地放入那些不鏽鋼文件櫃中。為了避免不必要的浪費，商人們也開始高薪聘請大批專家，然而他們的這些行為只能令現有的商業系統更加複雜。社會生活中的事情也是如此。就拿風靡世界的高爾夫球來說吧，不過是用一根桿子把一個小白球打進洞裡去，但是擊球者卻需要花很多的時間和精力。他們花二十年時間修正雙腿的站姿，學習正確握桿的方法，更過分的是，為了交流這個白癡運動，他們甚至杜撰了一些連英文學者也難以理解的詞語。」他指著報上的新聞，一邊厭惡地繼續說道，「還有這件剛發生的班森命案——一個形式單調而邏輯混亂的事件，本來只要稍加思考便可以在五分鐘之內解決，但現在整個司法機關卻拿它來大做文章，把全城搞得雞犬不寧。」

午餐時，他隻字未提謀殺案，似乎大家都有意避開這個話題。我們走進餐廳時，馬克漢隨口提到說希茲稍後會來這兒見他。

我們回到休息室抽了幾口煙，警官已經在那兒了，他臉上的表情顯示出情況不太樂觀。

「馬克漢先生，」我們剛坐下他便開口，「這個案子很麻煩……你從克萊兒小姐那裡得到什麼新線索了嗎？」

馬克漢搖了搖頭：「她的嫌疑已經被洗清了。」說完，他把昨天下午在艾文·班森家所發生的事，大致對他說了一下。

「好，只要你認為沒問題，我也沒意見。」希茲半信半疑地表了個態，「但那位里奧·庫克上尉呢？」

「我約你來正是要說這個，」馬克漢回答道，「目前還沒有說服力很強的證據，但仍然有一些疑點，可以顯示他可能參與謀殺。他的身高和兇手的身材差不多，而且重要的是，他也擁有一把和射殺班森同類型的手槍。他和那個女孩已經訂了婚，動機可能是因為班森打他未婚妻的主意。」

「自從有了這些殺人的廢鐵以來，」希茲補充道，「這些軍人開槍殺人時毫無憐憫之心，他們看著別人流血已經是家常便飯了。」

「奇怪的是負責調查里奧‧庫克上尉的腓普西回報說，那天晚上八點以後，他就一直待在家裡沒有出門。當然其中可能有一些疏漏，你最好讓人再去仔細調查一遍，腓普西的消息是向一個門童打聽到的，我看應該再去詢問那個小夥子一次，施點手段讓他不敢說謊，如果咱們能得到里奧‧庫克上尉半夜十二點三十分不在家中的證詞，我們離那個一直想找的答案就近了。」

「我親自去，」希茲說，「今天晚上我再跑一趟，我保證只要那個男孩知道的，我絕對會讓他一字不漏地說出來。」

我們又繼續交談了一會兒，服務生走過來俯下身低聲告訴檢察官說凡菲先生已經到了。馬克漢請他將客人帶來，然後對希茲說：「你最好留下來，聽聽看他說些什麼。」

林德‧凡菲穿著得體而整潔，他踏著自信的步子向我們走來。他的腿修長，輕微內彎的膝關節頂著他碩大的身軀；他的胸像鴿子般向前突出；他的臉又圓又肥，領結上方垂下兩堆肥肉，好像多出了兩個下巴；稀疏的金髮往後梳成大背頭，兩撇細長的八字鬍末端用蠟捏得如針般細。他穿著一套淺灰色夏季西服，藍綠條紋相間的襯衫配上一條花色薄綢領帶，腳蹬灰色鹿皮休閒鞋；帶有濃烈的東方香水味的手帕端正地插在他上衣前胸的口袋裡。

他彬彬有禮地和馬克漢打招呼，並在引薦過後傲慢地向我們微鞠一躬為禮。服務生招呼他坐下來後，他開始擦拭手上的金絲眼鏡，神情嚴肅地看著馬克漢。

「這真是個不幸的事情。」他悲傷地說。

「我知道你和班森先生是好朋友，」馬克漢說，「很抱歉在這個時候打擾你，非常感激你今天能過來。」

凡菲舉起他那指甲修剪得很平整的手指，做了個表示謙虛的手勢。他以掩蓋不住的自滿，示意著他很高興能為人民的公僕服務，他也清楚地表了態說他有責任和義務就這件事和上級主管人員面談，並已作好這次會面的準備。他眉梢上揚，得意揚揚地看著馬克漢，似乎在問：「我做得怎麼樣？」

「我從班森少校那裡得知，」馬克漢說，「你和他弟弟比較熟悉，所以希望你能夠告訴我一些關於他的社交方面和私生活的事情，也許會給我們提供一個追蹤調查的方向。」

凡菲傷心地望著地面說：「是的，艾文和我很親近——我們是死黨，你想不出當我聽見這位老朋友的死訊時整個人崩潰的樣子。」讓人聽起來他們兩人好像是生死至交，「我非常遺憾沒能及時趕到紐約來，幫他處理後事。」

「這對其他的朋友來說，未嘗不是莫大的安慰。」萬斯冷冷地恭維他，「事發突然，在那種情況下，沒有人會責怪你。」

凡菲懊悔地直眨眼，「但是我還是不能原諒自己——雖然錯不在我。悲劇發生的前一天，我剛好去卡茨基爾山度假，在那之前還曾邀請艾文同行，但是他太忙了。」凡菲不停地搖頭，好像在哀悼生命中無法彌補的過失，「要是他同我一道去了，那該多好！唉，那該多好啊！如果我——」

「你只不過恰好不在，不必過於自責。」馬克漢看到這架式，連忙打斷了他即將脫口而出的長篇大論。

「那是沒錯，」凡菲承認，「但是我也不走運，我的汽車半路拋錨了，只好折了回去。」他不停擦拭著眼鏡。

「請問你走的是哪一條路？」希茲問。

凡菲把他的眼鏡往上推了推，皺著眉頭說：「阿茲先生，我建議——」

「是希茲。」希茲哼了一聲糾正他。

「哦，對，是希茲。你要是開車去卡茨基爾，我建議你最好去美國汽車俱樂部弄一張地圖，我的路線應該不適合你。」說完他輕蔑地笑了笑，轉過身來面向馬克漢，表明只想和有頭有臉的上層人物打交道。

「凡菲先生，」馬克漢問，「你知道班森先生和什麼人有過節嗎？」

他想了一下，搖搖頭：「沒有，一個也沒有，沒人會因為仇恨而殺死他。」

「那你的意思是還是有人對他不滿，可以告訴我那個人是誰嗎？」

凡菲慢條斯理地用手撮弄著八字鬍尖，然後用食指輕敲面頰作用心思考狀。

「馬克漢先生，你這個請求涉及我一直不想公開的事情，但我還是願以紳士應有的風度來回答你。艾文，他是個紳士的典範，只是，我該怎麼說呢——他有些男人的小缺點——這麼說吧，他不是很擅長與異性交往。」他看著馬克漢，期待著因說出這些「祕密」所應得的讚許，「你知道，」算是回應馬克漢的點頭示意，他繼續說，「艾文的外表並不出眾，他對女人來說沒有致命的吸引力。（我感覺凡菲自認在這一方面他和班森完全相反。）艾文深知自己這方面是弱項，所以我相信你應該理解我難以直說的苦衷了——艾文採取了一些特殊的手段和女性交往，這些方法令人羞於啟齒。但是我不得不痛心地承認，他常常輕薄地佔女人的便宜。」

他停住了，似乎是在為他這位摯友的卑鄙行為和自己拆穿朋友的不義而感到無奈。

「在你的印象中，有沒有那種被班森佔了便宜而起強烈報復心理的女人？」馬克漢問。

「我想不只有女人，」凡菲回答，「還包括她的一個護花使者。事實上，那個男人曾經在大庭廣眾下，威脅班森說如果再騷擾他的女友就要他的命，我當時就在那兒，此外在場還有好多人都可以作證。」

「我在聽呢，請您繼續。」馬克漢一邊觀察、一邊說。

紳士凡菲為了對方的體恤而再次鞠躬致謝。

「那個意外發生在一個小型宴會上，我剛巧是那位不幸的宴會主人。」

「那個揚言威脅的人是誰？」馬克漢用禮貌而又不可抗拒的語氣問。

「你理解我的立場……」他看似下定了決心，身子往前傾了傾，「我不得不說出那位男士的名字，若不然對艾文是不公平的……就是菲利浦．里奧．庫克上尉。」然後他如釋重負一樣長長地舒了一口氣。

「我相信你應該不會追問我那位女士是誰吧！」

「當然不會，」馬克漢保證，「不過，能否請你再詳細地說明一下當時的經過？」

凡菲耐心而順從地解釋道：「艾文當時對那位女士的態度不夠禮貌，我得承認他有些讓人生厭。里奧．庫克上尉厭惡他對她的無禮，所以在我邀請他們和艾文一起出席的晚宴上，雙方差點爆發了極大的衝突。我相信那天他倆都喝了不少，因為平日艾文對他的社交形象特別在意。而那位上尉的脾氣也好不到哪兒去，他嚴厲警告艾文最好停止糾纏那位女士，否則他將不惜以性命相搏，上尉甚至要拔出他的左輪手槍想決鬥了。」

「你確定那是一把左輪手槍，而不是一把自動手槍？」希茲問說道。

凡菲不置可否地朝檢察官笑了笑，傲慢的眼神瞧都不瞧希茲一眼。「哦，你看我的腦筋，我想我弄錯了，那不是一把左輪手槍，應該是把軍用自動手槍，但我覺得我看得不是很清楚。」

「還有哪些人目睹了整件事的經過？」

「在現場的幾位都是我的朋友，」凡菲解釋，「但請原諒我不能說出這些人的姓名。因為本來我一點沒把這件事放在心上。直到我聽到了艾文的死訊，才忽然想起這麼個插曲，我也曾自責，如果早點向檢察官閣下報告……」

「圓滑的腦袋和犀利的言辭。」萬斯咕噥著，他對整個訊問過程感到沈悶無比。

凡菲再次往上推了推他的眼鏡，很不高興地看了萬斯一眼，問道：「恕我失禮，請問你是什麼意思？」

萬斯不理他的質問，若無其事地笑著說：「隨便說說而已，沒特別的意思。你應該認識奧斯查爾上校吧？」

凡菲仍然冷冷地看著他，傲慢地回答了一聲：「認識。」

「請問奧斯查爾上校那天是否也參加了晚宴？」萬斯的問題讓人摸不著頭腦。

「既然你問起來，我就不妨直說了，他確實也參加了。」凡菲承認，同時因為他的多管閒事而揚了揚眉毛。

萬斯沒有再接他的話，若有所思地望著窗外。

馬克漢為了這突然的打岔大傷腦筋，他原本希望能以平和的態度將對話一直持續下去。但顯然現在即使凡菲繼續滔滔不絕，也很難從他口中得到什麼新的信息了，他執意將話題帶回里奧·庫克上尉身上，大膽地說出自己的諸多猜疑。他們的對話大約進行了一個小時，除了這點顯而易見的線索之外，一無所獲。

凡菲起身即將離去時，萬斯收回了一直望向窗外的目光，溫文有禮地向他的離去致意，並故作隨意地問道：「既然你已經來到紐約了，為了彌補沒有及時趕來的懊悔，了解你摯友死因的真相，你會留在此地等候調查結果吧？」

凡菲鎮定的態度為之一變，取而代之滿臉的驚訝，「不，我還沒有考慮過這麼做。」

「如果你能留下來協助我們是再好不過了。」馬克漢也跟著勸說。雖然在萬斯提出之前，他並無此意。

凡菲躊躇了一會兒，然後比了個優雅的手勢，「當然我會留下來，只要有任何我可以效勞的地方，請儘管到安森尼亞旅館找我。」他大聲說，並向馬克漢露出一個看似熱情的友善微笑。

他走後，萬斯笑著對馬克漢評價凡菲：「高雅、口才嫻熟、言辭華麗而又擲地有聲……但千萬別相信一位夸夸其談之人。老朋友，我們這位雄辯家看上去心眼兒可不少。」

「你認為他在說謊嗎？」希茲說，「我可不這麼看。我倒是覺得關於上尉曾經出言恐嚇這事值得研究。」

「噢，那個！當然。你知道嗎，馬克漢？因為你沒有堅持要他說出克萊兒小姐的名字，我想那位迫切想表現自己騎士精神的凡菲先生，一定非常失望。」

「他失不失望不重要，」希茲對那些文縐縐的話有點不耐煩，「至少他提供了一條重要的線索。」

馬克漢也同意根據凡菲所說的情況，對里奧．庫克上尉的嫌疑進一步展開調查。

「我明天會請里奧．庫克到我辦公室走一趟，聽聽他是怎麼說的。」他說。

這時班森少校走了進來，馬克漢便邀請他加入。

「我剛剛看見凡菲先生搭計程車離開，」他說，「我想你已經訊問過他一些艾文的私事。現在有頭緒了嗎？」

「多少有點吧。」馬克漢好意地說，「對了，少校，你對里奧．庫克上尉了解多少？」

班森少校驚訝地看著馬克漢，「你不了解嗎？里奧．庫克在我隊裡是很優秀的人才。我想他和艾文彼此都認識，但是看上去他們似乎並不太和睦。難道你認為他有嫌疑嗎？」

馬克漢沒有回答，繼續問：「你參加了那次在凡菲家舉行的宴會嗎？上尉是不是當眾恐嚇了你弟弟？」

「我參加過一兩回凡菲舉辦的小宴會，」少校說，「但我平時並不熱中這類聚會，是艾文說服我儘量多參加的，他說這樣有助於拓展我們的生意門路。」

他抬起頭仔細回想了一下，「我記得不太清楚——對了，我想起來是那一次。但是如果我說的和你們聽到的不一樣，那就忘了它吧，因為那天夜裡大家都喝多了。」

「里奧．庫克當時拔槍了沒有？」希茲問。

「我想他好像是做了拔槍的動作。」

「那你看到槍了嗎？」希茲追問。

「沒有，我沒看見。」

馬克漢接著問：「你認為里奧．庫克上尉有行凶殺人的可能嗎？」

「這個不好說，」班森少校有點猶豫，「但里奧．庫克不像是那種冷血的人，我倒覺得那個引起爭端的女人，更有下手的理由。」

一陣緘默之後，萬斯開口問道：「少校，你對凡菲這位時尚人士知道多少？他可真是一個稀有品種。他過去的歷史怎麼樣？目前的生活情況又如何？」

「林德．凡菲，」少校略帶諷刺地笑著說，「他是典型的遊手好閒的花花公子——雖說年紀也差不多四十了，但他從小就嬌生慣養，從來沒為錢發過愁，因此他總是表現得放蕩不羈，喜歡追求新鮮的玩意兒直到厭煩為止。他曾經熱中打獵，便頭一熱跑去南非旅行了兩年，回來之後還寫了一本書講述他的冒險故事，那是他幹的最後一件正經事。幾年前他和一個富婆結了婚，我猜是因為錢，但婚後他發現經濟大權掌握在他岳父手中，他只得靠可憐的零用錢度日……總而言之，凡菲是一個懶惰無能的敗家子，艾文跟他成為朋友算是臭味相投。」少校不假思索地便說出他的一系列看法，讓人清楚地知道他對凡菲毫無好感。

「確實他的個性不怎麼討人喜歡。」萬斯頗有同感。

「但是，」希茲疑惑地加上一句，「得要很大的勇氣才能夠獵取大型動物吧！說到勇氣，我看殺害你弟弟的兇手肯定是一個頭腦冷靜的傢伙，他居然能在被害人完全清醒的狀態下從正面下手，這難度可不小，而且還有一位管家在樓上，這實在需要很大的勇氣。」

「警官，你說得真是太好了！」萬斯誇張地大叫。

誰的手槍？

六月十七日
星期一
上午

早晨九點左右萬斯和我到了檢察官辦公室，上尉已經在那兒等了二十分鐘，史懷克立刻帶他進去見馬克漢。

菲利浦．里奧．庫克上尉是位典型的軍人，身材高大——足足有六英尺二英寸，衣裝整潔，臉繃得像塊岩石那麼緊，像一桿標槍一樣佇立在檢察官面前，彷彿正在靜候長官下達命令的士兵。

「請坐，上尉，」馬克漢說，「我想你應該知道我讓你來這兒的原因。你和艾文．班森之間的一些事情我很感興趣，想聽聽你的說法。」

「您的意思是，我現在是這起謀殺案的嫌疑犯？」里奧．庫克略帶一些南方口音。

「現在確實如此，」馬克漢冷冷地回答，「這也是我找你來所要求證的。」

里奧・庫克坐在椅子上靜靜地等著他們發問。

馬克漢緊盯著他突然說：「我聽說最近有一次你曾威脅要取艾文・班森先生的性命，有這回事嗎？」

里奧・庫克臉色大變，雙手摁住膝蓋想穩住顫抖的雙腿。

他還沒開口，馬克漢又繼續說，「如果你想不起來，我可以提醒你事發的地點——那是在林德・凡菲先生家舉辦的晚宴上。」

里奧・庫克猶豫著，然後肅然道：「長官，我承認曾經出言恐嚇。那個班森是一個下流胚子——他確實該死！那天晚上他比平日更可惡百倍，他喝了很多酒，我也一樣。」他笑了一下，很不自然，眼光避開檢察官移到他身後的窗戶上，「但是我絕沒有殺他，長官，我也是通過報紙，才得知他的死訊。」

「你知道他是死於一把軍用柯爾特手槍射出的子彈，你應該很熟悉這種武器吧？」馬克漢盯著他說。

「是，長官，」里奧・庫克回答，「這個我也從報上看到了。」

「你也有一把同樣的手槍，是嗎，上尉？」

里奧・庫克再度猶豫道：「我沒有那種槍，長官。」聲音低不可辨。

「那是怎麼回事？」檢察官的聲音變得更嚴厲了。

他用眼角的餘光瞥了馬克漢一眼後，立刻低下頭，支支吾吾地說：「我……我在法國時遺失了。」

馬克漢冷冷一笑道：「凡菲先生說他在你出言恐嚇的那天晚上曾親眼見過那把手槍，你怎麼解釋？」

「他見過那把槍？」上尉一臉茫然之色。

「沒錯，他親眼見到那把槍，並且認出是軍用的。」檢察官用儘量平穩的聲調逼進，「此外，班森少校也看到你做出了拔槍的動作。」

里奧．庫克深呼吸一下，試圖平復一下不穩的情緒，然後堅持說：「我肯定，長官，我沒有槍，早在法國時就被我弄丟了。」

「也許你根本沒弄丟，或是你借給什麼人了吧？」

「絕沒有，長官！」他矢口否認，但也不多辯解。

「昨天你去河濱大道的時候，把槍也一起帶去了吧？」

萬斯一直在仔細地分析他們的每一句對話。

「哦，這傢伙聰明得過分了。」他在我耳邊嘟囔。

里奧．庫克不安地調整著坐姿，棕色的臉變得十分蒼白，他不敢抬頭正視問話的人，目光一直在室內的家具上游來蕩去。他的辯解急促而堅決：「我肯定我沒有帶槍，而且也沒有把槍借給任何人。」

馬克漢用手支著下巴，身子探過辦公桌向前微傾。「也許就在那個上午之前，你把槍借給什麼人了。」

「之前……」里奧·庫克一邊思考、一邊抬頭，似乎在想「別人」是指何人。

馬克漢抓住他窘迫的機會繼續追問：「從法國回來後，你有沒有把槍借給什麼人？」

「沒有，我從來不會把槍借給任何人——」他開始說，忽然停了一下，焦急地補充道，「我怎麼可能借給別人？我剛剛才說過，長官——」

「那些無關緊要！」馬克漢阻止他，「你有一把柯爾特手槍，對吧，上尉？現在那把槍究竟在哪裡？」

里奧·庫克似乎想爭辯些什麼，但欲言又止。

馬克漢故作輕鬆地靠在椅背上，「你很清楚，班森一直在騷擾克萊兒小姐。」

聽到這個女孩的名字，上尉的身體立刻變得僵硬，他面孔脹紅，嚴肅地盯著檢察官，一字一句、緩慢而有力地咬著牙說：「請不要把克萊兒小姐扯進來。」神色看上去恨不得立刻掐住馬克漢的脖子。

「很抱歉，我們不得不這樣想。」馬克漢以同情卻又堅定的語氣說，「有太多證據顯示她涉嫌此案。在案發的第二天的早晨，我們在班森家裡發現了她的提袋。」

「你胡說，這不可能！」

馬克漢沒有理會他的頂撞，「克萊兒小姐已經承認了。」上尉剛要開口，馬克漢舉手阻止了他，「不要誤解我的意思，我並非指控克萊兒小姐是殺人嫌疑犯，我要找的是你和此案的聯繫。」

上尉滿臉疑竇地看著馬克漢，然後似乎下定決心地說：「我知道的已經全部說出來了，其他的我無可奉告，長官。」

「克萊兒小姐在班森中槍的那天晚上曾與他共進晚餐，你知道這事兒，對不對？」馬克漢繼續問。

「什麼？」里奧．庫克不高興地反問，臉上顯出不解的神情。

「你也知道他們在午夜十二點才離開餐館，而克萊兒小姐回到家的時間是午夜一點。」那個奇異的神色又在他眼中閃爍了一下，他直起身子，深吸一口氣，沒有看馬克漢，也沒有再開口說什麼。

「你當然知道，」馬克漢以讓人放棄戒心的平穩聲音，繼續追問，「班森的死亡時間是午夜十二點半。」

說完，他等待著對方的回應——整個房間鴉雀無聲。

「你沒有什麼要說的嗎，上尉？」終於馬克漢先打破沈默，「沒有任何解釋？」

里奧．庫克仍然沒有回答，坐在那裡雙眼直視正前方，嘴唇閉得緊緊的，似乎沒有開口說話的意思。

馬克漢見狀站起來，「既然如此，我們今天先到這兒吧！」

里奧．庫克上尉一離開。馬克漢馬上按鈴叫人過來：「跟著剛剛離開的那個人，查明他的去處，注意他的一舉一動，晚上我在史蒂文森俱樂部，到時候過來向我報告。」

人都出去了，就剩我們三個，萬斯笑嘻嘻地裝出欽佩的表情看著馬克漢，「問訊機智而犀利，只是略欠技巧。你後來涉及那位女士的問題看來是失策。」

「我知道你的意思，」馬克漢說，「但照目前這種情況看來，我們調查的方向沒有錯，里奧．庫克是個既有作案動機又有作案時間的嫌疑人。」

「真的嗎？」萬斯反問，「你的這些假設都需要證據來支持。」

「你也看到了，當我問起他手槍的下落時，他的臉色一下子煞白，精神快崩潰了——他嚇得不輕。」

「你的想法還真有邏輯，馬克漢。但你還得知道，一個無辜者在被懷疑時他的反應會比真正的罪犯更緊張、更強烈。兇手有足夠的犯罪勇氣和經驗來掩飾自己，他知道一旦自己露出緊張神色，你們這些『火眼金睛』的律師肯定會懷疑。相反，如果你一邊拍著一個無辜者的肩頭，一邊告訴他『你被捕了』，那他的反應八成是瞳孔放大、冷汗直冒、臉面脹紅，有時還會驚得發抖且呼吸困難，如果他不幸有點心臟病什麼的，說不定馬上就變成一具屍體了。所以真正的有罪之人被人拍肩膀時，他才會挑高眉毛，斬釘截鐵地說：『你開玩笑吧？來，先抽根雪茄。』」

「那些罪大惡極的傢伙，確實會有如你所描述的那些反應，」馬克漢承認，「但無辜者被污蔑時，也不至於全然崩潰吧！」

萬斯否定地搖頭：「恐懼的表現取決於腎上腺的分泌，此外別無他因。情緒的波動只能證明此人的甲狀腺激素分泌不足或副腎上腺分泌異於正常水平。一個人被指控為兇手，或是忽然看見殺人用的帶血兇器，他的反應是失神傻笑，還是歇斯底里地尖叫或昏倒，這都完全取決於他的荷爾蒙分泌情況對罪行本身的反應。如果所有人體內的各種類型分泌物完全一致的話，那麼我們很快就可以依此給人定罪，但事實上每一個人都各不相同，你不能因為嫌疑人的內分泌異常便將他送上電椅。」

馬克漢還沒開口回答，史懷克就已經站在門口報告說希茲警官來訪。

警官滿面春風地衝進來，生平頭一遭忘記和在場諸人握手寒暄，急切地說：「我們現在掌握了一些重要的證據。昨天晚上我去了里奧．庫克的公寓，了解了整個事情的經過。十三號晚上他本來的確在家，但午夜十二點過後不久又出門了，向西面走的——這很重要——直到午夜一點一刻才返回來。」

「那麼那個門童原來的證詞，又是怎麼一回事？」馬克漢問。

「重點就在這兒，里奧·庫克收買了他，然後他就堅稱案發當晚里奧·庫克一直在家沒出門。你怎麼看，檢察官先生？我只嚇唬了那個男孩一下，他就全招了。」希茲得意地說。

馬克漢點了點頭，緩緩地說：「警官，感謝你剛提供的情報，這證實了我對今天早上和里奧·庫克上尉談話中獲取的證詞的判斷，我已經派人跟蹤他，今晚就會有新的情報，明天我們會對上尉和整個案情有更進一步的了解。明早我再聯絡你，如果要採取相關行動，就由你全權負責。」

希茲滿意地離開了，馬克漢反扣雙手枕在腦後，靠在椅子上繼續說道：「我想答案就要揭曉了。那個女孩和班森晚餐後一起回到他的住所，里奧·庫克上尉懷疑他們兩人在一起，於是離開家尋到班森家中，繼而發現了她確實在那兒，一時怒火頓起殺死了班森。這既解釋了提袋和手套出現在那兒的原因，也解釋了她從餐館到回家所用的那一段時間，同時更說明了她在星期六應訊時的態度，加上有上尉對手槍一事所作的隱瞞，我相信一切問題都要解決了，我可以宣布破案，上尉不在場的證詞已經瓦解了。」

「哦，這真是不錯，」萬斯輕快地說，「我已經看到你扇著勝利的翅膀翩翩起舞了。」

馬克漢聽出他是在諷刺自己，不禁反問他：「你為什麼總是不相信人類的理智是獲得答案的最好方法呢？我們現在已經證實了很多犯罪因素：衝突、動機、時間、地點、機會、過程和嫌疑犯。」

「這些話聽起來沒錯，不過你不覺得這只是紙上談兵嗎？」萬斯微笑，「從你的那些因素來看，那位小姐也是完全符合條件的。你其實還沒找到真正的罪犯，我敢肯定他現在就在城中某處活動——給你一個小提示。」

「目前我還沒有逮捕任何人，」馬克漢不服地反駁道，「我的人訓練有素，而且二十四小時盯著他，里奧·庫克不會有任何機會去丟棄兇器的。」

萬斯不以為然地聳聳肩，「但願如你所說，」萬斯試圖提醒他，「我的小小意見是，你的證據只可以揭穿一個陰謀。」

「陰謀？我的上帝！什麼陰謀？」

「一個由環境因素造成的陰謀。」

「我很慶幸這陰謀和政治糾紛沒扯上關係。」馬克漢瞪了他一眼，然後看了一眼手錶。「如果你不介意，我要開始上班了，我還有十幾個會要開，一大堆的人要見。你可以到對面找班·哈里聊聊，十二點半再回到這裡如何？然後我們一起去銀行家俱樂部吃午餐。班在我們這裡是國際犯罪的專家，他大半輩子都在全世界追查逃犯，把他們丟進監獄。你會從他那兒得到你想要的。」

「聽起來真是讓人期待啊！」萬斯聽完打了一個大哈欠。不過他並未接受建議離開，反而慢慢走到了窗前點起一根煙。他站在窗口抽了幾口，指尖轉動把玩著煙，看似在仔細觀察，口中卻說道：「你知道嗎，馬克漢？現在這個時代讓任何事物都無法永垂不朽，而這完全是拜自以為是的民主政治所賜，貴族階級在逐漸墮落衰退。比如這個牌子的煙，過不了多久，那些眼高於頂的名流就會厭倦這種品質低劣的煙草。」

馬克漢會心地笑道：「你這傢伙，有什麼要求就直說吧！」

「要求，我提什麼要求了嗎？而且這跟腐朽不堪的歐洲貴族政治有何關係？」

「你沒發現每當你想提出過分的要求時，都會從公然大肆指責皇室貴族開始嗎？」

「我不喜歡你這種觀察入微的傢伙。」萬斯假裝不高興的樣子，然後自己也笑了，「我想邀請奧斯查爾上校一起共進午餐，你不會反對吧？」

馬克漢一聽眼光變得銳利了起來，「奧斯查爾上校？是你在過去的兩天不斷向人打聽的神祕人物？」

「算是老朋友了，自以為是的傢伙，或許現在好點了。他是班森那一幫人的頭兒，對所有舉行過的宴會瞭若指掌，是一個包打聽。」

「那就讓他來吧。」馬克漢同意了，然後他拿起話筒，「現在我通知班，就說你會過去拜訪他一個小時。」

門外的凱迪拉克

六月十七日
星期一
中午十二點三十分

十二點半的時候，馬克漢、萬斯和我不緊不慢地走進了銀行家俱樂部的牛排館，酒吧內奧斯查爾上校已經在等我們了。離開檢察官辦公室之前萬斯就打電話給他，讓他到俱樂部跟我們見面，看來他提前到了。

「這是全紐約最快樂的人！」萬斯向馬克漢介紹他，「一個不折不扣的享樂主義信徒！每天中午才起床，午飯前是不會會見外人的。你知道為什麼今天他會這麼早出現在我們面前嗎？因為我用你的檢察官的頭銜要挾他了。」

上校誇張地對馬克漢說：「我想盡一點微薄之力。這是一個讓人震驚的案件，我簡直不敢相信報紙上所說的。事實上，我並不介意這麼說，其實對於本案我也有一些看法，本來想打電話給您的，長官。」

我們一坐下，萬斯便直截了當地說：「我們知道你認識與班森有來往的所有人，那麼請問：里奧・庫克上尉，到底是一個什麼樣的人？」

「哦！你們懷疑里奧・庫克上尉。」奧斯查爾上校用手扯了扯他的八字鬍，他的臉微微泛紅，濃密的睫毛下面長著一雙藍色小眼睛，舉止自大，態度有點傲慢，「他倒是一個值得懷疑的好對象，說不定還真是他做的呢！這傢伙脾氣暴躁，不過他愛上了克萊兒小姐，愛得瘋狂。那是一個好女孩，班森也很迷戀她。假如我年輕二十歲的話，我也會……」

「上校，別做白日夢了，」萬斯打斷了他，「請說一下你對上尉的認識。」

「好的，上尉。他是喬治亞州人，以前參加過一些戰役，還得過很多勳章，他好像很不喜歡班森。他是一個思想單純並且極易發怒的人，有時候也很善妒，他把女士看得很尊貴——我並非說她們不值得，但是上尉是那種為了女人和名譽寧願自己去坐牢的人。他保護女人，重感情，具有騎士精神，而且是那種在沈默不語間就可以將對手打敗的傢伙，惹上他就有好果子吃了。班森這個傻蛋，明明知道那女孩跟里奧・庫克已經有了婚約還去玩火。有幾次我真想去警告他，但這是人家的私事，根本跟我沒有關係。」

「班森和里奧・庫克上尉熟悉嗎？」萬斯問，「我的意思是他們走得很近嗎？」

上校做了個否定的手勢：「根本不熟。」然後想了想又說，「我想應該不是太熟悉，他們偶爾會在社交場合碰個面，我和他們都很熟，也經常邀他們到家裡坐坐。」

「你覺得上尉是一個技術精湛的賭徒嗎？」

「哈！賭徒？」上校很輕蔑，「他是我見過的牌技最差的人，撲克打得簡直糟透了，他太容易興奮了，完全不善於隱藏自己的感覺。總之，他是一個衝動魯莽的人。」停頓了一會兒之後，他大喊道，「天啊！我知道你們的目標了，太正確了！他就是那種會幹掉所有他討厭的人的魯莽年輕人。」

萬斯說：「在我看來，上尉的為人和林德．凡菲所敘述的完全不一樣。」

「一半一半！」他說，「凡菲是一個冷靜的賭徒，曾經在長島市經營過一個賭場——撲克、輪盤、百家樂……他還在非洲獵過獅子、老虎。他感情用事的時候，會冒險押注在一個對他完全不利的賭局上，他全憑自己的衝動行事，所以他不是一個理智的賭徒。我敢擔保他很有可能去殺一個人，然後在五分鐘之內就把事情忘得乾乾淨淨，不過除非是他氣憤到極點，否則他不會那樣做。他就是這類人，只是你一時看不出來而已。」

「凡菲和班森很親近？」

「對，只要凡菲來紐約的話，他們兩人肯定形影不離，他們認識很多年了，在凡菲還沒有結婚之前他們就是室友。凡菲的老婆很厲害，把他管得相當嚴，但她可是一個大富婆。」

萬斯問：「班森和克萊兒小姐之間是什麼關係？」

「誰知道呢，」上校簡短地回答，「但是有一點是可以確定的，她對班森很不友善。女人這種動物真是奇怪！」

「很讓人無法理解。」萬斯附和道，「我不想知道她和班森之間的私人祕密，我想你也許知道她內心對他真正的態度。」

「我知道了，你想知道她會不會對他採取一些殘酷的手段？我敢打賭絕對有可能！」上校明白他的看法，「克萊兒小姐個性剛直，她很用心地經營著自己的藝術生涯，她是一個歌手，很棒的歌手，前途無量，很獨立並且樂意接受任何對她事業有利的機會，為了成功可以萬死不辭。」他點了點頭，表示同意，「女人就是比較奇怪，經常有出人意料的行為舉止，冷靜的女人也可能會殺人。」突然像發現了新大陸，他坐直了身子，那雙藍色的小眼睛發出閃爍的亮光，「老天哪！就在班森被殺的那天，她曾單獨和他進餐……就在同一天，我在餐館遇見了他們兩人。」

「非常感謝。」萬斯無精打采地嘟囔著，「我想我們該吃飯了，你和班森熟嗎？」

上校大吃一驚，但是他發現萬斯的態度比較平和，所以也就消除了他的疑慮。「我？我們是老朋友了！我和班森認識了十五年，仔細算來可能還要更久。在這個城市的面貌還沒有變化之前，我就帶他遊覽過全城，那個時候這地方生機勃勃，真是個黃金年代，天亮之前，我們從來不回家……」

萬斯又一次打斷了他：「你和班森少校的交情怎麼樣？」

「班森少校？那是另外一碼事，我們『道不同，不相為謀』，很少見面。」

他覺得自己應該有更為詳盡的解釋，所以在萬斯還沒開口之前，他說：「正如你知道的，少校向來不和我們這些人一起，他非常反對吃喝玩樂，認為艾文和我都比較輕浮。他是個一本正經的傢伙。」

萬斯慢吞吞地吃著午餐，突然問道：「你在『班森&班森』投資了多少錢？」

這時上校好像不知道該如何作答，只不停地用餐巾擦拭著嘴，「噢，小玩一下而已，」又故作輕鬆地說，「可是我的運氣一直都不太好，我們偶爾會到『班森&班森』去跟機會女神調情取樂一下。」

午餐的時候，萬斯連續不斷地問奧斯查爾上校這方面的問題，但是都徒勞無功。他簡直就是口若懸河，只不過敘述得相當冗長模糊且條理不清，內容還前後不一致，很難從中得到有用的信息。

但是萬斯好像一點也不氣餒，他對里奧·庫克上尉的性格以及他和班森之間的關係都非常感興趣，凡菲的癖好——嗜賭引起了他極大的好奇，他還問了一些有關班森的其他朋友的問題，可對上校的答覆，卻一點也不在意。

整個談話對我來說毫無意義，我很懷疑萬斯是否知道自己在說什麼，我相信此時的馬克漢也是一樣摸不著頭腦。在上校信口開河的胡言亂語中，馬克漢不時地有禮貌地點頭附和表示同意，但是有幾回我看見他漫不經心地四處張望，並且惡狠狠地瞪了萬斯一眼。毋庸置疑，這位奧斯查爾上校對這些人熟過頭了。

我們這位客人話太多了，談完之後我們把他送到地鐵入口。然後又再次回到檢察官辦公室。萬斯躺在舒適的沙發裡，顯得很滿意，「有趣吧？如果你想要找出嫌疑犯，上校倒是有很多建議。」

「找出嫌疑犯？」馬克漢狂吼，「幸虧他不是警察，要不然全城中有一半的人，會以射殺班森的罪名被捕了！」

「他是有點嗜殺，」萬斯表示承認，「肯定有人要為這件案子而入獄。」

「按照那位老兄的說法，班森的社交圈裡都是槍手凶徒，還有那些女人。他說話的時候，我有個揮之不去的想法：他覺得班森沒有在多年前被人殺死是他走運了。」

「你好像忽略了上校談話中最精彩的一部分。」萬斯提示。

「精彩的地方，有嗎？」馬克漢反問，「我怎麼沒有感覺到。」

「他的話，難道就沒有讓你得到一點慰藉？」

「只有在他向我道別的時候。分手絲毫不會讓我傷心。但是他針對里奧．庫克所說的那番話，可以證明上尉是這件謀殺案的主要嫌疑犯。」

「是啊，」萬斯嘲笑著說，「那麼他針對克萊兒小姐說的那番話，也證明了她是主要嫌疑犯，還有他所說的針對凡菲的一番話，而你恰恰又懷疑這人的話……」

萬斯剛說完話，史懷克進來報告：「希茲派刑事局的探員艾密力來見檢察官。」

我認出了他，他就是在班森家壁爐裡找到煙蒂的那個人。

他瞟了萬斯和我一眼，然後馬上向馬克漢報告：「長官，那輛灰色凱迪拉克我們找到了，希茲探長要我立刻向您報告。車是在靠近阿姆斯特丹街口的七十四街的一間小型修車廠內找到的，停在那裡已經三天了。一位隸屬六十八街分局的警官發現後通知了總局，我立刻趕了過去。確定就是它，除了釣竿，其他的釣魚用具都在。我想，在中央公園裡面找到的那些釣竿，一定是從這輛車裡不小心掉出來的。上週五中午一個人把車開到了修理廠，然後給老闆二十塊錢用來封他的嘴。修車廠的老闆是一個意大利人，平時也不看報紙，我盤問之後立即全盤供出了。」

探員拿出一個記事本，「這是我當時抄下的車牌號碼。車主住在長島華盛頓港榆木路42號，他叫林德．凡菲。」

這個突如其來的消息使馬克漢非常困惑，他把艾密力匆匆打發走後，坐在辦公桌後面不停地敲打著桌面。

萬斯笑了笑看著他說：「這裡不是瘋人院，如果上校的一番話沒有引起你的一點興趣，那麼現在你應該知道了，當班森進入永恆時刻的時候，凡菲剛好在附近徘徊。」

「讓上校見鬼去吧！」馬克漢恨恨地說，「目前，最重要的是怎樣把這個新發現，套入到整個案情中去。」

「天網恢恢，疏而不漏。」萬斯對他說，「難道你因為發現了那輛神祕凱迪拉克的車主是凡菲而感到不安嗎？」

「你那種未卜先知的能力我沒有，所以我很困惑。」馬克漢照例點了一根雪茄煙，他心裡有所擔憂的時候就會這麼做，他諷刺地加上一句，「你，早在艾密力通報以前，就知道車子是凡菲的了吧？」

萬斯修正道：「我不知道，但是我很懷疑。凡菲告訴我們當他聽到噩耗後崩潰的演出實在讓人覺得有些過頭，而當希茲問他去往卡茨基爾的行車路線時，他又特別緊張。他的表現很傲慢，簡直就像在演一齣鬧劇。」

「真了不起！」馬克漢沈默地抽著雪茄，「我會詳細調查這件事情的。」

他叫來史懷克，憤怒地交代道：「打電話到安森尼亞旅館，告訴林德．凡菲到史蒂文森俱樂部來見我，叫他一定要到。」

史懷克離開之後，馬克漢說：「我認為汽車一事裡面大有文章。」他看看萬斯，「顯然，案發當天凡菲在紐約市，但不知道是什麼原因，他不想讓別人知道到底是為什麼，他故意提到里奧．庫克威脅班森一事，並且一再暗示我們應該朝這個方向追查下去，也許是想為了里奧·庫克從他朋友那裡奪走克萊兒小姐一事而替朋友抱打不平。如果說當天晚上凡菲曾經出現在班森家中，他很可能手裡掌握有第一手的資料。現在，我們已經知道了車主就是他，我想他會告訴我們實情的。」

「他一定會告訴你一些事情，他大生就是一個說謊高手，只要有利可圖，他會告訴你任何事情。」萬斯說。

「他會說些什麼，我想你知道。」

「我想他會告訴你當晚在班森家中，他看見了怒髮衝冠的上尉。」

馬克漢笑了笑，「但願，你肯定想親耳聽到吧！」

「不會錯過。」

萬斯走到門口，已經準備要離開了，突然又轉身對馬克漢說：「我還有一個小要求，仔細調查調查凡菲，叫幾個兄弟到華盛頓港，查查他的底細和社交習慣什麼的，還有注意一下他與異性的交往。我敢保證你絕不會後悔！」

看得出來馬克漢對此有點疑惑，幾乎要矢口拒絕。經過一陣慎重考慮之後，他按了一下辦公桌旁的叫人鈴。

「悉聽尊便，現在我就派人去查。」他說。

神祕的包裹

六月十七日

星期一

下午六點

這天下午，為了欣賞第二天將要公開拍賣的一批壁氈，萬斯和我在安德森藝廊待了差不多有一小時，之後在「雪莉」喝了下午茶，六點的時候我們到了史蒂文森俱樂部，馬克漢和凡菲隨後便到了，我們立刻進入了會議室。

凡菲和我們第一次會談時一樣優雅，一套獵裝配上一雙原色麻製高筒靴，還有環繞全身的香水味兒。

「再次見到你們，我很榮幸。」他問候我們。

馬克漢今天的情緒有點不佳，草草地致意一下。萬斯微微點了一下頭，在一旁沈悶地看著凡菲，好像想要為這個人的存在找個藉口，結果發現只是徒勞無功。

馬克漢直截了當地說：「凡菲先生，星期五中午你把你的車停在了一家修理廠，然後給人家二十塊美金來封他的嘴。」

凡菲好像很受傷，抬起頭悲哀地說：「我真的錯了，我給的是五十塊美金啊！」

「很高興你承認了，」馬克漢說，「你知道的，報紙上曾經報導：班森被殺那天晚上，你的車就停在他家門口。」

「我不想讓人發現我曾在紐約出現過，所以我付錢封了他的嘴。」他的話語中流露出對那人的憤憤不滿。

「那麼你為什麼把車放在紐約？」馬克漢問，「你怎麼不把車直接開回長島市？」

凡菲不住地搖頭顯得很無奈，眼睛裡流露出憐惜的神情，他向前傾了一下身子，好像他迫切地想要幫助這位蠢笨愚鈍的檢察官，就好像老師輔導學生一樣，不斷地引導他排除難題的困擾。

「馬克漢先生，我已經結婚了。星期四晚飯之後，我準備去卡茨基爾，打算在紐約逗留一天，然後和我的一些朋友道個別。那天我到紐約時已經很晚了，差不多快到午夜了，我決定去拜訪艾文。我到他家時，屋子裡面很黑，我根本沒找到門鈴在哪兒。隨後去了四十三街的『派屈』酒吧，當時我想進去喝一杯睡前酒，但是很不巧酒吧在那個時間裡都已經打烊了，我只好開車回去……也許，就在我開車離開後的這段時間裡艾文被人殺害了。」他停下來扶了扶眼鏡，「我根本沒想到他會發生不幸。最後，我去了一家三溫暖，在那裡休息了一晚上。第二天一大早報上就報導了謀殺案的消息，並且提到了我的車，我開始心慌，不停地擔心，不，『擔心』用在這兒不切實際，可是一時也想不到其他的詞來代替。這樣說吧，我是在不恰當的時間出現在不恰當的地方，所以我直接把車開到修理廠，付了很多錢讓那人保守祕密，以免別人將艾文的死跟我聯繫到一起。」

從他闡述的語調、自命不凡的樣子和注視馬克漢的眼神，你也許會認為他用錢封住修車工人的嘴，完全是替檢察官和警方著想。

「那你為什麼不繼續開著車子離開？」馬克漢問，「這樣一來，你的車子被發現的機率就會更小了。」

凡菲毫不在乎地說：「在我朋友被殺之後嗎？您覺得我在如此哀傷的時刻，還有心情去度假？回到家，我就告訴我太太說車子在半路壞了。」

「依我看，你倒不如把車開回家。」馬克漢輕蔑地說。

凡菲好像有些不耐煩了，但還是忍了下來看著對方，深深地嘆了口氣表達他的感觸——即便他無法為世人所了解，但起碼可以為此感到難過。

「如果讓我留在沒有任何資訊的卡茨基爾，就是我太太以為我要去的地方，大概要幾天後才會得知艾文被殺的訊息。馬克漢先生，我沒有告訴她我會在紐約逗留過一天，也不希望她知道我來過這兒。如果我即刻回家，她一定會懷疑我是故意中斷旅程，所以我選擇了看上去最為單純的理由。」

馬克漢有點厭煩了，停了一會兒，忽然問道：「在案發當晚，你的車曾經在班森家門口出現過，和你預謀好的把矛頭指向里奧·庫克上尉有沒有聯繫？」

凡菲揚起眉毛好像很委屈一樣，然後做出一個手勢表示抗議：「親愛的！」此刻他心中不公平的控訴使得他的聲音變得很氣憤，「如果昨天我說的話讓你有所誤解，或許是因為那天夜裡我開車行至艾文家的時候，剛好看見上尉在班森家門口出現。」

馬克漢像小孩一樣好奇地看了萬斯一眼，對凡菲說：「你確定親眼見過里奧·庫克？」

「我敢保證，我的確看見他在那裡，要不是因為我不想暴露自己的行蹤，我昨天就把這件事說出來了。」

馬克漢問：「有必要嗎，說了會怎麼樣？這個消息非常重要，我本可以今天早上把它派上用場的。你為了自己切身的利益而不顧法律的審訊，這麼做只會讓自己在那天夜裡的行蹤變得更加可疑。」

「您有權這樣想，先生，」凡菲自我安慰地說，「但是若有誰想將我置於不利的地位，還得恭敬地接受您的批評責備。」

「知道嗎？如果你遇到的是其他檢察官，被你這樣玩得團團轉，一定會以涉嫌謀殺的罪名，立即逮捕你！」馬克漢補充道。

「那我只能認倒楣了，並且說非常幸運遇到的是您。」他謙和有禮地回答。

馬克漢站起來，挺直了身子，「今天到此為止。但是凡菲先生，你必須待在紐約直到有我的許可才可以回家，否則我會以重要證人的名義來扣押你。」

凡菲聽後故作驚訝，他只好無奈接受如此苛刻的命令，並祝我們有個愉快的午後時光。

現在只有我們三人了，馬克漢一本正經、滿臉嚴肅地看著萬斯說道：「不錯，你的預言靈驗了，雖然我並不期望一切這麼順利。而凡菲的證詞將連接起里奧．庫克上尉涉案的最後一環。」

萬斯懶懶地抽著煙，「我知道。雖然你對付嫌犯的方法十分令人心悅誠服，但是潛伏在心理上的矛盾之處仍然存在。除了上尉，所有的證據都一一對應，他根本不符合……我知道你會認為這是滑天下之大稽，但是如果他真的是殺害班森的兇手，那麼太陽肯定是從西邊升起了。」

「你那套迷人的理論，在任何情況下我都會相信，」馬克漢回答，「但是在我手中已經掌握大量不利於里奧．庫克的證據的情況下，『他無罪，因為他頭髮是中分的，用餐的時候還把餐巾塞進自己的領口裡』類似的這些說法，都不合乎法律邏輯，簡直是難以理解。」

「不可否認我很難駁倒你的邏輯，你所有的邏輯都是這樣。毫無疑問，許多與案件沒有關聯的無辜的人，可能會因為你這些絕對的理由而被當成罪犯。」萬斯看樣子好像很疲倦，他伸了個懶腰，「去吃點東西，那個難纏的老東西把我搞得好累啊！」

來到了史蒂文森俱樂部的天台餐室，就看見班森少校一人在那兒，於是馬克漢邀請他同我們一起吃飯。

「告訴你一個好消息，少校，」點了菜之後，馬克漢說，「我很有信心馬上就可以找到真凶，現在所有的矛頭都對準了一個男人，所以我想明天就把案子給結了。」

班森少校用懷疑的眼光看著馬克漢，「你把我搞糊塗了，前些天你不是說涉案的人，是個女的嗎？」

馬克漢躲避開了萬斯的眼光，有點尷尬，笑了笑說：「最近幾天，我們有了很多新的突破性進展，經過調查那個女人已經被我們排除了。在取證的過程當中，我們鎖定了一名男子，一開始我們還不敢妄自定他的罪，但是現在我們已經有了充足的把握和證據。就在你弟弟被殺幾分鐘之後，一位相當可靠的目擊證人，親眼看到這名男子出現在他家門口。」

「告訴我到底是誰？」少校難以相信。

「反正是無所謂的事情，明天一大早全城的人都會知道罪犯是誰了，他就是里奧・庫克上尉。」馬克漢輕鬆地說道。

班森少校瞪著他，露出難以置信的神情：「絕對不可能！我不相信！他跟了我三年，我比誰都了解他，一定是你們沒弄清楚，或者你們的證據……警方一定是搞錯了。」

馬克漢告訴他：「這個跟警方沒有關係，這是我的調查結果。」

少校不說話了，他的沈默表示了他也有點懷疑。

萬斯說：「對於上尉涉案一事，我和你的看法有相同之處。少校，請問你知道有誰熟悉里奧．庫克嗎？我想從他們口中證實一些事情。」

馬克漢不大高興，問：「那你要如何解釋案發時，里奧．庫克上尉出現在屋外？」

萬斯回答：「他也許是在班森家的窗戶下唱歌來著呢！」

還沒等馬克漢開口，過來一名侍者遞給他一張名片，他一邊看一邊發出滿意的聲音，之後吩咐把來人立即帶到這裡來。他朝我們說：「有新情況了，一會兒來一個人，是今天早上我派去跟蹤里奧．庫克的探員，他叫希金波翰。」

希金波翰是一個機警的年輕人，他走過來，垂手站在檢察官面前，樣子有點不自在。

「請坐，希金波翰。這幾位都是和我一起負責參與調查這樁案件的。」馬克漢說。

「我從搭乘電梯的時候就開始跟上他，」他開始報告，「他坐地鐵去了百老匯大道和七十九街的交叉口，經過八十街走到河濱大道九十四號的一幢大公寓，沒有經過保安的允許就直接進入了電梯，在樓上待了差不多兩小時，一點二十分的時候他下樓搭了一輛計程車。我從河濱大道往七十二街，到中央公園朝五十九街，一直跟隨他到A街，他下車後走上昆士波若橋，在橋中央的鐵纜前站了大約五、六分鐘，然後就從口袋裡掏出一包東西，扔到河裡去了。」

「那包東西多大？」馬克漢很焦急。

希金波翰伸出手比畫了一下那個東西的大小和尺寸。

「大概有多厚？」

「要是我沒有記錯的話，應該是一寸左右。」

馬克漢把身體稍稍向前探了一下，「是把……柯爾特自動手槍？」

「從他拿出那包東西和投擲的動作來看，有可能是。大小、尺寸差不多，並且分量好像也不輕。」

「很好，還有什麼？」馬克漢非常滿意。

「沒了，長官。他把槍扔掉之後就回家了，再也沒有出門，所以我就走了。」

希金波翰報告完隨即離開了，馬克漢頗為得意地向萬斯頻頻點頭：「嗯，這就是你所說的刑事探員。你滿意了吧？」

「噢，很滿意。」萬斯吞吞吐吐地說。

班森少校困惑地看著他說：「可是有一點我不明白，為什麼里奧·庫克要去河濱大道扔他的槍？」

馬克漢說：「我認為他殺人後，怕打草驚蛇，於是把槍藏在克萊兒小姐那兒，他不可能傻到把那東西放在自己家裡。」

「也許在命案還沒有發生之前，他就已經把槍放在那裡了。」

這時我想起少校曾經斷言克萊兒小姐比上尉更有可能是殺他弟弟的兇手。

馬克漢回答道：「我曾經也有這樣的看法，但是有一些證據表明凶嫌不可能是她。」

少校稍作讓步：「我相信在這點上，你一定是完全說服了自己。」但是聲音裡依然帶著幾分懷疑，「可是，我不認為里奧．庫克是殺死艾文的兇手。」他一隻手搭在檢察官胳膊上，「我無意冒犯，也很感謝您所做的一切，但是我希望您能夠考慮考慮，再小心翼翼的人也會偶爾犯個錯誤。有時候事實可能也是一種謊言，我不相信現在的證據能欺騙你。」

顯然，少校的請求深深感動了馬克漢，但是因為職責所在，他仍然拒絕了。

「少校，我得根據自己的信念處理事情。」他的語氣溫和而堅決。

私人文件

六月十八日
星期二
上午九點

第二天，也就是案發之後的第四天——這是非常重要的一天，對於艾文．班森謀殺案來說。雖然我們還沒有掌握十足的證據，但是新發現的線索已經讓兇手漸漸浮出水面。

萬斯和班森少校一起吃過晚飯，和馬克漢道別之前，他提出次日早晨要去拜訪檢察官辦公室。馬克漢對他這不常見的認真感到迷惑，卻也頗為感動，於是欣然應允了他的請求。雖然我認為，相比較萬斯的反對將會帶來的麻煩，他更願意下令逮捕里奧．庫克。聽了希金波翰的彙報之後，馬克漢已經決定緝拿上尉，然後提交大審判團審理。

萬斯和我在上午九點時到達檢察官辦公室，看見馬克漢正要給希茲警官打電話。

萬斯做了一個讓我意想不到的舉動。他來到馬克漢面前，奪下他手中的聽筒放回機座上，然後將電話機挪開，雙手搭在檢察官的肩上。馬克漢驚訝得說不出話來，萬斯用緩和而又低沈的聲音說道：「我絕不讓你逮捕里奧．庫克，這就是我此行的目的。只要我在這裡，就會想盡一切辦法阻止你下達拘捕令，除非你讓警察將我強行帶走。那樣的話，你得多找幾個人，因為我不會輕易屈服的。」

萬斯絕不是隨口威脅，馬克漢對此心知肚明。

「如果你派人來這裡，」他接著說，「你將成為這一週裡全市最大的笑話，因為到那時，人們會知道誰才是殺害班森的真凶，而我則會因為勇敢反抗檢察官，力圖挽救真理和正義而成為公眾心目中的英雄。」

這時電話響了，萬斯拿起聽筒，說：「不用了。」他簡短地說了一句立刻掛斷，倒退了幾步抱臂站在那裡。

一陣令人尷尬的沈寂之後，馬克漢頗為為難地說：「如果你不馬上離開，讓我自己處理公務的話，我只好叫警察了。」

萬斯笑了，他心裡明白馬克漢不會這麼做的，畢竟兩人的交情不淺，而且萬斯的要脅表面看起來很嚴重，但絕不至於傷害到他。

馬克漢的臉色慢慢緩和下來了，取而代之的是更多的困惑與不解。「你怎麼會對里奧．庫克這麼感興趣呢？又為何如此固執地堅持讓他逍遙法外呢？」

「你這個糊塗蟲！」萬斯儘量保持風度，「你難道認為我是在擔心一位美軍上尉嗎？這個世上有著不計其數的里奧．庫克——寬肩、方顎、衣服綴滿鈕釦、性情好勇鬥狠，或許只有他們的媽媽才能夠準確地認出……我擔心的是你！我不希望你做出任何對自己不利的事，里奧．庫克事件就是其一。」

馬克漢的眼神開始柔和起來，他明白萬斯心中所想，也原諒了他那粗魯的舉動。但是他對上尉有罪這一點仍深信不疑。他低頭不語，似乎在盤算著如何應對。過了一會兒，他按鈴叫來史懷克，讓他去請腓普西過來。

「我將對此事進行密切追查，」他說，「結果肯定會讓你心服口服的，萬斯。」

腓普西來了，馬克漢對他說：「立刻去見克萊兒小姐，問她昨天下午里奧．庫克上尉到底從她家拿走了什麼？為什麼又要扔到東河裡？一定要讓她說實話，你可以告訴她，說你已經知道了那就是殺害班森的凶槍，她有可能會拒絕回答，甚至會要你滾蛋。如果那樣的話你就下樓靜待事情的進展。如果她打電話，你就從總機偷聽；如果她給人送信，就攔截下；如果她出去，就跟蹤她，但我想她不會這麼做的。記得一有消息馬上向我報告。」

「我明白了，長官。」看起來腓普西非常願意接受這項任務，他愉快地離開了。

「你的職業道德允許你用如此卑鄙的手法嗎？」萬斯問，「這實在不像你的作風。」

馬克漢躺在椅背上向天花板的吊燈看去，「這和個人作風無關吧？即便有，也是為了伸張正義的需要而作出的讓步。社會需要保護，紐約市的百姓將我視為保護者，職責所在，有時我們不得不做出違逆個人意志的行為，我不可能因為堅持己見而讓整個社會處於被動的境地。你應該知道，除非是鐵證如山，否則我不會擅用職權。一旦確定事情屬實，為了社會大眾，我有權利這麼做。」

「就算你說得有道理，」萬斯打了個哈欠，「但是我對社會並不感興趣。對於我來說，行為的正直要比公理更加重要。」

他話音剛落，史懷克進來說班森少校求見。

不過，進來的卻兩個人，和少校一起來的是位二十出頭、留著一頭金色短髮的年輕女子，她穿了一件款式簡單的藍色縐紗裙，外表雖然嬌柔，卻透著一股精明能幹的神采，讓人一見就會產生一種信任感。

班森少校說她是他的祕書，馬克漢便搬了一把椅子在辦公桌對面請她坐下。

「赫林蔓小姐剛剛對我說了一些事，我想或許會對你有所幫助，」少校說，「所以我就把她帶來了。」他顯得異常嚴肅，雙眼流露出懷疑的目光。「赫林蔓小姐，請你對檢察官先生重複一下你剛才告訴我的話。」

女孩優雅地抬起頭，用柔和的聲音徐徐道來：「大概一週之前，也就是上週三，凡菲先生到艾文．班森先生的私人辦公室來找他。我就坐在旁邊的房間，兩個房間中間只隔了一道玻璃牆，如果班森先生房間裡的人大聲講話，我就能聽得見。五分鐘後，凡菲先生和班森先生大聲爭吵起來，我當時覺得有點好玩，不過因為他們是死黨，所以也沒放在心上，繼續做事，但他們爭吵的聲音實在太大了，我還是無意中聽到了一些。今早班森少校向我問起他們吵架的內容，我想可能你也願意知道。他們的話題一直沒離開期票，有一兩次提到了支票，我聽到好幾次『岳父』這個詞，還聽到班森先生說『我不幹了』。之後班森先生叫我進去，讓我到保險櫃裡將寫著『凡菲——私人文件』的信封拿出來，後來由於簿記員有事找我，後面的談話我就沒有聽到了。一刻鐘之後凡菲先生離開，班森先生叮嚀我把信封放回原處，他對我說，凡菲下次來的時候，除非班森先生在辦公室裡，否則無論如何都不可以讓他進到房間裡去，他還交代這個信封不能讓任何人看到——哪怕是書面的請求……就這些了，馬克漢先生。」

她敘述時，我更感興趣的是萬斯的反應，而不是她話中的內容。我注意到，她的到來令萬斯立刻興奮起來。馬克漢請她坐下後，萬斯還站起身來去拿一本放在她附近桌面上的書，他和她湊得十分近，我覺得他可能是為了更好地來察看她的脖頸側邊。在她說話的過程中，萬斯不停地觀察她，我知道他一定又有想法了。

她說完以後，班森少校從口袋裡拿出一個長信封，放在馬克漢的辦公桌上，「就是這個，」他說，「我聽赫林蔓小姐說了這件事，就立刻請她將信封取出來。」

馬克漢有些遲疑，不知是否要窺探他人的隱私。

「你最好看看，」少校提議，「這個信封的內容可能會與案件有很大的關係。」

馬克漢撕開信封，拿出裡面的東西，平攤在面前。有三樣東西——一張支票，是艾文·班森開給林德·凡菲的，已經兌現了，面額是一萬元；一張一萬元的期票，是凡菲開給班森的；一張字條，內容是承認支票是偽造的，筆跡是凡菲的。支票上的日期是今年三月二十日，字條和期票上的日期是兩天之後，期票將於六月二十一日兌現，也就是大後天。

馬克漢盯著這些文件足足看了有五分鐘之久，它們讓他更加困惑了，直到將它們放回信封後，心中的疑惑仍一點也沒有消除。

他向那女孩仔細詢問，讓她重複一些細節，但是沒有多少幫助。最後，他對少校說：「如果你不介意的話，我想留下那封信，雖然眼下還看不出來有什麼價值，但我希望能對它作進一步的研究。」

少校和祕書走後。萬斯站起來活動了一下，說：「好了，一切都照舊：太陽和月亮，早晨、中午和下午，夜晚和它的星星們——我們的調查開始有進展了。」

「你又胡說些什麼？」關於凡菲的新發現讓馬克漢變得更加暴躁。

「那位赫林蔓是一個有趣的女孩，你覺得呢？」萬斯的回答簡直是莫名其妙，「她對已死的班森一點也不關心，還非常厭惡滿身香水味的凡菲。他肯定向她訴過苦，說他老婆對自己一點也不了解，然後伺機想約她出去。」

「她非常漂亮，」馬克漢說，「可能班森對她有過非分之想，所以她才如此討厭他。」

「哦，當然，」萬斯停頓了一下，「但不完全是。她是個很有想法的女孩，很清楚自己在做些什麼。她可不是一隻讓人觀賞的花瓶，她的血液中流淌著日耳曼民族的堅強與誠實，我預感她可能會再來找你。」

「又是你的水晶球告訴你的？」馬克漢嘟囔道。

「當然不是！」萬斯懶洋洋地朝窗外看去，「只不過我對頭蓋骨的思索頗有心得。」

「我看到了，你看她的眼神一直含情脈脈的，」馬克漢說，「可能是因為是短髮的緣故吧，她沒有脫帽，那你又是如何來分析她的頭骨的呢？」

「我可不是哥爾德史密斯筆下的牧師，」萬斯說，「但是我對頭蓋骨因時代、種族和遺傳而異這種看法深信不疑，是保守達爾文學說的信徒。每一個小孩都能夠辨別皮爾丹人的頭骨和古石器時代歐洲原始人的頭骨，甚至連一個律師也能夠細數印歐語系人類的頭蓋骨和烏拉阿爾泰語族頭蓋骨的不同之處。根據遺傳學定律，所有的相似處均有著千絲萬縷的聯繫……我想這些學問你恐怕難以理解。儘管她留著短髮又戴了帽子，但是她腦殼的輪廓和臉部的線條我全都看清了，甚至還對她的耳朵進行了觀察。」

「由此你就推論她會再回來？」馬克漢頗為不屑地問。

「某種程度上來說——是的，」萬斯頓了頓，接著說，「在聽了赫林蔓小姐那一番話之後，對於昨天下午奧斯查爾上校所作的評論，你難道不覺得有點眉目了嗎？」

「喂！」馬克漢有些不耐煩了，「別打岔，有話直說。」

萬斯從窗外將視線拉了回來，有點發愁地望著他，「馬克漢，凡菲偽造簽字的支票、悔過書和短期期票等，這些不都是幹掉班森的理由嗎？」

馬克漢幾乎從椅子上跳了起來。

「你認為凡菲是兇手？」

「這件事的經過讓人難以置信：很明顯凡菲曾用班森的名義簽了一張支票，事後告訴了他，未曾想他的老友以此逼他開了一張同等面額的期票，並且命他寫下悔過書來防止他日後反悔。我們再來看看旁證：第一、一週前凡菲來找過班森，兩人大吵了一場並且提到『支票』。可能就是凡菲要求延長期票兌現的期限，卻被班森一口拒絕；第二、兩天後班森就被殺了，這時距離期票兌現日期不到一週；第三、凶案發生時凡菲曾出現在班森家門口，但是他不僅隱瞞了這個事實，還賄賂修車廠主人，讓他對此事緘口；第四、當他被逮到狐狸尾巴時，他用了一個非常牽強的理由想搪塞過去，請注意一開始卡茨基爾的那段孤獨之旅——神祕的紐約之行，是為了和一位不知名的人士道別。這一切都非常不合情理；第五、他是一個衝動的投機型賭徒，他熟悉槍彈的操作，緣起於他在南非的那段經歷；第六、他急切地想拖里奧．庫克下水，甚至卑鄙地謊稱曾在凶案現場見到過上尉；第七——你為何如此無精打采？我不是一直在為你提供寶貴的事實嗎？——動機、時間、地點、機會和所有可以推論出兇手的必要條件——是不是就因為東河河底有一把上尉的手槍，所以你不肯放過他？」

馬克漢靜靜地聽著，一言不發地注視著辦公桌面。

「何不再找凡菲談一談？在你決定逮捕上尉之前。」萬斯建議道。

「嗯，好的，我可以這麼做。」考慮了數分鐘之後，馬克漢慢慢回答道。他拿起話筒，「不知道他現在在不在旅館？」

「他肯定在，」萬斯說，「觀察，等待，伺機行動。」

凡菲果然在旅館，於是馬克漢請他馬上到辦公室來一趟。

「還有件事想拜託你，」萬斯對他說，「事實上，我非常想知道在班森身亡那一個小時裡，大家都在做什麼，也就是十三日午夜至十四日的凌晨。」

馬克漢驚奇地看著他。

「聽起來似乎有點愚蠢，是嗎？」萬斯很輕鬆地繼續說，「但你不是完全相信不在場證明嗎？即便它們往往令人失望。如果里奧·庫克的門童堅持為他辯解，你對上尉不也是一點辦法都沒有？你太輕信人言了！為什麼不做深入的調查呢，看看那個時候其他人都在做什麼？凡菲和上尉都在班森的寓所出現過，你目前鎖定的目標僅有這麼幾個，或許當晚還有其他人在艾文身邊出現過。要知道在晚宴上遇到幾個朋友再正常不過了。調查一下吧，或許警官們就不再心煩了。」

此刻，我和馬克漢都在猜測萬斯背後隱藏的玄機。

「你所謂的『其他人』指的都是哪些人？」馬克漢拿出鉛筆準備寫下來。

「所有人，」萬斯回答，「包括克萊兒小姐、里奧．庫克上尉、班森少校、凡菲、赫林蔓小姐。」

「赫林蔓小姐？」

「所有人……你記下赫林蔓的名字了嗎？還有奧斯查爾上校——」

「聽著……」馬克漢想要打斷他。

「有可能還有漏下的，但有這些人的名單，我們就可以開始了。」

馬克漢還沒來得及發表意見，史懷克就打斷了他們的談話，他進來報告說希茲已經來到門口了。

「長官，里奧．庫克要怎樣處置呢？」希茲警官首先問道。

「暫緩一兩天吧！」馬克漢答道，「在正式下令逮捕之前，我希望再和凡菲談一次。」

他對希茲說了班森少校和赫林蔓小姐到訪一事。

希茲看了一眼信封，便交還給馬克漢。「我沒看出這有什麼重要性，」他說，「在我看來，這只是班森和凡菲之間的私下交易。我們要抓的應該是里奧．庫克，盡快將他抓捕歸案才是明智的。」

「或許就是明天呢，」馬克漢微笑著答道，「警官，這一點有什麼好沮喪的？你仍在監視上尉吧？」

「是的，長官。」希茲微微一笑。

萬斯卻適時對馬克漢說了一句，「你剛剛寫的要交給警官的名單呢？我記得你說過不在場證明什麼的。」

馬克漢猶豫了一下，他拿出了那張萬斯列出的名單，悻悻地說：「為了謹慎起見，警官，我希望對這些人在凶案發生時的不在場證明，再全面做一次調查，或許會對我們有所幫助，比如說凡菲。盡快給我答覆。」

希茲離開後，馬克漢怒不可遏，對著萬斯說：「在所有難纏的傢伙中……」

「得了！」萬斯打斷他，「忘恩負義的傢伙！你知不知道，我是來保護你的，是聖母派來指點你的大天使。」

西七十五街的寡婦

六月十八日
星期二
下午

一小時後，馬克漢派到河濱大道九十四號探聽消息的腓普西，帶著得意的神情回來了。

「我想你要的消息我已經拿到了，」他的聲音中掩飾不住勝利的喜悅，「我到了克萊兒小姐的公寓，她親自開的門，我單刀直入，和預想的毫無二致，她拒絕回答，當我對她說我早就知道了包裹中的物品是殺班森的凶槍的時候，她大笑著敞開門說：『馬上滾蛋，你這個混蛋！』」他笑著繼續說下去，「我快速跑下樓，等我到達總機旁邊時，她的電話指示燈已經在閃了，我偷聽了她和里奧．庫克的通話，她說的第一句就是：『你把昨天從這裡拿走的槍丟到河裡的事，他們已經知道了。』他肯定是非常震驚，因為沈默了好一會兒，隨後用冷靜溫柔的聲音說道：『不要擔心，瑪麗亞，今天對任何人都不要提起這件事，明天一早我會想辦法解決的。』他要她今天什麼也不要說，最後便互道再見。」

馬克漢還在回味這段話的內容，「對於他們之間的對話，你有什麼看法？」

「長官，」探員回答，「我覺得里奧・庫克有罪，那個女人是知道他有罪的。」

馬克漢對他說了聲謝謝，就讓他出去了。

「這個人真是讓人生厭！」萬斯說，「我們是否應該和優雅的林德・凡菲先生，來進行警民對話了？」

正說著，凡菲和往常一樣衣著光鮮地走了進來，雖然是溫文爾雅、風度翩翩，但神情之中顯露出一點忐忑不安。

「請坐，凡菲先生，」馬克漢說，「你得對這些事作個解釋。」他拿出信封，將裡面的文件攤放在桌子上，「你能告訴我這是什麼嗎？」

「非常樂意。」他說，但聲音已不再自信，鎮定的神態也不見了。他掏出火機點煙，從他點火的姿勢，可以看出他很緊張。

「我早該告訴你的。」他揮了揮手，似乎表明這些文件無足輕重。他身子往前傾了傾，說話時香煙在雙唇之間上下彈動。

「這件事，說起來真是不太好意思！」他說道，「但是它與事情的真相是有關係的，所以我也沒什麼好抱怨的……我的——家庭生活不是非常幸福，我的岳父沒來由地討厭我，他最樂意做的事就是剝奪我的經濟權利，即使那些錢是屬於我的妻子，他也不願意給我。數月前我動用過一筆款項，準確地說是一萬元，後來我才知道這筆錢不是我的。這一來就被我的岳父逮到了把柄。為了避免和我太太發生誤會，我必須如數歸還那筆款項。你知道誤會這玩意，會讓女人非常不舒服。我真不應該冒艾文的名簽了那張支票，但是事後我馬上對他作了解釋，又開了一張期票並寫了一封悔過書。這就是整個事情的經過，馬克漢先生。」

「那上週你和他吵什麼呢？」

凡菲不滿地看了他一眼，「哦，這你也聽說了？是的，我們是有一些小口角，主要是為了期票的事兒。」

「班森是要求在到期之日兌現嗎？」

「不，不完全是，」凡菲嬉皮笑臉地回答，「我求求你，先生，不要逼我說出和艾文之間的談話內容，我發誓這與目前的情況毫不相干。我承認那天晚上去他家是希望和他談期票一事。但是，情況你們也了解了，當我發現屋內一片漆黑時，就在三溫暖過了一夜。」

「對不起，凡菲先生，」萬斯開口了，「不過我很好奇，班森先生在收你的期票的時候就沒收過任何抵押品？」

「當然，」凡菲有點惱火地說，「我已經對你們說過了，艾文是我最親密的朋友。」

「但是，即便是最親近的朋友也可能因為數目巨大而要求抵押，班森怎麼知道你是否有能力償還？」萬斯指出。

「我只能說他知道。」凡菲慢悠悠地答道。

萬斯仍然表示懷疑：「難道是因為你寫下了悔過書？」

凡菲讚許地說：「這麼想就對了！」

萬斯不再發問，馬克漢接著問了約半個小時，毫無進展。凡菲堅持自己先前的說法，拒絕對和班森爭執一事作更深入的討論。他堅稱那與此案無關，最後只好讓他離開。

「幫助不大，」馬克漢說，「我現在贊同希茲的看法了，凡菲的財務狀況是一個好像非常重要、實則毫無價值的發現。」

「你只相信你自己，是不是？」萬斯悲哀地說，「凡菲剛剛給你提供了整個調查中第一條有智慧的線索，而你卻說沒有多大幫助！請聽我說，凡菲所說的他偽造班森的簽名，用支票冒領了一萬元的這部分肯定是真實的，但對悔過書之外無任何抵押品這一點，我可不相信。班森不是這種人，不管是不是朋友，遇到金額如此巨大的事，他都不可能那麼做的。他倒不是想讓凡菲坐牢，只是希望把錢拿回來，這就是我問他是否有抵押品的原因，凡菲否認了這一點，但是當我問班森怎麼確定他一定會如期還款時，他卻支支吾吾。當然，那張悔過書是個好答案，表示他另有所圖，他回答我問題時的反應，恰好證實了我的推測。」

「你到底想說什麼？」馬克漢有些不耐煩了。

「你不覺得這背後有人在操控嗎？此人一定和抵押有關。否則凡菲為了洗清自己的嫌疑，早就將爭執的原因告訴你了，但是對於那天在班森辦公室所發生的事，他卻始終拒絕透露。他肯定是在保護某人，可他又不像是個有騎士精神的人，所以對此我就不解了。」他靠在椅背上，仰望著天花板，「我有種預感，當我們發現提供抵押的人時，兇手也將現身。」

這時，有通電話打進來了。馬克漢拿起了聽筒，談話時馬克漢的眼中閃爍著奇異的光芒，他和對方約好下午五點半見面，掛上電話後他對萬斯笑著說：「你對頭骨的研究證明是成功的，赫林蔓小姐剛才用外面的公用電話打進來，說她還要來做一些補充，五點半她會過來這裡。」

萬斯卻平靜得很：「我更願意相信她不過是趁午餐之便打個電話。」

馬克漢又對他仔細打量了一番，「這中間肯定有什麼可疑之處。」

「當然，」萬斯興奮地答道，「比你想的還要可疑。」

馬克漢花了約有十五至二十分鐘的努力，想讓他說出實情，但萬斯就是不動聲色，最後馬克漢被激怒了。

「好吧，我只能快速得出這個結論，」他說，「你要麼就是已經知道兇手是誰，要麼就是個偉大的猜測家。」

「還可能有另外一個原因呢，」萬斯回答，「說不定是我那些美學理論和抽象的假設起了作用。」

就在我們準備外出就餐前的幾分鐘，史懷克說崔西剛從長島市回來有事要報告。

「他不就是你派去調查凡菲婚外戀情的那位仁兄嗎？」萬斯問馬克漢，「如果是他，我可等不及要聽他的報告了。」

「就是他。讓他進來吧，史懷克。」

崔西微笑著進來，一手拿著記事本，另一隻手上拿著夾鼻眼鏡。

「要打聽凡菲易如反掌，」他說，「他可是華盛頓港的名人，有關他的風流韻事一問便知。」他小心地扶了扶眼鏡，看著手上的記事本，「他和霍桑小姐於一九一〇年結婚，對方非常有錢，可惜的是凡菲什麼好處都沒撈到，因為經濟大權還是由她父親掌管著——」

「崔西先生，」萬斯打斷他，「這個不要再詳述了，凡菲先生已經把他的婚姻悲劇，講給我們聽了，請你告訴我們凡菲是否有婚外情！」

崔西困惑地望著馬克漢，他不知道萬斯是誰，在得到馬克漢首肯後，他將記事本翻過一頁開始說：「我發現一個女人，家住在紐約，常打電話到凡菲家附近的藥房給他留話，凡菲再用同一部電話給她回電話。他和藥房主人有過約定，不過我略施小計就得到了她的電話號碼，一回到城裡就對她進行了調查。她名叫布拉．班尼爾，是個寡婦，就住在西七十五街268號的一間公寓裡。」

崔西報告完之後，就退出去了。

馬克漢坦率地笑著對萬斯說：「他提供的消息沒有多少。」

「老天！我認為他幹得相當不錯，」萬斯說，「他找到了我們一直想要的資料。」

「我們想要的？」馬克漢疑惑地問道，「還有更重要的事情等著我去做呢！」

「你知不知道？凡菲的情人即將解開班森真凶之謎。」萬斯說完便沈默不語了。

下午有很多公事等著處理，有無數的人要約見，所以馬克漢只在辦公室內吃了午餐，而萬斯和我直接走了。

午飯後，我們去畫廊參觀了法國印象派點畫畫展，然後到艾歐連音樂廳聆聽舊金山弦樂四重奏演奏莫扎特的作品。五點半之前我們又回到了檢察官辦公室，那裡只剩下馬克漢一人，其餘人都下班了。

在我們到達之後，赫林蔓小姐出現了，以嚴肅的口吻補述了她之前的話。

「早上我有些話沒說，」她說，「除非你能保證不泄漏隻言片語，不然的話，我還是不說的好，因為這會讓我丟掉工作的。」

「我答應，」馬克漢保證，「我一定保密。」

她猶豫了一下，開口說道：「今天早上我對班森少校說了關於凡菲先生和他弟弟之間的事情後，他馬上說我應該隨他來見你，但在來這裡的途中，他讓我保留一些情節，他並不是要我刻意隱瞞，只是說這和與案情無關，怕你混淆，我聽從了他的建議。我回到辦公室後仔細想想，覺得班森先生的死非比尋常，所以我決定不管怎樣也要告訴你，萬一這件事與案情有關，我可不想到最後發現時會被認為我是知情不報。」她還在猶豫這個決定是否明智，「我希望自己做的是對的。班森先生和凡菲先生爭吵那天，我從保險櫃中取出的不僅僅是信封，還有其他的東西——一個沈甸甸的正方形包裹，上面和信封一樣，寫著『凡菲——私人物品』。而班森先生和凡菲先生主要就是在為這個包裹爭吵。」

「今天早上你從保險櫃中取信封給少校時，包裹還在嗎？」萬斯問。

「不在，上週凡菲先生離開後，我將它和信封一起鎖進保險櫃裡，但班森先生在上週四，也就是他被殺的那一天，把它帶回家去了。」

馬克漢正沈浸其中準備做進一步訊問時，萬斯開口了：「赫林蔓小姐，非常感謝你不怕麻煩，特意前來將包裹之事告訴我們，趁你還在我想請教你兩個問題……班森少校和艾文·班森先生的關係怎麼樣？」

她盯著萬斯，嘴角掛著一絲奇怪的笑意，「他們合不來，兩個人個性完全不同。艾文·班森先生不是一個討人喜歡的人，為人不誠懇，外人肯定不會相信他們是親兄弟。他們常常為生意上的事情爭吵，還互相懷疑。」

「這並不奇怪，」萬斯評論，「他們兩人的性情迥異。對了，他們懷疑對方究竟到了什麼程度？」

「他們有時會互相監視。你知道，他們的辦公室是在一起的，他們會在門邊偷聽對方講話。我是他們兩位的祕書，經常看見他們彼此偷聽，有幾次他們還想從我這兒，刺探對方的消息呢！」

萬斯對她笑了笑：「真是難為你了。」

「噢，這倒沒什麼，」她也笑了，「我只是覺得很滑稽。」

「那最後一次看到他們兩人偷聽對方談話是什麼時候？」萬斯問道。

女孩馬上嚴肅起來：「就在艾文．班森先生遇害的前一天，我看見少校站在門口，當時有位小姐來找班森先生，少校似乎很感興趣。那是下午的時候，班森先生在送走那位小姐之後約半個小時離開了辦公室，比往常要早點。不久，那位小姐又回來找他，我對她說他已經回家了。」

「你認識那位女士嗎？」萬斯問她。

「不，我不認識，」她說，「她也沒有說她是誰。」

萬斯又問了一些問題，隨後我們一起送赫林蔓小姐到二十三街的地鐵站。

馬克漢一路上沈默不語，萬斯也一言不發，一直到我們在史蒂文森俱樂部大廳落座之後，他才懶洋洋地點起一根煙，說：「你現在知道我預知赫林蔓小姐一定會再出現的原因了吧，馬克漢？那是因為我對人類心理的敏感。我就知道艾文絕不可能無抵押便兌現那張偽造簽名的支票，我還知道他們之間的爭吵肯定是與抵押品有關。性格多變的凡菲在乎的不是坐不坐牢，而是希望在期票到期前將抵押品取回，但沒能如願。還有，那位祕書小姐可能是個好女孩，但以女人的天性來說，隔壁房間有兩個無賴在大聲爭吵，她不可能不豎起耳朵聽，因此我敢斷定她聽到的比說出來的要多。所以我問自己：她有什麼顧忌呢？少校建議她如此說，這是唯一的合理解釋。但是日耳曼民族天性直率坦白，我便大膽預測當少校離開後，為了日後不危及自己，她一定會回來對我們說出全部實情……解釋完了就不神祕了，對吧？」

「很好，」馬克漢有些煩躁不安地說道，「但這些對案情有什麼用處呢？很抱歉，我對後面的進展還是一無所知。」

萬斯安靜地抽著煙，「你應該知道那個包裹就是抵押品。」

「是的，」馬克漢承認，「但這個結果我不覺得有什麼好訝異的。」

「當然，」萬斯說，「你那受過嚴格的邏輯訓練的頭腦早已推斷出：那就是普利斯太太在班森先生被殺那天下午在桌上看見的珠寶盒。」

馬克漢倏地坐起，聳聳肩又靠回椅背去。「就算是那個珠寶盒，那又能代表什麼呢？除非少校認為它和這件案子無關，否則他不會建議他的祕書故意對此隱瞞。」

「但是假如少校知道包裹與案情無關，那麼就表示他對與案情相關的事是一定知道的了？否則他又是如何辨別的呢？我一直認為他知道的遠遠多於他承認的。不要忘了，是他引導我們追查凡菲，又是他堅持說里奧．庫克上尉是無辜的。」

馬克漢低頭沈思了幾分鐘。

「我大概知道你的想法了，」他緩緩地說，「那些珠寶很有可能是本案的重要物證……我會和班森少校談一談。」

我們在史蒂文森俱樂部吃過晚飯正在休息室抽煙的時候，班森少校來了，馬克漢立刻招呼他，「少校，你能再幫我一個忙嗎？」

對方凝視著他，沈默了好久才回答。

「我願竭盡所能地幫助你，」他小心謹慎地說，「但目前我不便告訴你某些事情。如果只是考慮我自己一人，那就容易多了。」

「你在懷疑某人？」萬斯問道。

「可以說——是的，我無意中聽到了艾文辦公室裡的一段談話，這在他過世後益發顯得非常重要。」

「你這樣做也無濟於事，」馬克漢說道，「事實終將會被證明的。」

「我想在一切尚未確定的時候，最好不要做危險的臆測，」少校斷言，「還是置身事外的好。」

不管馬克漢怎樣勸說，他都執意不肯多說，隨後他和我們道別離開了。

馬克漢顯得非常煩躁，不停地抽著煙，手指不住地敲著座椅扶手，「似乎所有人都比警察和檢察官知道得多。」

「他們沒有沈默不語，對你們來說還算是個好消息，」萬斯愉快地補充道，「最令人感動的是他們似乎都是在掩護他人。普利斯太太否認那天下午有人拜訪過班森，因為她不希望克萊兒小姐被牽連進去，很明顯地除了這位年輕小姐之外，她並不認為其他人有嫌疑；上尉聽到你暗示他未婚妻涉嫌後便不再說話了；甚至連林德都因為生怕會牽連他人而不顧自己不利的處境；現在又是少校。真麻煩！不過，能和這些高貴的靈魂打交道倒挺不錯的！」

「去你的！」馬克漢放下雪茄，跳了起來，「這個案子攪得我寢食難安，晚上我要帶著它上床睡覺，希望明天早上一睜眼就會有解決的辦法了。」

「簡直是荒謬！竟然用睡眠的時間思考問題！」當我們步入麥迪遜大道時，萬斯說，「這都是那些頭腦糊塗的人才會相信的傳聞，什麼柔軟的神經、療傷止痛、童年往事、可以製藥的曼陀羅花、疲倦體力重建這一類的東西，全都是愚蠢的想法。腦子清醒時的活動力是睡眠狀態時的好多倍，睡眠是用來緩和情緒的，絕對不是刺激它！」

「好，那你就坐著慢慢想吧！」馬克漢憤怒地回應。

「我正有此意！」萬斯愉快地回答，「但我卻不是去想班森命案，那個我早在四天之前就已經全部想清楚了。」

偽造的支票

六月十九日
星期三
上午

第二天早晨，我們和馬克漢一起搭車進城，抵達檢察官辦公室時還不到九點，但希茲比我們更早到了那裡。他看上去憂心忡忡，語氣也非常不滿。

「你打算怎麼處理里奧·庫克，馬克漢先生？我覺得最好快點逮捕他。我們跟蹤他已經有一段時間了，最近他的行動有些異常。」希茲說，「昨天早上他去了銀行，在出納主任辦公室裡待了半個小時，接著又去他的律師那裡坐了一個小時，然後又回到銀行待了半個多小時；午餐時間他去了艾斯特牛排館，但只是坐在那兒，什麼也沒吃；大約在兩點鐘左右，他去拜訪了他所住公寓的房地產經紀人，等他離開後，我們發現他要求他的經紀人從明天起將他的公寓轉租出去；接著他又打了六個電話，然後就回家了；晚餐過後，我的手下去敲他的房門，假裝找錯了人，結果發現里奧·庫克正在整理行李。看樣子他是準備溜之大吉！」

馬克漢皺著眉頭，希茲的報告令他頭痛不堪。萬斯搶在他前面開了口：「為什麼要弄得如此緊張，警官？我相信上尉在你嚴密的監管之下，已經無處可逃了。」

馬克漢注視了萬斯一會兒，然後轉過來對希茲說：「那麼，假如上尉真的打算離開，你就立刻逮捕他。」

希茲聽了，有些悶悶不樂地離開了。

「對了，馬克漢，今天中午十二點半你不要訂任何約會，因為你已經跟一位女士約好了。」萬斯說。

「這又是什麼鬼話？」馬克漢放下筆，狠狠瞪了他一眼。

「我幫你約了一個人，今天一大早我就給她打了電話，一定把她給吵醒了。」

馬克漢有些生氣，大聲表示抗議。

「你最好赴約，因為我告訴她是你要約她的。如果你不去，她一定覺得很奇怪。」萬斯的態度很溫婉，「你絕對不會後悔見她的。昨晚的事糟透了，我不想再看你受罪，所以特意安排你和布拉·班尼爾夫人見面。她就是林德·凡菲的情人，我肯定她能夠化解你那排解不開的愁緒。」

「聽好了，萬斯！」馬克漢怒吼道，「這裡由我當家做主——」說到這裡，他突然停了下來，意識到對方是出於一番好意，而他也很希望能夠和布拉·班尼爾夫人談一談。於是，他稍稍緩和了一下語氣，「我可以去見她，但是我希望凡菲此前沒有與她有過密切接觸。他總是會出乎意料地冒了出來。」

「太巧了！」萬斯小聲嘀咕著，「我們想到一塊兒去了，所以我昨晚打電話告訴他，今天他可以回長島市一趟。」

「你打電話給他？」

「實在對不起！」萬斯抱歉地說，「昨晚你已經就寢了，我無論如何也不願叫醒你。凡菲感激涕零，說他很想念家人，還說他的太太也會感謝你。但我恐怕他需要施展他的辯才，來對這幾日的行蹤向老婆做一番解釋了。」

「我不在的這段時間，你還替我做了其他什麼安排沒有？」馬克漢問。

「沒有。」萬斯站起來，抽了根煙，靜靜走到窗口。當他轉過身時，好像變了個人一樣，一臉嚴肅，他在馬克漢對面坐了下來。

「少校已經承認他隱瞞了很多事實。」萬斯說，「現在，你不能強迫他再說什麼，但你若去自行發掘，他也不會阻止你——這就是他昨天晚上透露的態度。我有一個既不違背他的原則，又能查明真相的辦法。你還記得赫林蔓小姐提到過『偷聽』這件事嗎？她說曾聽到一段關於班森被殺一事非常重要的談話，少校知道的事可能與公司業務或者某位客戶有關。」

萬斯慢騰騰地又點了一根煙，「我的意思是馬上給少校打電話，請他准許你派人去查公司的帳簿和買賣紀錄，並告訴他你要調查某位客戶的交易紀錄，可能是克萊兒小姐，也可能是林德・凡菲。我有預感，這麼做能夠發現他要保護的人到底是誰。我猜，他正等著歡迎你去查他的帳呢！」

馬克漢並不認為這麼做有多妥當，他不願去麻煩班森少校，可又說不過萬斯。

他還是打了個電話。「你的猜測沒錯，他很樂意我派人過去。」馬克漢掛上電話，「而且，他好像很急切地想協助我。」

「如果你能自行發現他所懷疑的人，我想他肯定會非常高興的。那樣他就不用為泄漏祕密而背黑鍋了。」萬斯說。

馬克漢按鈴通知史懷克：「打電話給史蒂，我有要事交代他立刻去辦，要他在中午以前來見我。」

「史蒂是紐約人壽大樓裡一家公設會計機構的負責人，我常借用他的專才去處理這一類的事情。」馬克漢補充道。

快到中午的時候，史蒂趕了過來，完全是一個年輕人，看起來卻很老成持重。他有張精明的臉和永遠皺在一起的眉心，彷彿能為檢察官效勞是他的榮幸。

馬克漢簡短地陳述了一下自己的想法。史蒂對此似有領悟，在一張廢紙的背面，迅速地寫著摘要。

在馬克漢面授玄機的這段時間，萬斯也忙著在一張紙上奮筆疾書。

馬克漢拿著他的帽子站了起來，對萬斯說：「我現在該去赴你為我訂的約會了。史蒂，走吧，我帶你搭法官專用電梯下樓。」

「如果你不介意，史蒂和我願意放棄這份榮幸，我們搭公用電梯就好，咱們樓下見。」萬斯打岔說。

萬斯搭著史蒂的手臂，一起走出了會客廳。足足過了十分鐘，才跟我們再度會合。

我們乘地鐵到七十二街，然後步行至位於西緣大道和七十五街拐角處的布拉．班尼爾夫人的公寓。我們按下門鈴，站在門口等候時，一股刺鼻的中國香味撲面而來。

萬斯吸了吸鼻子，「這下容易多了。聽說燒香的女人都很多情。」

班尼爾夫人是位身材高挑的中年女子，體態略為豐盈，頭髮淡黃，面頰粉白。她臉上的表情天真無邪，可惜一看就知道是裝出來的。顴骨處的浮腫暗示著她放縱的生活和無所事事。她算不上迷人，但是精力充沛、神采奕奕，態度也非常隨和。她帶著我們走進了一間裝潢華麗的客廳。

待我們坐定後，萬斯立刻扮演起訪問者的角色，他先是說了一些投石問路的讚美的話。交談了幾句後，萬斯掏出了一根煙，向班尼爾夫人呈上。班尼爾夫人接過煙，萬斯則擺出一副很榮幸的樣子，滿臉堆笑，似乎無論她說什麼他都會同情和理解的。

「凡菲先生想盡辦法，竭盡一切所能，不讓你因為班森先生被害一事受到牽連，他的細心真讓人感動。」萬斯說，「但沒想到還是有一些事把你牽扯了進來，如果你相信我們的判斷力，把這些事情告訴我們，對你和凡菲先生都很有好處。」

萬斯特別強調了凡菲的名字。班尼爾夫人不安地盯著腳面，她的憂慮是顯而易見的。過了一會兒，她抬起頭，注視著萬斯的眼睛，心裡彷彿在想：這個人他到底知道多少呢？

「你想要我告訴你什麼，你知道安迪那晚不在紐約的，他第二天早上九點才進城。」她故意做出一副很驚訝的樣子。不過，直接稱凡菲為「安迪」，聽起來實在不夠禮貌。

「難道你沒有看到報紙上那則，關於停在班森家門口的灰色凱迪拉克的新聞嗎？」萬斯模仿班尼爾夫人的語氣，也表示十分驚訝地反問道。

「那不是安迪的車。他搭乘的是第二天早上八點的火車，他還告訴我說幸好搭的是火車，因為他的車和前天晚上在班森家門口停的那輛一模一樣。」她非常肯定地說。很明顯，凡菲對她說了謊。

萬斯沒有糾正她，他的用意便是如此，要她相信他接受了她的解釋——在謀殺之夜，凡菲並沒有在紐約。

「提到你和凡菲先生涉案時，我首先想到的是你們和班森先生之間的私人關係。」

她不置可否地笑了笑，「恐怕你又弄錯了，班森先生與我根本談不上是朋友，我幾乎不認識他。」她的否認另有所指——表面上她裝得漠不關心，實際上則是迫切地渴望別人能夠相信她。

「即使是公事上的交往，也應該有私人的一面，尤其是在中間人和買賣雙方，均有一些交情時。」萬斯提醒她。

「我不知道你這話是什麼意思。」班尼爾夫人斷然回答，看來要撕破臉皮了，「莫非你認為我和班森之間有生意往來？」

「當然，不過不是直接的。是凡菲先生跟他有生意上的往來，而他們之中有人連累了你。」萬斯回答。

「連累我？」班尼爾夫人輕蔑地笑了，不過笑得有些勉強。

「真是一個不幸的交易。」萬斯繼續說，「不僅凡菲先生必須和班森先生發生交易，而且他還不得不將你也拖下水。」

萬斯的態度非常肯定，班尼爾夫人感到此時不適宜展示她的輕蔑與嘲諷，裝傻或許比較有效，所以她努力裝出一副不敢相信的樣子問道：「你是從哪兒聽來的？」

「天哪！這可不是聽來的。」萬斯以同樣的態度回應道，「這就是我為什麼前來叨擾的原因，我愚蠢地以為，你會同情我的愚昧無知從而告訴我實情。」

「可惜我並不準備這麼做，即使這個神祕交易早已經結束。」班尼爾夫人說。

「老天！」萬斯長嘆了一聲，「真讓人失望。看來我必須把我知道的先告訴你，但願你會可憐我而給出下一步提示。」

萬斯的話中蘊藏玄機，他的回答也沒能平復班尼爾夫人的焦慮與不安。

「假若我告訴你，凡菲先生曾偽造過班森先生的簽名，開了一張一萬元的支票，你會認為這是新聞嗎？」萬斯問。

班尼爾夫人遲疑了一下：「不，這不是新聞，安迪已經告訴我了。」

「你也應該清楚，班森先生知道這件事時非常不高興。他要求凡菲支付抵押品、寫悔過書才肯將支票兌現。」

班尼爾夫人一臉怒色：「是的，我知道。如果有人活該被人殺死，那人就是艾文・班森，他簡直不是人，還假裝是安迪最好的朋友。虧得安迪幫過他那麼多的忙！想想看，不寫悔過書就拒絕借錢給他，你不會以為那是交易吧？他可是個骯髒、卑鄙、陰險的傢伙。」班尼爾夫人被激怒了，原先那張顯得極富教養而溫和的面具已經脫落，她不假思索、口不擇言，這種情形讓人難以相信她與班森只是泛泛之交。

在她長篇大論的時候，萬斯不斷地點頭：「我很同情你。」萬斯想與她建立某種和睦的關係，並友善地向她微笑，「如果班森沒有另外要求抵押品的話，相信大家會原諒他扣留悔過書的行為。」

「什麼抵押品？」

萬斯感覺到她的語氣有變，於是利用她憤怒的情緒，突然提到抵押品一事，令她猝不及防。萬斯明白，時機成熟了。

趁班尼爾夫人尚未恢復鎮定前，萬斯從容不迫地繼續說道：「班森先生被害那天，從辦公室帶了一盒珠寶回家。」

「你認為是他偷來的？」話一出口，班尼爾夫人就知道自己已弄巧成拙，一般人會以為事實的答案和問題正好相反，但從萬斯臉上的笑容來看，她知道他已視之為招供。

「你是出於好心，才把珠寶借給凡菲當期票的擔保吧？」

班尼爾夫人抬起頭來，臉色有些蒼白，「你說我把珠寶借給安迪？我發誓——」

萬斯揮了揮手，示意她不要否認。她知道他是在保護她，以免日後因作出這樣的聲明而難堪。這讓她心裡舒服一點。

班尼爾夫人放鬆身體，靠在椅背上，「你為什麼會認為是我把珠寶借給安迪的？」

她的聲音聽起來很平淡，但萬斯明白其中的含意。他們不再玩捉迷藏的遊戲了，雙方都如釋重負地鬆了一口氣。萬斯知道，接下來她所說的將全部是實話。

「安迪需要那些珠寶，否則班森會讓他坐牢。」聽起來她好像要為一無是處的凡菲開脫，「如果班森不這麼做，或者拒絕兌現支票，那他的岳父也會這麼做。安迪做事從來不考慮後果，他實在太不小心了，我總是提醒他。我敢肯定，這件事給了他一個很大的教訓。」

我覺得這個世界上如果有什麼能讓凡菲好好上一課的話，那就是這個女人對他的愚忠。

「上星期三他和班森先生爭吵，是為了什麼事？」萬斯問。

「全都怪我。」班尼爾夫人悲傷地解釋道，「期票的日期就快到了，可安迪沒有足夠的錢，所以我要他去見班森先生，看能否幫忙把珠寶拿回來。但他被拒絕了。」

萬斯同情地注視著她，「我真不想再增加你的煩惱，但你為什麼不告訴我，你痛恨班森先生的真正原因？」

「你說對了，我並不是毫無緣由地討厭他。」說到這兒，她的眼睛不高興地瞇了起來，「在他拒絕歸還安迪珠寶的第二天下午，他打電話約我隔天早上去他家與他共進早餐。他說珠寶目前在他家中，並暗示我或許可以將它們取回……他就是這樣的禽獸！我打電話到華盛頓港告訴安迪，他說隔天上午九點左右他將抵達紐約，然後我們便在報上看到了班森前夜被人射殺的消息。」

萬斯沈默了一陣，不久，他站起身向班尼爾夫人致謝：「謝謝你，幫了我們很大的忙。馬克漢先生是班森少校的朋友，現在支票和悔過書都在我們手上，我會請他用他的影響力說服班森少校讓我們盡快銷毀這些東西。」

出人意料的認罪

六月十九日
星期三
下午一點

我們幾個人走到外面時，馬克漢發問了：「你是從什麼地方得知是班尼爾夫人提供珠寶首飾幫助凡菲的？」

「當然又是我那迷人的抽象理論。班森絕不可能在無抵押的情況下借錢給別人，他沒那麼慷慨。窮兮兮的凡菲湊不出那一萬元，否則他就不會偽造簽名支票。所以，我斷定一定有人借給他抵押品。但除了那些被他盲目吸引的多情女子之外，還有誰會信任凡菲並願意借出等值的抵押品呢？」萬斯回答道，「當他說他去紐約的目的是向某人道別時，我就懷疑在他生活中另有其人，然後又從凡菲拒絕透露此人是誰這一點，猜測那可能是一個女人。因此，我覺得你可以派人到華盛頓港去查探一下他的婚姻狀況，說不定能打聽到他有個情婦。」

頓了頓，萬斯繼續說道：「當那個神祕的充當抵押品的包裹與好奇的管家所見到的珠寶盒趨於一致時，我就可以肯定，就是那位錯愛上凡菲的女士將她珍貴的東西借給他，助他脫離牢獄的虎口的。而且我並未忘記當他解釋期票一事時曾刻意保護過某人，所以當崔西查出這位女士的姓名和住址時，我就立刻安排你們見面。」

我們繼續向前走，萬斯一邊走、一邊說：「我第一眼看到班尼爾夫人時，就知道自己的預感沒有錯。她確實是一個多情的人，為了她的愛人，她一定會將自己的珠寶首飾借給他。剛好我們去拜訪她時，發現她全身上下沒有一件首飾。一般情況下，女人初次與人見面時，為了給對方留下一個好印象都會戴些珠寶首飾。況且，她是那種寧可家中無隔宿之糧，也不能沒有體面的女人，所以我僅僅問了一個問題，她就全招了。」

「你表現得不錯。」馬克漢稱讚他。

「您實在太客氣了！」萬斯謙虛地鞠了個躬，「請告訴我，我和那位女士的談話是否為你晦暗的心帶來了一絲曙光？」

「當然！我又不是傻瓜。」馬克漢說，「她沒有想到會落入我們的圈套，相信凡菲是在謀殺案發生的第二天早上才抵達紐約的，還坦白地告訴我們，她曾打電話給凡菲告知他珠寶在班森家中。目前的情況是：凡菲知道珠寶在班森家裡，案發時他又剛好在門外出現過；然後，珠寶不見了，而凡菲又對自己的行蹤含糊其辭。」

萬斯失望地嘆了口氣，「馬克漢，這件案子裡有太多的細枝末節，它們遮蔽了你的眼睛，以至於你看不到整片森林。你忙於尋找那棵特別的樹，反而忽略了其餘的一切。」

「希望你是對的。」萬斯的臉上掠過一層陰影。

大約一點半的時候，我們走進了安森尼亞旅館餐廳去吃午餐，進餐時馬克漢顯得忙碌不堪。餐後當我們行至地鐵站時，馬克漢又反覆查看腕上的手錶，一副惴惴不安的樣子。

「在回辦公室前我想先去華爾街一趟找少校談談，我實在不明白他為什麼要赫林蔓小姐隱瞞包裹這件事，也許那裡面根本就沒有珠寶。」

「艾文會告訴少校包裹的事嗎？那可是不正當交易。你有沒有想過，少校很可能毫不知情？」萬斯說。

班森少校的解釋印證了萬斯的猜測。馬克漢把他與布拉．班尼爾談話的內容詳細地敘述了一遍，還特別強調了珠寶一事，希望少校會主動提到包裹，但由於他已經答應了赫林蔓小姐不向任何人提及此事，所以他沒有說消息的來源。

少校聽了很驚訝，勃然大怒：「我想艾文蒙騙了我。」過了很久，少校的表情才慢慢柔和下來，「我不願再去想這件事，他已經不在了。實際上，今早赫林蔓小姐告訴我關於信封這件事時，還提到艾文的私人保險箱中還有一個小包裹，我敢肯定，那是班尼爾夫人的珠寶。但我覺得說出來只會讓事情變得更加撲朔迷離。艾文告訴我，班尼爾夫人即將面臨審判，在開庭前凡菲將她的珠寶帶來，要求暫放在艾文的保險箱裡。」

在我們回刑事法庭大樓的途中，馬克漢拉著萬斯的胳膊，笑著對他說：「看來你的猜測本領已經失靈了。」

「沒錯！」萬斯表示同意，「看來艾文注定要死在含糊其辭的壕溝裡。」

「不管怎樣，這一連串對凡菲的不利證據上，又加上了一環。」馬克漢說。

「你好像對蒐集鐵環很感興趣。」萬斯的語氣很冷，「對於你一直認為有嫌疑的克萊兒小姐和里奧．庫克，你打算如何處置？」

「如果這就是你想問的問題的話，那我告訴你，他們還沒有完全洗清嫌疑。」馬克漢嚴肅地回答。

我們返回辦公室時，希茲警官笑嘻吟吟地說：「案子破了，馬克漢先生！今天中午你離開後，里奧．庫克到這裡找過你。他發現你不在就致電總局，總局派了我過來。他在會客室裡，一見到我便說：『我是來投案的，是我殺了班森。』後來我叫史懷克給他做了筆錄，他還在上面簽了名。」

說完，希茲警官把筆錄報告遞給了馬克漢。馬克漢接過報告，一屁股坐在椅子上，重重地嘆了一口氣：「感謝上帝，我們的難題終於解決了。」

萬斯滿面愁容地看了看他，又搖了搖頭，緩緩地說：「我的看法剛好與你相反，我認為你的難題，才剛剛開始。」

馬克漢看完筆錄後又把它交給萬斯，萬斯越看越吃驚：「這份文件根本不合法，任何一個稍具資格的法官都會將它扔出法庭。它太短了，開頭沒有敬語，甚至沒有提到他是如何作案的，連作案時間、作案地點都沒有。對『自由意願』、『記憶所及』、『神志正常』更是不著一字，上尉從未自稱為『當事人』。警官，如果我是你，我會拒絕接受這份自白書。」

希茲並沒有要接受批評的意思，反而揚揚自得：「你是不是覺得很好笑，萬斯先生？」

「假如你知道這份自白書是多麼無稽的話，警官，我相信你一定會發狂的。」萬斯反擊道，並把頭甩向馬克漢，「說實話，不要太把這份自白書看在眼裡。不過它有可能是邁向真相的第一步，我很高興上尉能有這樣的『傑作』。握有這篇無稽之作，我們或許就能夠讓少校拋開一切顧忌，向我們打開心扉，暢所欲言了。也許到了最後我的猜測可能是錯的，但總得試一試。」

說完，他走到檢察官辦公桌前，和顏悅色地看著馬克漢，「親愛的老友，我尚未引導你步入正軌呢。我還有一個建議：馬上打電話給少校，就說已經有人投案自首。但是千萬不要告訴他是誰，隨便暗示他是克萊兒小姐、凡菲或是其他什麼人，催他立刻趕到，並告訴他，你希望在正式起訴之前和他談一談。」

「看不出來這麼做有什麼必要。」馬克漢表示反對，「今天晚上我會在俱樂部碰到他，那時我再告訴他也不遲。」

「那又何必呢！」萬斯堅持道，「我想，希茲警官一定希望親耳聽到少校為我們指點一條明路。」

「我不需要任何指點。」希茲插嘴說。

「多麼了不起的人物啊！連大文學家歌德都常常感嘆求助無門，而你竟然已經達到了無所不知的境界。了不起呀！」萬斯奚落道。

「聽著，萬斯。」馬克漢有些激動，「為什麼要把原本簡單的事情搞得這麼複雜？我認為要求少校來這裡討論里奧．庫克的自白書非但不合情理，而且還浪費時間，況且他的證詞現在對我們來說已經不重要了。」

馬克漢斷然拒絕了萬斯的請求，暗示了他的疑慮，他正在試探萬斯。

萬斯察覺到了對方的猶豫，解釋道：「我之所以提出這個建議，絕不是因為我閒著無聊想看少校興奮得發紅的雙頰。我鄭重地告訴你，他如果能立即出現，將對這個事件產生很大的幫助。」

馬克漢沈思良久，最終妥協下來接受了萬斯的建議。

看到此情此景，希茲露出滿臉憤恨的表情，坐下來猛抽雪茄，一句話也不說。

班森少校急匆匆地趕了過來。

馬克漢將里奧．庫克的自白書拿給他看，看完自白書，班森少校的臉色明顯轉暗。「我有些搞不明白。事情完全出乎我的意料，因為里奧．庫克看起來實在不像是殺害艾文的兇手。當然，這麼說，也許是我弄錯了。」

班森少校將自白書放回馬克漢的辦公桌上，顯得很失望。「你滿意嗎？」他問。

「還沒看出有什麼不滿意的地方。」馬克漢回答，「假如他是無辜的，那他為什麼要來自首呢？其實目前有很許多證據都對他不利，早在兩天前我就打算逮捕他了。」

「我敢肯定，絕對是他幹的！」希茲插了一句，「從一開始我就懷疑是他。」

班森少校略顯猶豫，看起來他正在斟酌措辭：「也許——我的意思是——里奧．庫克不會隨便認罪，他可能有難言之隱。」他顯然話中有話。

「我承認！」對此，馬克漢表示贊同，「剛開始我認為兇手是克萊兒小姐，也曾以此暗示里奧．庫克，但後來我確信她並未直接涉案。」

「里奧．庫克知道嗎？」少校問。

馬克漢想了一下：「我想他不知道。事實上，他仍然以為我在懷疑她。」

「哦！」少校頗不情願地慨嘆了一聲。

「這些事與他認罪有什麼關聯嗎？你覺得他會為了那個女人主動上電椅？去他的，只有電影裡才會出現這種情節，現實生活中沒有一個男人會這麼做。」希茲憤憤地說。

「那可不一定，警官先生！」萬斯慢條斯理地說，「女人通常都頭腦冷靜，一般不會做這種傻事。男人當白癡又不是沒有先例，這向來都難以估計。」然後他又好奇地看著班森少校，「老實說，為什麼你認為里奧．庫克是在演英雄救美？」

少校不置一詞，甚至不願討論最初暗示上尉此舉的原因，萬斯多次嘗試要他再開口，可他始終緘默不語。

希茲終於忍得不耐煩了，「萬斯先生，看看所有的證據吧！你根本無法替里奧．庫克辯護。他曾要挾班森不要再與那位小姐見面，否則便要他的命。班森沒有聽他的，再度與她外出，結果就被殺了。之後，里奧．庫克把槍藏匿在她的家中，後來事情鬧大了，他又把槍取走，丟到河裡；他還賄賂門童替他作偽證，說他當時不在現場，而他本人明明在當晚十二點半時曾出現在班森家門外……綜合目前所有的證據和線索，如果還不足以破案的話，那我就是一隻烏龜了。」

「確實，這些情況看來都很有說服力！」少校承認，「但會不會另有隱情？」

希茲似乎不屑回答他的問題，「我認為里奧．庫克是在午夜時分開始產生懷疑的，然後拿了槍出門，結果當場逮到班森和那女的在一起，便一怒之下進屋射殺了他。在我看來，他們兩人都有份。開槍的是里奧．庫克，況且現在他也承認了。全國任何一個陪審員只要有點良心，都會定他的罪。」

「你以為執法人員全是由你指派的？」萬斯小聲咕噥著，很不服氣。

這時，史懷克從門外出現了，「記者們在外面吵得厲害。」他臉色晦暗。

「他們已經知道有人自首了嗎？」馬克漢問希茲。

「他們還不知道。一直到現在我都沒有透露任何消息——我想這就是他們吵鬧的原因。只要你一句話，我現在就去宣布。」

馬克漢頷頭，希茲跟在後面，一起朝門外走去。萬斯快步擋在他們前面。

「在明天之前能否請你暫時保密，馬克漢？」他問。

「我當然可以這麼做，但是為什麼我要這麼做？」

「就算不為別的原因，也為你自己考慮一下。如今，你的戰利品已經安全到手，就請你暫時控制一下你的虛榮心吧，只要二十四小時就夠了。雖然現在只有少校和我知道里奧・庫克是無辜的，但只要等到明天的這個時候，我相信全國的人也都將知道。」

雙方再度發生了爭執，同先前的爭辯如出一轍，結果是可想而知的。馬克漢了解萬斯有絕對的理由堅持己見，我懷疑他反對萬斯只是為了套出對方心裡的想法。

到目前為止，萬斯還是不肯透露隻言片語，但是他堅定的決心已經表明了他的立場。馬克漢要求希茲將記者會延至第二天，少校輕輕地點了點頭。

「你可以通知那些記者朋友們，就說明天將有爆炸性新聞向他們宣布。」萬斯提議。

希茲怒氣沖天，異常失望地離開了。

「警官太輕舉妄動了，真是一個急性子。」萬斯再次拿起里奧．庫克的自白書來細讀，「馬克漢，我希望你現在將你的犯人帶來，面向窗戶的地方有把椅子，你讓他坐在那兒，順便給他一根你常常留給那些叱吒風雲的政客們享用的雪茄，然後聚精會神地聽我的問話。我相信少校一定願意……」

「這個請求我完全贊同。」馬克漢笑了笑，「我也想和里奧．庫克談一談。」

馬克漢立即下達了命令。

大約十分鐘後，一位墳墓監獄的獄警押著里奧．庫克走了進來。

子彈的痕跡

六月十九日

星期三

下午三點三十分

里奧．庫克上尉走進屋裡，一副沒精打采的樣子：塌著肩膀，垂著雙臂，好像熬了幾夜沒合眼似的，形容枯槁。見到班森少校，他稍微挺了挺腰板，走上前伸出雙手。顯而易見，儘管他不怎麼喜歡艾文．班森，但仍把少校看做朋友。不過他很快意識到自己的處境，連忙縮回手，顯得有些尷尬。

少校快步地走近他，拍了拍他的肩膀，一臉溫柔地說道：「沒關係，里奧。我不相信是你殺了艾文。」

「是我殺了他，」上尉用憂鬱的眼神望向他，音調中聽不出絲毫的慌亂，「我曾經警告過他……」

「請坐，上尉。」萬斯示意他坐到椅子上，隨後說道，「檢察官很有興趣聽一聽你是如何殺人的。你知道，在沒有獲得確鑿的證據之前，法律是不會認定你的罪行的。就目前這起案件來看，有人比你的嫌疑更重，所以請你認真回答我們的問題，以證明你有罪。不然的話，我們只得繼續追查那些嫌疑更大的人。」

他坐到里奧．庫克面前，隨手拿起了自白書，問道：「你覺得班森先生對你不夠友好，因此在十三日凌晨十二點半到他家。你所說的不友好，指的是他對克萊兒小姐的覬覦嗎？」

「我為什麼殺他，這並不重要。」里奧．庫克一聽，頓時很不高興，「你問話時能不能不要扯上克萊兒小姐？」

「噢，當然，」萬斯回答道，「我答應你。可我們必須弄清楚你殺他的動機是什麼？」

經過片刻的沈默。里奧．庫克開口道：「好吧，我也正有此意。」

「那天，克萊兒小姐與班森一同出外晚餐，你是怎麼知道的？」

「我跟蹤他們，一直跟到了餐館。」

「隨後你就回家啦？」

「是的。」

「你後來為什麼又去了班森先生的家？」

「後來我越想越生氣，所以就拿上那把柯爾特手槍，決心殺了他。」

里奧．庫克變得十分激動，聲音裡充滿了厭惡，這很難讓人相信他說的不是真的。

萬斯的目光再次回到自白書上，瞄了一眼，「你說：『我走到西四十八街87號，從大門進入屋內……』你是按門鈴進去的，還是大門根本沒鎖？」

里奧．庫克正要回答，卻突然卡住了。

很顯然他想起報上刊載的管家的證詞，證明當晚門鈴沒有響過。

「這和案子有什麼關係？」他爭辯道。

「只是想弄明白，沒別的意思。」萬斯告訴他，「不過你不用著急。」

「好吧，如果這對你們來說很重要的話——我沒有按門鈴，大門上了鎖。」他不再猶疑不決，「我到達那裡時，班森正好乘計程車回來……」

「請等一下。你當時是否留意到屋前停著一輛車——一輛凱迪拉克，灰色的？」

「為什麼？對，有。」

「車上的人，你認識嗎？」

又是一陣沈默，然後開口道：「我不太肯定，好像是個叫凡菲的人。」

「他們兩人同時出現在外面，這之後呢？」

里奧．庫克皺著眉，「不，不是同時。我到那兒的時候，外面什麼人也沒有。幾分鐘以後，我才看見凡菲。」

「這麼說，是你進到屋裡之後，他才開車到那兒的。是這樣嗎？」

「沒錯。」

「我明白了。那麼我們繼續：班森先生乘計程車到達。隨後又發生了什麼事情？」

「我走上前想跟他談談，他就請我到屋裡。他用鑰匙開了門，我們一塊兒進去的。」

「上尉，請你說說進屋後的情形。」

「他先把帽子、手杖放到了衣帽架上，隨後我跟著他進了客廳。他坐到長桌邊上，我面對著他，把想說的話都說完之後，就開槍殺了他。」

萬斯細緻地觀察著他的每一個動作表情，馬克漢在一旁側耳傾聽。

「當時他是怎麼在看書呢？」

「在我說話的時候，他就隨手拿起一本書——我覺得，他是表示對我的話不感興趣，才那樣做的。」

「你們是從玄關直接進入客廳的嗎？」

「是這樣。」

「那麼上尉，你對班森被殺害時穿著便服和拖鞋，又要作何解釋呢？」

聽到這句問話，里奧·庫克頓時緊張起來，四處張望。他用舌頭潤了潤乾燥的嘴唇，說：「我現在才想起來，班森先生是先去了樓上。我一定是太緊張了，」他試圖挽回這次的失誤，「一下子回想這麼多事，可不容易。」

「這很正常，」萬斯略顯同情地說，「在他下樓的時候，你是否注意到他的頭髮？」

里奧・庫克抬起頭，一臉的不解：「他的頭髮？我不明白你的意思。」

「我指的是頭髮的顏色。你們面對面時，你有沒有留意到他的頭髮有什麼特別的？」

上尉閉上了眼睛，極力回想著當時的情景，「沒有，我記不清楚了。」

「這沒關係。」萬斯繼續問道，「那麼班森下樓後，說話的語氣是不是有點古怪——我指的是說話比較含糊？」

里奧・庫克顯然不明白萬斯的用意：「我不懂你的意思。跟平時比起來，他說話沒什麼不對勁的地方。」

「你是否注意到桌上有個珠寶盒，藍色的？」

「沒有。」

萬斯默默地抽了幾口煙之後，才繼續問道：「在你殺了班森離開之前，是不是把燈全部都關掉了？」還沒等對方給出答案，萬斯就很肯定地說，「你一定是這麼做的，因為凡菲先生說他開車到那兒的時候，屋子裡是黑的。」

里奧・庫克立即肯定地點點頭：「嗯，沒錯，我只是一時沒想起來。」

「還好你總算想起來了，能告訴我你是怎麼關燈的嗎？」

「我——」他稍微停頓了一下，「把電燈的開關關掉了。」

「燈的開關在哪兒，上尉？」

「不記得了。」

「再好好想想。」

「好像是門邊靠近玄關的位置，我想。」

「具體是門的哪一邊？」

「我怎麼會知道？」里奧・庫克很無辜地回答，「當時我實在太緊張了……應該是在門的右邊吧！」

「是進門時的右邊，還是出去時的右邊？」

「出去時的右邊。」

「這麼說，是書架所在的地方了？」

「沒錯。」

這些回答似乎令萬斯十分滿意。

「現在我還有幾個關於那把槍的問題。」他繼續問道，「你把它交給了克萊兒小姐，這是為什麼？」

「我是個十足的懦夫。」上尉回答道，「我害怕他們會在我那兒找到槍，卻從沒想到這樣做，會使她受到懷疑。」

「所以在她被警方視為嫌疑人時，你才會馬上從她那裡取走手槍，扔到東河裡？」

「是的。」

「可子彈匣裡少了一枚子彈，這更容易引起懷疑。」

「我也是這麼考慮的，所以才把槍扔了。」

「這就奇怪了，」萬斯皺起了眉毛，「一定有兩把槍。我們在河裡撈到的明明是把裝滿子彈的柯爾特自動手槍啊！上尉，你真的確定從河裡撈上來的槍是你的嗎？」

我知道，萬斯說的這把槍根本是無稽之談。我不明白的是，萬斯為什麼總是提到那個女人，難道是有意把她牽扯進來？馬克漢也是一副疑惑不解的樣子。

里奧・庫克沒有立即回答。他沈默了一會兒，隨後固執地說道：「怎麼可能有兩把槍！你們找到的那把的確是我的，我又把子彈裝滿了。」

「哦，原來是這麼回事。」萬斯似乎終於安了心，語調輕快地問道，「還有一點就是：上尉，為什麼你今天會來認罪？」

里奧・庫克向前挪了挪，在訊問的過程中他的雙眼首次顯出光芒。「你問我為什麼？因為這是我唯一能夠做的。你們只知道懷疑一個無辜的人，我不想看到再有人因此而受苦。」

審訊到此為止。馬克漢沒有提問，里奧・庫克上尉被獄警押走了。

門在他身後關上了，屋子裡被異常冷寂的氣氛籠罩著。馬克漢臉色鐵青，怒氣沖沖地坐在那兒，雙手枕在腦後，兩眼瞪著天花板；少校回到原來的位子上，向萬斯投去滿意的目光；萬斯斜睨著馬克漢，一臉的壞笑。顯然，這三人的表情充分顯示了他們對訊問結果的反應：馬克漢感到苦惱，少校一臉欣慰，而萬斯仍舊表示懷疑。

最終，萬斯淡淡地開口說道：「現在你該知道，認罪是多麼不可信了吧？我們這位既單純又高貴的上尉，顯然不是編故事的高手，世上沒有比他更不會撒謊的人了，他的愚蠢簡直無人能及，竟然以為我們會相信他就是罪魁禍首，真讓人感動啊！他說不定認為你會把自白書往他襯衫的口袋裡一插，直接送他上絞刑架。你也看到了，他連那晚是怎麼進入班森屋子的都弄不清楚，而凡菲證實自己曾在屋外出現的事實，差點破壞了他與預定受害人一同進入房子的解釋。他根本不記得班森當時穿了什麼，在我提醒他之後，他不得不自圓其說，才改口讓班森快步跑到樓上更衣。幸虧報上沒提到班森的假髮，所以在我問到班森下樓時的頭髮顏色有何變化時，他才會是一副不知所云的樣子。哦，少校，你弟弟把假牙摘下後，說話會不會受到影響？」

「當然會。」少校回答道，「假如那晚艾文將整排假牙摘下來的話，里奧·庫克一定會注意到的。」

「破綻百出，他還有很多事情沒有注意到。」萬斯說，「比如那個珠寶盒，還有電燈開關的位置。」

「有關電燈開關位置的問題，他錯得實在太離譜了，」少校解釋道，「艾文的房子是老式建築，吊燈下面的垂飾就是唯一的開關。」

「的確是這樣。」萬斯說，「但最大的破綻出在那把槍上，他簡直語無倫次。先是說由於少了一顆子彈才把槍扔到河裡的，而在我告訴他彈匣是裝滿的時候，他又解釋說自己後來又填滿了彈匣，非要我以為那把槍是他的。現在，整個事件十分清楚了：他以為警方認定克萊兒小姐就是兇手，所以千方百計把罪過攬到自己身上。」

「我也是這麼看的。」班森少校贊同道。

「不過，」萬斯若有所思地說道，「我還有一點沒有搞清楚。上尉顯然和謀殺案之間存在一些關聯，不然的話，他也不會在第二天把手槍藏到克萊兒小姐那裡。無疑，他是那種無法容忍有人對他的未婚妻動壞念頭的傢伙。很顯然，他心裡有鬼，可這是因為什麼呢？絕不可能是為了殺人。這起謀殺案是經過精心策劃的，上尉不是此中高手，他性格固執、愛打抱不平、凡事據理力爭，是個徹頭徹尾的騎士精神的捍衛者，恨不得所有的人都能夠看到他英勇無畏的形象，風流英俊的唐璜在他眼裡根本一文不值，他的理念十分單純。如果他是真凶，絕不會那麼粗心地將心上人的手套和提袋遺留在那裡。實際上，他殺班森與沒有殺的可能性基本持平，就如同琥珀中存在小蟲子的機率一樣。即便他真的要殺死艾文．班森，也絕不會採取這種方式。」

萬斯點上一根煙，望著眼前徐徐上升的一縷輕煙說道：「倘若我沒有猜錯的話，當他準備下手的時候，才發現已經有人搶先一步了。這種推測可以說明凡菲的證詞。」

這時，電話鈴響起了。是奧斯查爾上校，他要求和檢察官說話。不一會兒，馬克漢放下電話，望向萬斯不悅地說：「你那位嗜血的朋友問我是否逮到了什麼人。如果我還是一無所獲的話，他說他願意無償提供一些寶貴的意見。」

「我聽到了你的道謝，不過比較虛偽。為什麼不把心裡的真實想法告訴他呢？」

「我還是搞不明白。」馬克漢有氣無力地回答道，臉上露出疲憊而又無奈的微笑。看來，他已經將里奧．庫克上尉排除在凶嫌之外了。

少校走過去，友好地向馬克漢伸出了手，「我明白你現在的感受。這的確是件讓人沮喪的事，但是，寧可放過一個有罪的人，也不能讓無辜的人蒙受不白之冤。別因為工作傷了身體，也別被這些沮喪的事困擾。我相信你很快就能夠找到兇手，到那時——」他鏗鏘有力地說道，「我絕不會再跟你唱反調了，一定從旁協助你圓滿地了結此案。」說完，他不禁莞爾一笑，拿上帽子，「現在我必須回辦公室了。有什麼需要我的地方儘管告訴我，或許稍晚一點我能夠幫上忙。」

他友好地向萬斯欠了欠身，走出去了。

馬克漢呆呆地坐在那裡。

「真是見鬼，萬斯！」他憤憤地說，「案子越來越棘手了，我實在太累了。」

「放鬆點，老朋友。」萬斯語氣輕鬆地告誡道，「為這些瑣碎的事情煩惱實在不划算。俗話說得好：『天下本無事，庸人自擾之。』一場戰爭奪取幾百萬人的生命，也沒見你為了它寢食難安啊；而現在，不過是一個下流無用的人，在你的管轄區內被好人殺了，你就無法正常思考了。我的上帝，原來你是個口是心非的人啊！」

「口是心非？」

馬克漢正準備反擊，萬斯截住了他的話：「別拿愛默生的名句教訓人，我對另一位文藝復興運動的領導者伊拉斯漠的作品更感興趣，實在值得你讀一讀，它會帶給你全身心的舒暢。艾文這種人的毀滅，絕不會令這位荷蘭籍的教授感到悲傷。」

「我可不像你，」馬克漢不服氣地提高了聲音說道，「我的職位可是肩負了民眾的信任與期望的！」

「沒錯，多麼『至高無上的榮譽』啊！」萬斯笑笑，「可也沒必要這樣神經質。即便上尉被無罪釋放，至少還有五個嫌疑人等著你去訊問呢：普利斯太太、凡菲、奧斯查爾上校、赫林蔓小姐和班尼爾夫人。你幹嗎不把他們全部逮起來，讓他們認罪伏法？我想希茲警官一定會為此興奮得睡不著覺的。」

對於萬斯的嘲弄，馬克漢沒心情和他爭論，但此刻這種輕鬆的調侃，反倒像是給了他莫大的安慰。

「如果你真的想知道的話，」馬克漢反駁他說，「我正有此意，只不過我還沒確定先逮哪一個呢！」

「真是個老頑固！」萬斯繼續問道，「你準備如何處置上尉呢？如果你把他放了，他一定會心碎的。」

「恐怕只能這樣了。」馬克漢拿起聽筒，「我現在就下命令。」

「等一等！」萬斯馬上伸手阻止道，「先別這麼絕情嘛，至少再讓他多享受一天。把他單獨關在牢裡，這對我們很有利。」

馬克漢聳聳肩，放下了電話。我發現檢察官越來越信任萬斯了。這並非是他感到困惑無助，而是因為萬斯知道的遠比說出來的多。

「你有沒有想過，在這起案件中，凡菲與他的情人處在什麼樣的境況？」萬斯問道。

「這和那些難題又有什麼區別？當然想過。」馬克漢暴躁地回答道，「可我越想解決問題，反而越覺得一切更加複雜。」

「親愛的老夥計，」萬斯嚴肅地說道，「從總體上看，人類所面臨的一切並無奧祕可言，有的只是難題，而這些難題都能夠從他人身上尋找到答案：先將知識吸收到頭腦中，再將知識應用到行動上。僅此而已。」他望了一眼掛鐘，「不知道史蒂那邊怎麼樣，或許已經從班森的帳簿裡發現了新的線索，我都有些迫不及待了。」

面對萬斯的暗示與萬般嘲諷，馬克漢終於控制不住自己了，他用力捶打著桌面。「夠了，你這傢伙！」他大聲抗議道，「你一定知道一些我們所不知道的情況，要不就是一無所知。如果是後者，只要你不要再作這些愚蠢的暗示，就算幫了我的大忙了；如果是前者，你最好老實交代！自從出了這起案子，你就沒完沒了地作這些該死的暗示！」

吼了一通之後，他坐回原來的位置上，抽出一支雪茄。在剪斷與點燃雪茄的這段時間裡，他一直沒有抬頭。我猜他大概是為了剛才發的那一番脾氣而感到不好意思了。

萬斯若無其事地坐在一邊，隨後伸了伸腿，若有所思地望著馬克漢。

「我並不怪你，馬克漢。整個案子實在令人抓狂，現在是時候解決它了。我並不是不嚴肅。實際上，我腦子裡早有了一些有趣的主意。」他站起身，打了個長長的哈欠，「今天的天氣實在太熱了，可要辦的事還是得辦。我可是個高雅的年輕人——你也清楚這一點，而你是正義的化身。真希望能有個涼爽的好天氣！」

他主動把馬克漢的帽子遞過去，說了一句：「來吧，夥計！事情都有了結的時候，萬物皆如此。請通知史懷克一聲，你今天的辦公時間到此為止了。下面，我們得去拜訪一位女士——瑪麗亞·聖·克萊兒小姐。」

馬克漢很清楚萬斯不過是以這番戲謔做偽裝，背後另有圖謀。他也知道萬斯很快會以自己的方式，把確知的和存疑的事情都告訴他，不管事實是多麼迂迴複雜和不合情理。而最重要的是，自從揭穿了上尉的單純謊言後，只要是對破解案情有利的意見，他都願意接受。為此，他很快喚來了史懷克，告訴他諸項安排。

大約十分鐘之後，我們搭上了去往河濱大道的地鐵。

「灰姑娘」的告白

六月十九日
星期三
下午四點三十分

「或許，我們現在所進行的探索行動，確實讓人提不起勁來。」在途中，萬斯說道，「可我們必須一同堅持下去。你簡直無法想像我手頭上的工作是多麼乏味而又難以處理。雖說現在我還未到自憐自艾的地步，可我差點想讓兇手就此逍遙法外了！」

「可不可以告訴我，為什麼要去拜訪克萊兒小姐？」馬克漢問道。

「當然可以。」萬斯有些興奮，「我覺得，首先，你最好弄清楚手套和提袋與這位小姐間的明確關聯。我想你應該還記得赫林蔓小姐說的話。在班森被殺的當天，有一位女士曾去探望過他，他們的談話還被少校偷聽了。我懷疑克萊兒小姐就是那位女士。我對那天他們在辦公室裡的談話內容感到很好奇。她為什麼那麼快就走了呢？此外，當天下午她為何又會在喝下午茶的時間出現在班森那裡？在整個談話過程中，那個珠寶盒究竟扮演了怎樣的角色？

還有很多這樣的問題，比如：上尉為何把槍藏在她那裡？他憑什麼認定是克萊兒小姐殺了班森——你也看到了，他真的是這麼認為的。而克萊兒小姐又憑什麼從一開始就認為——上尉有罪？」

「你覺得她會說真話嗎？」馬克漢滿臉狐疑地看著他。

「差不多吧。」萬斯答道，「她的這位愛人騎士因自首而入獄，她很可能會因此卸下心防。但你不能來硬的，用警方那套交叉審訊的玩意兒，這些對她來說保證沒效果。」

「那麼，你要怎樣引她說出你想要的信息呢？」

「就像傑出的畫家那樣按步驟來，態度必須優雅而禮貌。」

馬克漢想了一下下，說道：「我覺得我還是保持中立的好，讓你和她單獨進行蘇格拉底式的對話吧。」

「非常明智的選擇。」萬斯笑道。

我們到了那裡。在對講機裡馬克漢表示有重要的事情需要找她談談，這位克萊兒小姐沒有多想就開了門。我想，她此刻一定正在擔心自己的騎士情人。

我們在一間小客廳裡坐下，這裡可以俯瞰哈德遜河。克萊兒小姐坐在我們對面，臉色蒼白如紙，雙手顫抖著交握在身前，先前的冷靜已經蕩然無存，可以看得出來，她這段時間睡眠嚴重不足。

萬斯很快進入主題，語氣有些輕慢無禮，但卻因此緩解了原先的緊張氣氛，我們的意外來訪也越發顯得無釐頭。

「很抱歉，我不得不告訴你里奧．庫克上尉已經承認自己殺了班森先生，可我們對他的這份坦白並不十分信任。他究竟是個十足的惡棍，還是一名富有騎士精神的情聖，對於這一點我們目前還無法作出準確的判斷。在某些重要的細節上，他的證詞交代得十分模糊。最讓人感到匪夷所思的是，他所說的關掉班森客廳的電燈時所用的那個開關竟然是不存在的！因此，我懷疑他編出這些故事完全是為了保護一名他自認為有罪的人。」他望向馬克漢一邊，「檢察官贊同我的意見，可是你也知道，法律觀念一旦深入腦中是很難被動搖的。我想你應該很清楚，在班森死前，你是最後一個見到他的人，此外還有其他一些不相干的理由，由此馬克漢先生認定，你與這位先生的死，存在有很大的聯繫。」

他惡作劇似地朝馬克漢擠擠眼，輕快地說道：「克萊兒小姐，你應該就是那個讓里奧．庫克上尉不惜一切代價全力保護的人。不過我並不認為你有罪，因此，希望你能幫助我們澄清一些你和班森先生之間交往情形的疑點。這些信息不會給你和上尉造成任何困擾，也有助於馬克漢先生理智地判斷上尉是否有罪。」

萬斯的這番話，對安撫眼前這個女人的情緒，起了很大的作用。而馬克漢儘管一直默不作聲，可我看得出來，他為自己被迫充當了反派角色感到氣憤難平。

克萊兒小姐一直定定地看著萬斯，「很抱歉，我不知道我有什麼理由相信你。」她坦誠地說道，「可既然里奧・庫克上尉已經認罪了——上次他和我通電話時，我就預感到了——那麼我認為沒有任何理由來拒絕回答你的問題。你真的認為他是無罪的嗎？」

這彷彿是發自內心的呼喊，她理智的閘門，已經完全被情感沖毀了。

「是的，我完全相信，」萬斯嚴肅地說，「這一點馬克漢先生可以證明。在我們離開他的辦公室之前，我為了釋放里奧・庫克上尉一事曾與他激烈地爭辯過。然而只有你的澄清才能夠說服他，所以我請求他一同前來。」

這話增加了克萊兒小姐的勇氣，她問道：「那麼，你想問我什麼問題？」

萬斯又看了馬克漢一眼，很明顯，莊嚴的檢查官正全力壓抑著內心的熊熊怒火。萬斯回過頭正視著面前的女人，「請先解釋一下班森家中為何會有你的手套和提袋？這是最令檢察官感到困惑的事情。」

她直接面向馬克漢回答道：「班森先生邀請我和他共進晚餐，但後來鬧得非常不愉快。在他送我回家的路上，我越想越覺得他可恨，所以在經過時代廣場的時候，我叫司機停車，想一個人回家。因為氣過了頭所以忘記了手套和提袋在車上，等他的車開走之後，我才想起來。結果身上一分錢也沒有，只好走路回去。既然你說我的東西在他家裡，那一定是他後來帶回去的。」

「老天，我一直都是這麼想的！」萬斯說，「這可真是兜了個大圈子呢！」他轉向馬克漢，意有所指，「沒錯，克萊兒小姐在一點鐘之前回到這裡是不可能的。」

馬克漢只得苦笑了兩下。

「那麼，」萬斯接著問道，「能告訴我，晚餐是在怎樣的情況下進行的嗎？」

她的臉色陰沈下來，但十分平靜地說道：「我在班森的證券公司賠了不少錢。那天我忽然感到他是故意這麼做的。因為只要他願意，完全可以幫我再賺回來。」她突然落寞地垂下眼簾，望著地面，「我被他騷擾了很長時間了，可我從沒有對他採取過任何報復手段。那天我到他的辦公室直截了當地說出了我的疑慮，他說如果當晚能夠和他一同吃晚餐的話，到時可以談談這個問題。我知道他在想什麼，可我當時已經絕望得失去了理智。我決定赴約，希望他能夠放我一馬。」

「你們約定晚餐時間，必須在幾點之前結束嗎？」

她看著萬斯，十分驚訝，毫不猶豫地回答道：「他說要玩得盡興。但我十分堅決地告訴他，如果我去赴約，一定得在十二點之前回去，我參加宴會一向如此。」她又補充道，「你知道，我非常用心地學習唱歌，不管是何種邀約，我都要在午夜之前回家，這是我對自己定下的原則和要求。」

「真是令人讚賞的原則！」萬斯感嘆道，「熟悉你的人都知道你有這個習慣嗎？」

「當然，為此大家還給我起了個外號，叫我『灰姑娘』。」

「奧斯查爾上校和凡菲也知道嗎？」

「是的。」

萬斯想了一陣，繼續問道：「倘若那天你們已經定下了晚上的約會，那麼下午你為什麼還去他家喝下午茶呢？」

她的臉一下子紅了，「這算不上什麼大事。那天我出了他的辦公室後，又突然後悔答應了他。我就回去找他，可他已經下班了，所以我到他家懇請他不要逼我履行承諾。他大笑起來，堅持讓我先喝了下午茶，再叫車送我回家換禮服。大約在七點半他過來接我。」

「在你懇求他不要強迫你的時候，你以為里奧．庫克上尉先前的行動已經威懾住了他，可是他卻告訴你上尉只是在嚇唬人而已。」

克萊兒小姐大吃一驚。「是的。」她喃喃地說道。

萬斯溫柔地對她笑了笑，「奧斯查爾上校說他曾在餐廳遇見過你和班森先生。」

「是的，我當時感到特別困窘。他對班森先生的為人非常了解，就在幾天前他還曾提醒過我。」

「我還以為他們一直是要好的朋友呢！」

「他們曾經是，直至一週前。在班森先生近期主導的股票投資計畫中，上校的損失比我還要大。他曾暗示過我，班森先生為了自己的利益有意誤導我們。在餐廳的那晚，他都沒有和班森先生打招呼。」

「在你和班森先生喝下午茶的時候，陪伴在你們身邊的珍貴寶石又是怎麼回事？」

「是賄賂。」她語氣堅定地回答道，她那藐視的眼神遠比厲聲控訴更能表達她對班森的不屑與憤恨，「他想拿這些石頭來打發我。他拿出一串珍珠項鏈，讓我晚餐時戴上，我拒絕了。他還說如果我表現好的話，還能獲得很多像那樣的珍貴珠寶，甚至在二十一號那天擁有成批的珠寶。」

「沒錯，是二十一號。」萬斯笑著說，「聽到了嗎，馬克漢？凡菲的期票正好是在二十一號到期。如果拿不出錢來，他就會沒收那批珠寶。」他接著問克萊兒小姐，「那晚，班森先生是否帶了珠寶去赴約？」

「沒有！可能是因為我先前拒絕了那串珍珠項鏈。」

萬斯沈默了一陣，隨後有點討好似地說：「請告訴我有關槍的事。」

「案子發生後的第二天清晨，里奧・庫克上尉突然來我這裡，告訴我他曾在前一天夜裡十二點半到班森的家裡準備殺了他。」這個女人毫無顧忌地說，「可他在門外看到了凡菲先生，就打消了原來的念頭。我擔心對方看到了他，於是就要他把手槍藏到我那裡。假如有人詢問，就說在法國弄丟了。我原本認為真的是他殺了班森先生，怕我擔心才故意說謊。後來他把槍從我這裡取走丟到河裡的時候，我就更加肯定了。」她抱歉地對馬克漢示以微笑，「我之所以拒絕回答你的問題，也是因為這個。我希望你認為我是兇手，這樣里奧．庫克上尉就不會被懷疑了。」

「可實際上他說的是實話。」萬斯說道。

「現在我才知道。我應該早就明白的，假如他是兇手，他絕不會把槍交給我。」女人的兩眼閃著淚光，「可憐的人兒！他之所以會去認罪完全是因為我，他以為是我幹的。」

「這就是整個事件的經過。」萬斯滿意地點點頭，「不過，他會認為你是從哪兒弄來的武器呢？」

「我認識不少軍人——上尉以及班森少校的那些朋友。去年夏天，我對射擊很感興趣，在山上練過一陣。我想這個理由已經足夠了。」

萬斯站起來，對她行了一個紳士禮，「非常感謝。你知道，檢察官先生曾對這件案子存有許多種推論。首先，我肯定他把你視為唯一的兇手；其次，整個案件是你和上尉共同策劃的；最後，上尉實施了槍殺。一顆篤信法律至上的頭腦竟然同時相信幾種互相矛盾的推斷，真是令人吃驚！遺憾的是，直到現在馬克漢先生仍然對他的推論深信不疑，認定你們有罪，不管你們是單獨行動還是共謀。在我們到這裡之前，我曾嘗試著說服他，可最終還是失敗了。因此我堅持要讓他親耳聽聽從你那迷人的口中訴說的真相。」

萬斯隨即走到憋著嘴巴、鼓著眼睛看著他的馬克漢跟前，輕快地說道：「怎麼樣，老夥計？你不再堅持原來的看法了吧？現在你可以同意我釋放上尉的請求嗎？」

他裝模作樣地伸手乞求著。

馬克漢強忍住怒火，從容地站了起來，款款走到那位女士面前，伸出了手。

「克萊兒小姐，」他大度地說道，「我可以向你保證，這位萬斯先生口中的那名僵化、頑固的檢察官，已經完全打消了對你和里奧．庫克上尉的懷疑。我可以原諒他的口無遮攔，畢竟是他阻止了我的錯誤的判斷。我保證將會盡快簽署釋放上尉的文件，把他完完整整地還給你。」

當我們徜徉在河濱大道的時候。

馬克漢大聲吼叫著，很明顯是對著萬斯來的：「是你叫我把那位尊貴的上尉抓進牢房，然後你又百般懇求我放了他，這真是荒唐！我早就認為他們是無辜的了，你明明知道這一點！你、你這個無賴！」

萬斯誇張地長嘆了一口氣。

「上帝啊！」他哀嘆道，「難道你不希望自己為這件案子出分力嗎？」

「你在那位女士面前把我說得一無是處，到底是何居心？」馬克漢氣勢洶洶，「我可看不出你這一連串愚蠢的行徑，會對案子有什麼幫助。」

「什麼？」萬斯吃了一驚，「你今天所聽到的證詞實在是幫了我們大忙，這對找出真凶很有幫助。我們已經搞清楚了手套和提袋的事情，確定了出現在班森辦公室裡的女人是誰，這位小姐在午夜十二點至凌晨一點這段時間的行蹤，以及她單獨和班森用餐的目的，為什麼又會和他一起喝下午茶，珠寶為何會出現在現場，上尉在把槍交給她之後為什麼又取走扔掉，他為何會把罪行攬到自己身上。上帝啊，這些信息對你一點用處也沒有？它可為我們掃清了很多障礙呢！」他點上一根煙，「而我們從這位小姐口中得到的最重要的信息就是：她的朋友都知道她外出的時間必然是在午夜十二點之前。可別小看這一點，我的老朋友，這可是絕對相關的。我早就說過，兇手一定知道當晚她和班森先生一同共進晚餐。」

「下面你就要告訴我兇手是誰了吧。」馬克漢的語氣盡顯嘲弄的意味。

「一直以來，我都知道是誰槍殺了那個惡棍！」萬斯吐出個煙圈。

「真的嗎？那老天爺究竟是何時向你透露這個祕密的呢？」馬克漢繼續譏諷道。

「這個嘛，早在我第一天踏入班森家的五分鐘內就知道了。」

「不錯嘛！為何不早告訴我，這樣我們也能省掉很多麻煩事。」

「這完全是不可能的。」萬斯幽默地說道，「當時你對我這些未經論證的歪理嗤之以鼻，所以我不得不採取措施耐心地把你從黑暗的森林泥沼中引出來。你都不知道自己的想像力有多匱乏！」

萬斯隨手攔下了一輛計程車，告訴司機到西四十八街87號。他挽著馬克漢的手臂，自信滿滿地說道：「現在，我們再去找普利斯太太好好聊聊。之後，我會把所有的祕密都灌到你的耳朵裡。」

自動彈簧鎖

六月十九日

星期三

下午五點三十分

當天下午我們的造訪使管家很不自在，雖然她看起來健壯得像個男人，但是很明顯沒有了精神，臉上還帶著不安的神情。當我們進門的時候，史尼金對我們說關於這樁案件的所有報導，她都仔細閱讀過了，而且還不停地打聽有關此案的進一步的消息。

我們的來訪出乎她的意料，萬斯指著一把椅子讓她坐下來，她的眼神閃爍著憂慮。萬斯目光犀利地看著她，視線相遇時她的眼神明顯在躲閃，好像擔心萬斯的目光會刺探到她內心深處隱藏的祕密似的。

萬斯直接發問：「親愛的普利斯太太，班森是不是很注重他的假髮，尤其在會見客人的時候？」

普利斯放鬆了一些，說：「會客時，他幾乎從不摘下。」

「你能否回憶一下，班森先生以前有沒有過不戴假髮就會見客人？」

她緊皺雙眉，想了想說：「噢，他的一個老夥伴奧斯查爾上校常常來家裡，聽說他們以前一起住過，我記得有一次他把假髮摘下來給他看了。」

「還有其他人嗎？」

她想了半天，說：「我就知道奧斯查爾上校一個人，其他的就沒有了。」

「客戶呢？」

她接著說：「他在陌生人面前很注重這個。即使到了夏天，天氣炎熱的時候，他也要把窗戶關得死死的，然後緊閉窗簾，才肯摘下假髮。」接著她指著挨著玄關的那個窗戶說，「當然，在台階那兒可以看到房間裡的一切。」

「謝謝你說的這一點。假如我從台階處輕叩窗戶，房間裡的人能聽到嗎？」

「可以，我以前就那樣試過，有一次我出去忘帶鑰匙了。」

「你說有沒有可能謀殺班森的人，是不是通過這種方式進入到房間的？」

「很有可能。」

「我覺得兇手跟班森先生應該非常熟悉，這樣他才會敲窗戶進入房間。你贊同嗎？」

「是的。」她有些遲疑，這樣的問題很明顯不在她的能力範圍之內。

「假如一個陌生人敲打窗戶，班森先生有可能不戴假髮出去開門嗎？」

「沒有這種可能，他絕對不會讓其他人進入房間的。」

「你當天晚上聽到門鈴響了沒有？」

「沒有聽到。」她很乾脆地說。

「台階上有燈嗎？」

「沒有。」

「假如晚上班森先生聽到有人在外面敲窗戶，他能認出是誰嗎？」

普利斯太太猶豫著：「我想應該不會。」

「假如站在屋裡，在不打開大門的情況下，你能看出外面站的是誰嗎？」

「不能，我倒希望是這樣。」

「那有人在敲窗戶，班森先生可以辨別出他的聲音來嘍？」

「是的。」

「你確定沒有人可以不用鑰匙就直接進入房間？」

「沒有人可以進來，門是自動上鎖的。」

「是那種自動彈簧鎖？」

「是。」

「那麼肯定有一個可以關上的鎖孔，門上鎖後也可以從兩邊把它打開。」

「對，是有一個鎖孔。可是有一天班森先生說這個鎖孔不太安全，就叫人來把它給搞壞了。我懷疑是他沒有鎖好門就出去了。」

萬斯走到玄關跟前，我能清楚地聽到他開門關門的聲音。

他查看了一會兒說：「外人真的沒有你家裡的鑰匙？」

「只有我和班森先生有這裡的鑰匙。」

萬斯點了點頭，接著說：「你說在班森先生被謀殺的當晚，你沒有關上房間的門，平常的時候門也是打開的嗎？」

「不，平時門都是關著的，那天天氣太熱了，所以才打開的。」

「這麼說，門開著是很不尋常了？」

「是的。」

「如果門關上了，你還能聽到聲音嗎？」

「這門非常厚，關上之後就很難聽到聲音了。」

「不但厚，而且還很精美！」萬斯稱讚。

他對著那兩扇厚重的桃花心木門露出羨慕的神色：「你知道什麼是文明嗎，馬克漢？就是設計一些廉價低級的替代品來代替固有的美麗而耐用的東西。所有現代文明的退步史，都可以從木料工藝品上看出來。你看那扇古老的門，把它的木料和雕工跟現代機器生產出來的眾多木板比較一下，你就知道我說的沒錯了。」

他對那扇門研究了很久，然後突然轉身，看到普利斯太太正好奇地望著他，便發問道：「班森先生外出就餐時，是怎麼處理那個珠寶盒的？」

她有點緊張地說：「他只是把它留在那張桌子上了，什麼都沒做。」

「他走了之後，珠寶盒還在嗎？」

「對，本來我想把它收起來放好，但是仔細考慮了一下，覺得還是不要動它的好。」

「在班森先生離開家之後，有沒有陌生人到過門口或是屋裡？」

「沒有。」

「你確定嗎？」

「嗯，我確定。」

他站起來在屋裡走來走去。走到普利斯太太跟前時，他突然停下了腳步，面對著她質問道：「赫林蔓是你娘家的姓？」

她最害怕的事情終於發生了，臉上血色全無，眼睛睜得又大又圓，啞口無言。

在她還沒有反應過來的時候，萬斯友好地說：「前些天我很高興見到您美麗的女兒。」

「我的女兒……」普利斯太太的嘴張得很大。

「赫林蔓小姐，班森先生的祕書──那位迷人的金髮小姐。」

「她、她不是我的女兒。」普利斯太太坐直身子，結結巴巴地說。

萬斯好像是在斥責一個做錯事的孩子，「普利斯太太，為什麼要欺騙我們呢？你忘記了當我提到你對和班森先生喝下午茶的年輕小姐有某種私人情感的時候，你是多麼焦躁不安嗎？你肯定特別害怕我認為她是赫林蔓小姐。請問普利斯太太，你為什麼會緊張？她是一個不錯的姑娘，你怎能因為她姓赫林蔓不姓普利斯而責備她呢？赫林蔓是王宮貴族，而普利斯可能只是一個小地名，也可能是墜毀或爆炸之意，更可能是蛋糕、麵包發酵的意思。」

他對普利斯太太微笑著，這讓她心情平靜了下來。

她反駁道：「不是你說的那樣，先生。我想讓我聰明的女兒在這個國家裡，變成一位高貴的淑女。」

萬斯愉悅地說：「我明白，赫林蔓小姐為人聰明伶俐，你是害怕別人知道她的母親是管家後，會阻礙她的成功，所以甘願為了她的前途一直隱姓埋名，對吧？請問你的女兒自己一個人住嗎？」

「嗯，她一個人住在莫尼塞丘，我們每週見一次面。」她聲音微弱，幾乎聽不到。

「的確，我相信一有機會你們倆就會見面。你之所以從事管家工作的原因，是不是因為她是班森先生的祕書？」

當她抬起頭的時候，眼中流露出一絲痛楚的神色。「嗯。她告訴我他的人品不怎麼樣，他經常讓她在晚上的時候來家裡加班。」

「你希望在這裡保護她？」

「就是這樣，先生。」

「謀殺他的第二天早上，當馬克漢先生問你班森先生家中有沒有槍時，你為什麼那麼緊張而且坐立不安？」

普利斯太太很快將目光轉移，吞吞吐吐地說：「我，沒有緊張啊！」

「普利斯太太，你別騙我們了，我可以直言不諱地幫你回答，你在害怕是赫林蔓小姐謀殺了他。」

她一聽這話，不由開始哭泣，「不，不是的，我發誓，我的女兒那天晚上根本不在這裡，她不在這兒……」

她不停地顫抖，一個星期以來的緊張情緒，終於讓她徹底崩潰了，她顯得無助和軟弱。

萬斯連忙安慰道：「別這樣，普利斯太太，我們認為班森先生的死與赫林蔓小姐沒有絲毫關聯。」

她仔細觀察他的表情，由於她長期提心弔膽，起初還不敢相信，後來萬斯花了一刻鐘，費盡唇舌地解釋自己所說的全部是事實。直到我們要離開時，她的情緒才漸漸穩定下來。

在前往史蒂文森俱樂部的路上，馬克漢全神貫注地沈思著，訪問普利斯太太之後所推理出的新的事實，讓他再度陷入困惑中。

萬斯銜著煙，轉過頭不停地看著兩旁掠過的建築物。當車子行到四十八街，臨近紐約聖公會教堂的時候，萬斯堅持要我們欣賞一下，於是讓司機停了車。

「基督教，他們的建築一眼即可分辨，僅有少數比較例外。教堂是全城之中最不礙眼的建築物。相比之下，巨大便是美，這是美國人建築美學的信條。被人們稱之為摩天大樓的就是這些中間有長方形洞的巨型盒子，它們的高聳巨大是美國人所推崇的。但是一個二十層的盒子看起來遠遠沒有十層的盒子漂亮，是這樣吧？看，對面的那幢建築物，只有五層樓高，可它卻比這個城市中任何一棟摩天大樓都要漂亮、令人印象深刻。」

在前往俱樂部的途中，萬斯只間接提到了一次對於謀殺案的看法。

「馬克漢，我應該得到嘉獎，因為今天我做了一件好事，我覺得仁慈的心腸遠比冠冕來得寶貴。普利斯太太害怕祕密被揭穿而擔心了很長時間，今晚她可以睡個好覺了。她是一位勇敢、堅強的女人，根本無法想像她的女兒未來的貴夫人被別人懷疑。奇怪的是她為什麼要這麼擔憂？」他狡猾地看了馬克漢一眼。

晚飯結束後，我們將椅子拉開，望著麥迪遜廣場的樹梢，重新又回到這個話題中。

「馬克漢，如同你們律師一向強調的，現在讓我們拋開所有成見，公平地、認真地看這個案件。我們現在想知道當你提到武器時，普利斯太太為什麼那麼緊張，以及當我認為她對同班森喝下午茶的年輕小姐有私人感情時，她為什麼坐立不安。如果這兩個問題解開了，那真相就大白了。」萬斯說。

「那女孩和她的關係，」馬克漢插話，「你是怎麼知道的？」

「眼睛。」萬斯責難地看了他一眼，「還記得嗎，我們第一次與那位年輕小姐見面時，我就頻頻向她暗送秋波——算了，我原諒你。你還記得我們關於頭蓋骨的討論嗎？一見到赫林蔓小姐，我就覺得她的頭型、顴骨、下巴和鼻子都非常像班森的管家。之後我開始注意她的耳朵。耳型會遺傳，赫林蔓小姐的耳朵上端極尖，沒有耳垂，正和普利斯太太的一樣。我由此猜測出她們之間的關係。當然，還有其他相似之處，比如說膚色、高度……她們兩人身形都算高人，肩膀很窄，手腳也很細小，臀部也……我猜赫林蔓是普利斯娘家的姓氏，但這些對於本案來說，已經不重要了。」

萬斯在椅子上挪動著身子，讓自己坐得更舒服些。「現在用你的法律思維認真思考一下，假設在十三日午夜十二點半，兇手悄悄來到班森家中看見客廳燈亮著，於是輕輕地敲窗，之後班森先生允許他進入房間。你覺得他會是一個什麼樣的人呢？」

馬克漢回答：「當然是與班森特別熟的人，但這個問題對我們來說，也已經沒有一點幫助了，我們根本不可能把他所有的熟人都逮捕起來。」

「夥計，範圍比這個還要再縮小一些，」萬斯挑起一邊的眉毛說，「兇手至少是班森的好朋友。班森在他面前根本不在乎自己摘掉假髮、取下一排假牙後的模樣。大家都知道假髮對於每個禿頭的風流中年人來說都是不可或缺的東西。普利斯太太也說過，即使在一個送雜貨的男孩面前，班森都要刻意隱藏禿頭，你想他會以禿頭的醜態出現在陌生人面前嗎？另外還有，他那天穿了一件舊外套和一雙拖鞋，想像一下他衣衫不整的情景。夥計，你想想能有幾個人可以讓班森這麼不在意自己的形象？」

「有那麼三、四個吧，」馬克漢隨口回答，「可我總不能將他們一個個都逮捕吧！」

「沒這個必要，但是如果是那樣，你肯定會這麼做的。」萬斯慢悠悠地從煙盒中取了一支煙，一邊點煙、一邊說道，「還有許多有益的啟示。比如，兇手一定很熟悉班森家裡的格局，他明白管家的臥房和客廳之間有很長的一段距離，關上房門之後即使開槍也沒人會聽得見槍聲。他肯定也知道在那段時間內屋子裡根本沒有其他人。還有，班森非常熟悉他的聲音，因為如果聽到的是竊賊或者是上尉的威脅的聲音的話，他是絕對不會開門的。」

「這個推論比較可靠。還有呢？」

「珠寶啊！你有沒有想過，那天晚上班森回到家時珠寶還在桌子上，為什麼第二天早上就不見蹤跡了呢？所以，顯然是兇手把它拿走了。或許兇手正是為它而來的，要真是這樣的話，有誰知道珠寶在班森家中？又有誰特別想得到它們呢？」

「對，沒錯，」馬克漢輕輕地點頭表示同意，「你說得很對，切中要點了。我對凡菲一直有一種強烈的不安，幸好希茲帶來里奧‧庫克投案自首的消息，要不然今天下午我就要下令逮捕他了。證實那是謊報後，我又開始重新懷疑他了，我想聽聽你的看法，所以今天下午沒提到原因，我的想法和你剛才所說的一席話完全吻合，凡菲就是我們要抓的人。」忽然他把蹺得很高的腿放下來，「哦，天啊！你竟然讓他從我們眼皮底下大搖大擺地跑掉了。」

「老夥計，莫生氣，」萬斯拍了一下他的肩膀說，「如果我猜得沒錯的話，他一定和凡菲夫人在一起，這樣的話他會很安全。你放心好了，他是跑不掉的，再說班‧哈里先生也是出了名的追捕逃犯的高手。凡菲，先放過他，今晚咱們不需要他。明天，你就更不需要他了。」

馬克漢糊塗了，「什麼意思？為什麼我不需要他？」

萬斯伸著懶腰解釋說：「雖然他沒有罪，不過他個性乖僻又不可愛，也不帥，如果沒有必要的話，我不希望他出現在我旁邊。哦，另外附帶說一句：他，無罪。」

馬克漢被萬斯弄得暈頭轉向，呆呆地看著萬斯足有一分鐘之久。「我不明白你的意思。如果凡菲無罪，那麼你認為到底是誰有罪？」

萬斯看了看錶，「明天你帶上希茲鬼集來的所有不在場證據來我家吃早餐，到時候我會告訴你是誰殺了班森。」

馬克漢被萬斯的語氣震驚住了。此刻，他只能提出心中的疑問：「現在能告訴我嗎？」

「現在不可以。」萬斯很不好意思，「我今晚要去聽音樂會，你也一起來吧，是管弦樂演奏，可以幫助你緩解一下緊張的情緒。」

「我不去！」馬克漢沒好氣地說，「一杯蘇打白蘭地，這才是我需要的。」

之後他送我們下樓，我們招了一輛計程車。

「明天早上九點鐘，怎麼樣？」我們剛把腿邁進車裡，萬斯說，「晚點再去辦公室，別忘了打電話給希茲，要他準備好那些不在場證據。」

計程車就要開動時，他又把頭伸出車外，問了一聲：「喂，馬克漢，你覺得普利斯太太，她有多高？」

隔壁的耳朵

六月二十日
星期四
上午九點

第二天早上九點，馬克漢準時到達萬斯的住處。他情緒不佳，一坐在沙發上就說：「萬斯，我不明白昨天走之前你說的那堆話，到底是什麼意思。」

「吃點蜜瓜，怎麼樣，老夥計。」萬斯微笑地指著蜜瓜說，「巴西進口的，很好吃，但請不要加鹽或胡椒，那樣就會混淆它美妙的味道。不過，在蜜瓜上加一些冰淇淋就跟剛才那種做法不一樣了。美國人喜歡濫用冰淇淋，已經到了令人瞠目結舌的地步，他們總是把冰淇淋擱在派上、放在汽水裡面、製作成巧克力甜豆、冰淇淋夾心餅乾，有時候甚至用它來替代奶油……」

「我想知道——」馬克漢剛要開口說話，就被萬斯打斷了。

「你知道嗎，一般人對瓜的種類有種錯誤的想法。其實，瓜只有兩個品種：西瓜和甜瓜，甜瓜是早餐時候食用的。但人們各自看法不同，比如說，費城人將所有的瓜統稱為『蜜瓜』。而這種密瓜的品種，最初是來源於意大利……」

「很有意思。」馬克漢有點不耐煩地說，「我再說一遍，你昨晚臨走時所說的話，到底是什麼意思？」

「吃完蜜瓜之後，柯瑞為你準備了一份特別的早餐，這可是我花了好幾個月工夫研製出來的食譜，還沒想好給它取一個什麼樣的名字呢，也許你可以給我一點建議。它是把切碎的熟蛋、鹹味奶酪、香草用攪拌機打成糊狀，然後將碎杏仁果放在法式薄餅裡捲起來，最後用甜牛油煎製而成的。」

「很誘人啊——」馬克漢的聲音缺乏熱情，表情也有點嚴肅，「對不起，我來這兒的目的不是聽你講烹飪的，萬斯先生。」

「你難道沒意識到你忽略了滿足口腹之欲的重要性？」萬斯興致勃勃地繼續說，「一個人智慧的指標，是飲食。它是衡量這個人性情資質的標準，即使野蠻人也有自己的烹飪和煮食法。在人類誕生之初，魔鬼曾經下過一個可怕的詛咒，令所有人得了消化不良的病症。但是，自從人類開始研究烹飪以後，就開始變成文明人了，當他達到美食藝術境界的巔峰時，他的文化和智慧也同時達到了極致。而這種無味且缺乏變化的美式烹調技術，實際上是一種墮落。馬克漢，一道美味的濃湯難道不比《貝多芬降C大調交響曲》還要尊貴嗎？」

馬克漢對萬斯這一席話，一點也提不起勁兒來，他好多次都想將話題轉移到案件上，可萬斯根本不答理他，一直到柯瑞收走全部餐具後，萬斯才開始正視馬克漢來此的目的。

「你把不在場證據的報告全都帶來了嗎？」

這是他的第一個問題，終於合了馬克漢的意。

「昨晚你走之後，我整整花了五個小時，才好不容易找到希茲。」

「哦，是嗎？聽起來好像很慘哪！」萬斯回答。

他從書桌的抽屜裡拿出一份滿是字跡的紙，遞給馬克漢，「這是昨晚我聽完音樂會後寫的，你仔細看一遍吧，然後告訴我你的想法。」

隨後我看了這份文件，並且把它和有關班森命案的所有資料放在一起。

以下就是文件上的全部文字：

假設艾文・班森於六月十三日深夜被普利斯太太謀殺。

地點：

她住在案件發生的地方，並且承認案發時有人在現場。

機會：

房間裡只有她和班森兩人。

大門鎖上，屋裡所有的窗户都安裝上了鐵欄杆或上了鎖，沒有其他入口。

在客廳，她可能故意向班森詢問一些家務事。當時他不一定會抬頭看站在面前的她，因爲他在看書。還有就是有誰能夠和他如此接近意圖射殺他卻沒有引起他的懷疑？他已習慣讓管家看見自己摘掉假髮和假牙後的模樣，他不在乎。這樣一來，普利斯太太就可以選擇屋裡只有他們兩人的最佳時機動手。

時間：

雖然她不承認她在等他回來，但是他很可能告訴過她回家的具體時間。等他回到家換上睡衣後，她知道不會再有客人來了。她選擇在他回家後不久動手，就是想誤導人們認爲和他一起回家的人是兇手。

方法：

顯然，她用的是班森的槍。毋庸置疑，班森不僅僅有一把槍，按道理來說他應該把槍放在臥室而不是客廳。她在客廳内找到一把槍的同時，很可能還有一把在臥室裡。作爲一個管家，她比誰都清楚樓上的槍藏在什麼地方，當他在樓下看書的時候，她將槍藏在圍裙中下了樓。作案後她有一整晚的時間來處置它，或者丟棄或者藏了起來。當被問到班森家中是否有武器時，她顯得十分害怕和恐懼，因爲她不能完全確定我們是否知道臥室中有另一把槍。

動機：

她之所以要接受管家職務，是因爲害怕班森會對她女兒圖謀不軌。每當她女兒晚上到班森家裡加班時，她總是在一旁偷聽。最近她發現班森心懷歹意，認爲女兒處境非常危險。她是一個敢爲女兒前途而犧牲自我的母親，會毫不猶豫地爲此殺人。還有那些珠寶，她想把它們留給女兒，所以藏了起來。想一想，班森外出的時候可能將它們留在桌上嗎？如果他將它們收好了，她是最熟悉屋內情形的人，並且有充足的時間找到。除此之外，還有誰能這樣做？

行爲：

她曾經隱瞞過克萊兒來喝下午茶的事實，後來又解釋說因爲知道她與這案件沒有什麼關聯，所以不想將她牽連進來，這難道就是母性的直覺？不！她很清楚克萊兒是無辜的，她的母性使她不願看到一個無辜的人成爲嫌疑犯。她聽見槍聲了，這點她承認，那是因爲她要是否認，現場實驗的結果足以證明客廳的槍聲能直達她的房間，這樣就會增加她的嫌疑。一個人被吵醒後，可能會開燈看時間嗎？並且假如她聽到屋內有槍聲，難道她不會立即起身查看或報警嗎？第一次問話的時候，她明顯流露出對班森的厭惡情緒。每一次問她時，她總是憂慮不安。她骨子裡帶有固執、精明、冷靜的日耳曼民族的特性，很大程度上可能計畫並執行這樣一個槍殺。

身高：

她大約是五英尺十英寸——證明正好與兇手的身高相同。

馬克漢用了一刻鐘的時間仔細閱讀了這份綱要，隨後又靜坐了約十分鐘。

他站起身來，繞著房間邊走邊思考。

「這是合法的法律文件嗎？很顯然不是。」萬斯指出，「即使是一個大陪審團也能看得懂，當然你可以重新整理整理，用毫不相關的語句和深奧的法律名詞修飾一番。」

馬克漢沒有馬上回應，他在窗前站了一會兒，望著外面的街道，說道：「是的，我相信你已經破案了。很了不起！我一直沒弄明白你在做什麼，我還以為你昨天偵訊普利斯太太的舉動毫無意義呢！我承認，我沒有想到會是她，班森一定是做了什麼才讓她有了殺人的理由。」他轉身低著腦袋，雙手背在身後，挺了挺腰，緩慢地向我們走來，「不要拘捕她。我一直認為她同命案無關。」他走到萬斯面前停了下來，「你一開始也沒有想到會是她啊，你不是曾經吹牛說只要你進入班森家五分鐘，就能知道兇手是誰嗎？」

萬斯笑了，看起來很愉快，他仰臥在椅子上。

馬克漢開始發怒了：「崩潰！案件發生後的第二天你不是曾經說，不管有什麼證據，兇手都不可能是女人嗎？你還講了一大堆上帝才聽得懂的理由，什麼心理證據，什麼手法……」

「很對，」萬斯依然微笑著，壓低聲音說道，「的確不是女人殺的。」

「不是女人殺的！」馬克漢氣得臉色發紫，高聲說道。

「哦，親愛的老朋友，絕對不是。」他指著馬克漢手中的那張紙，「這僅僅是個小騙局而已。普利斯太太是無罪的，就像小羔羊一樣可憐和無辜。」

馬克漢把綱要「嘭」地一聲用力扔在桌上，氣沖沖地坐了下來，我從未見他發過脾氣，不過此刻他依然能控制住，這很令人敬佩。

「親愛的馬克漢，你知道的，」萬斯平靜地解釋道，「我總想證明一下給你看，你利用所謂的實質證據是多麼愚蠢而又不可靠。你不可能憑藉這份綱要起訴普利斯太太，就好像至高無上的法律充斥似是而非、錯誤百出的理論一樣。間接證據是無稽的，它的理論和目前的民主法治社會南轅北轍。民主的學說是：如果你能夠從輿論中領受到原來不知道的事物，就會變得聰明而有智慧；而間接證據的理論是：只要你蒐集了足夠的薄弱證物，就可以建立無法推翻的事實。」

「今天我來這兒可不是來聽你講法律理論的！教授。」馬克漢氣還沒消。

「哦，不是，」萬斯像一個小孩一樣活潑地答道，「只不過在接受我的忠告之前，你得有個心理準備，我可不想用實質或間接的證據來指控兇手。但是，我對他是否有罪的了解，和知道你坐在椅子上計畫怎樣可以成功地折磨我、把我殺死，而又不必承擔任何法律責任是一樣多的。」

「沒有證據，結論又從何而來呢？」馬克漢挑釁地問。

「靠心理解析，這門科學叫做個人行為可能性。一個人的心理就像一本書一樣，會讓人一目瞭然。」

馬克漢很不屑地看看他，「我想你肯定希望扯著這個人的衣服上法庭，理直氣壯地告訴法官說：『他就是殺害艾文·班森的兇手，我沒有一點證據可以指控他，但是我希望法庭判他死刑，因為我們傑出的菲洛·萬斯先生說他有邪惡的一面。』」

萬斯聳了聳肩說：「如果你不想逮捕兇手的話，我也不會難過。但是出於人道考慮，最好告訴你他是誰，以免你再追捕那些無辜的人。」

「好啊，你告訴我，之後我就可以繼續做我該做的事了。」

我相信馬克漢心裡從沒有懷疑過萬斯的確知道兇手到底是誰，但是直到那天早晨他才知道了萬斯讓他前幾天如坐針氈的真正理由。他終於明白了。

「在我告訴你那人是誰之前，必須先辦妥幾件事，」萬斯告訴他，「我要看看那些人的不在場證明。」

馬克漢從口袋中取出厚厚一沓打印文件遞給了他。

萬斯扶正眼鏡仔細地閱讀那些文件，隨後走到室外，好像是在打電話。回到室內後，他又重新閱讀了一遍，反覆地觀看其中一頁，似乎在衡量它的真實性。

「有一個可能，」他的眼睛望著壁爐，喃喃自語著。他又看了一遍報告，「在十三日那天晚上，我看見奧斯查爾上校和布朗克斯區市議員穆萊蒂同赴四十七街上的戲院，觀看午夜場歌舞劇，他們在午夜前不久到達，凌晨兩點半才散場。這位議員，你熟嗎？」

馬克漢目光銳利地看著對方，「我以前見過穆萊蒂先生，他怎麼了？」從他的聲音中我聽出刻意壓抑的興奮。

「通常來說一個布朗克斯區的市議員，早上會在哪些地方出現呢？」萬斯問道。

「不是在家裡，就是在山姆俱樂部……有時候還可能到市政府開會。」

「天哪！這個活動最不適合政客了。查一下穆萊蒂現在在俱樂部還是在家中？我想跟他談談，如果方便的話。」

馬克漢瞟了萬斯一眼，沒有回答，轉身走到書房打了個電話。

「在家，穆萊蒂先生正要去市政府呢，」他回來後就宣布，「我請他在這裡稍作停留，他在赴市區的路上會經過這裡。」

「他不會令我們失望吧，」萬斯嘆了一口氣，「不過可以試一試。」

「玩猜謎？」馬克漢問，可惜問得既不幽默也不自然。

萬斯說：「相信我吧，老夥計，事情不會被我搞複雜的，對我有些信心，我一定會在中午之前把兇手交給你，但是你要接受他是兇手的事實。我相信這些不在場證明對我非常有用。就像我那天告訴你的，一個不在場證明，可能說明他是一個複雜並極度危險的傢伙，反而會帶來很嚴重的嫌疑。沒有不在場證明也代表不了什麼。我在這些報告中就看到赫林蔓小姐無法提出在十三日晚上的不在場證明，她說她去看了一場電影，之後就回家了，但是沒有人能證實。她很有可能是去班森家探望母親了，非常可疑吧？但即便她去了，那晚她最大的罪過也只是太孝順了。換句話說，這裡有些其他的不在場證明輕易便可揭穿，我知道其中之一就是偽造的。現在你需要的是耐心，我們必須詳細地再調查一遍這些不在場證明。」

十五分鐘後，穆萊蒂到了。他二十多歲，相貌英俊、穿著考究，一口清晰純正的英語字正腔圓地從嘴裡說出來，完全沒有一點布朗克斯區的口音，跟我想像中的市議員大不相同。

經過馬克漢的介紹，大家熟悉起來，我們簡單說明了請他來此的原因。

「昨天，我已經向一位大概是刑事局的探員回答了相同的問題。」穆萊蒂說。

「對，我們仔細地看了報告，」萬斯說，「不過還是太籠統了，請你把那天晚上你和奧斯查爾碰面的情況，再多給我們講講吧！」

「那天，上校請我吃晚餐、看戲。我們大約是在晚上十點鐘見面的，先是吃晚飯，接著十二點時趕到了劇院，在那裡一直待到凌晨兩點三十分。散場之後，我陪他步行回到了他的住處，還進他家喝了杯酒，又閒聊了一會兒，最後大約凌晨三點坐地鐵回家的。」

「你昨天對探員說你們坐的是包廂？」

「對啊！」

「在表演期間，你們一直沒有離席嗎？」

「不是的。第一場結束後，我有一個朋友到包廂來跟我們打招呼，上校去了趟洗手間；第二場演出結束後，我和上校都到走廊吸煙。」

「第一場在什麼時候結束的？」

「大約十二點三十分吧。」

「走廊在哪裡？」萬斯問，「應該是在靠街的那一邊吧？」

「對。」

「靠近包廂處是不是有一個直接通向走廊的入口？」

「是的，那天晚上我們就是從那個入口進來的。」

「第一場結束之後，上校去洗手間花了多長時間？」

「幾分鐘吧，不過準確時間我就記不清楚了。」

「他是在第二場開始時回來的嗎？」

穆萊蒂思索了一陣。

「我想起來了，他是在第二場開場幾分鐘後才回來的。」

「有十分鐘嗎？」

「我不敢肯定究竟有幾分鐘，但絕對不會超過十分鐘。」

「如果算上中場休息的那十分鐘，上校離開的時間有二十分鐘嗎？」

「是的，有。」

訪談就到此結束了。

穆萊蒂離去後，萬斯靠在椅背上一邊思考、一邊抽煙道：「真是一個意外的收獲！」他下結論說，「你知道嗎，那個劇院就在班森家的拐角處。你可以想像當時的情形，上校邀請一位市議員觀賞午夜場的戲劇演出，選的是靠近通往走廊出口的包廂。他在十二點半前離開包廂，穿過走廊偷偷溜到班森家，進了屋子並殺了班森，然後再以足夠快的速度趕回戲院。這整個過程二十分鐘就綽綽有餘了。」

馬克漢沒有說話，挺起身子。

萬斯繼續說：「現在，我們來看看已經被證實了的事情：克萊兒小姐曾告訴我們上校指控班森耍詐讓他在投資中損失慘重，他和班森冷戰已經有一星期之久，顯然他們之間的關係很緊張；他在餐館看見克萊兒小姐和班森一起，就知道她一定會在十二點以前回家，所以他悄悄溜出戲院，在十二點半時下手，可能他原本打算遲一點動手的；他是陸軍軍官，有一把柯爾特點45口徑的手槍，還有可能是個神槍手。這讓他找到了一個替罪羊；他還是少數幾個班森在衣冠不整時，願意會見的人之一——普利斯太太已經證明了這一點。另外，他極有可能知道，房間是隔音的，我毫不懷疑在他帶領他的老朋友班森享受過紐約市燦爛美妙的夜生活後，留在他家中過夜。你怎麼看？」

馬克漢不停地在房間裡面踱來踱去，「原來你就是因為這個對上校感興趣的啊！不停地問每一人是否認識他，又邀請他共進午餐。那你最初是怎麼認為他是有罪的？」

「他有罪！」萬斯緊繃著臉，驚呼道，「那蠢蛋有罪?!馬克漢，你的想法太荒謬了。你知道嗎？我確信那天晚上他就是那個去洗手間梳眉毛、整理儀容的人，女演員在舞台上一眼就能看到坐在包廂中的他。」

馬克漢停下了腳步，臉色很難看，兩隻眼睛像要往外噴火一樣。

萬斯平靜了一下，沒有破口大罵：「碰一下運氣而已。上校就是那種老派的花花公子的翻版，肯定會到洗手間去把自己打扮一番，我寧可相信這個事實。我的天！除了你的不高興之外，今天早上我們可是大有進展，現在我們手上有五個嫌疑犯，只要稍微運用一點你們推崇的法律知識，就可以成功地起訴其中任何一個嫌犯。」他把頭往後靠了靠，「克萊兒小姐，首先是她，起初你總認為是她做的，並且準備下令逮捕她，如果可以成功地推翻我對兇手身高所做出的測量實驗，法官肯定會相信你的觀點；其次，里奧．庫克上尉，你要逮捕這個傢伙入獄，我費了好大的勁兒才阻止了你。就拿他那份自白書來說吧，確實很精彩，你有足夠的證據來指控他，並且如果你遇到困難了，他還會幫助你，巴不得你判他有罪迅速結案呢；再次，林德．凡菲，大量完美的間接證據可以讓我們起訴他，成功的機會比任何人都大。哪位陪審員都會樂意審判這樣的嫌疑人，最後治他的罪。至於我，就憑他的穿衣品味，就會毫不手軟地判他有罪了；接著，普利斯太太，我驕傲地提出來另一個間接證據充足的案情，從線索中推理出來的結論是無懈可擊的；最後，上校，剛剛我才排練了一遍指控他的演出，如果再多給我一些時間，我可以策劃得更加精心。」

他頓了頓，對馬克漢和藹可親地笑著說：「你仔細觀察一下，這五個人全都符合有罪的假設，他們每一個人在地點、時間、機會、方法、動機和行動各個方面都符合逮捕的條件。唯一的問題是：他們全都是無辜的，這五個人，實在很讓人頭疼。嫌疑最大的人竟然都是無辜的，那我們該怎麼辦？我迷惑了。」他舉起不在場證明的報告，「除了繼續調查這些證詞之外，別無其他辦法。」

馬克漢一頭霧水，我也根本不明白萬斯在這些不相干的事情上大做文章究竟是何目的。我們只期待他盡快揭開謎底。

「現在，」他似乎是在想著什麼，「下一個人就該輪到少校了，他的證詞，我們該如何對付？到達凶案現場用不了多長時間，他就住在附近，關鍵人物就是公寓的夜間管理員，他可以證明他不在場的。」他站起身來說，「走吧，老夥計。」

「你是怎麼知道的？管理員現在在哪兒？」馬克漢皺起眉頭，凝視著他。

「我知道他在，我剛打過電話。」

「無理取鬧。」馬克漢無奈地說。

萬斯朝馬克漢走來，拉著他的手臂，執意要把他往門口拖。

「的確，我不是經常跟你說嘛，你把事情都看得太嚴肅了。」

馬克漢用力反抗，想把手臂從萬斯的手中掙脫出來，但是萬斯一直使勁兒地拽著他，兩個人就這樣執拗了半天，馬克漢終於投降了。

「我真受不了你這些小把戲。」他怒不可遏，咆哮著鑽進了計程車。

「小把戲？我用完了。」萬斯風趣地說。

調虎離山的陰謀

六月二十日
星期四
上午

班森少校的公寓就在西四十六街和第五、第六大道之間，是一棟小型且隱祕的單身公寓，入口簡單、高雅，與街道平齊，比人行橫道高兩級台階。進入大門有一個狹長的甬道，接待室在左側，後面是電梯，電話總機在電梯旁。

我們到達的時候，兩位身著制服的年輕人正在當班，一個站在電梯旁邊，一個坐在總機前面擔任接線生。

萬斯在入口處拉住馬克漢說：「有人打電話告訴我，十三號那天他們兩人中有一個正在值班。你用你檢察官的頭銜嚇嚇他們，後面的交給我處理。」

馬克漢不情願地走了過去。詢問了幾句之後，他把其中一個男孩帶到了旁邊的接待室裡，直截了當地告訴他我們此行的目的。

萬斯開始對男孩發問，擺出一副無所不知的樣子。

「班森少校是什麼時候回到家的，在他弟弟被殺的那晚？」

男孩眼睛睜得碩大，溜圓溜圓的。「百老匯演出結束後，大約十一點左右。」他猶豫了一下才這麼回答。

（為了節省紙張，我將以下的對話用問答方式寫出。）

萬斯：他跟你說過話？

男孩：是的。他告訴我，他剛從劇院回來，可是演員演得很糟糕。

萬斯：一個星期前說過的話，你怎麼記得這麼清楚？

男孩：對啊，印象太深刻了，因爲他弟弟就在那天晚上被人殺害了！

萬斯：就因爲你對謀殺案印象深刻，以至於你對班森的一舉一動都記得特別清楚？

男孩：當然，被害的可是他弟弟呀！

萬斯：那他回來的時候，特別提過當天的日子嗎？

男孩：沒有，他說也許是因爲十三號，他才選了一個很爛的節目。

萬斯：他還說其他什麼了嗎？

男孩（微笑著）：他把零錢都給了我，說要把十三號變成我的幸運日。

萬斯：一共多少錢？
男孩：三塊四角五分。
萬斯：然後呢，他回自己的房間了？
男孩：是的，他住在三樓，我把送他上去的。
萬斯：回來後，他還出去過嗎？
男孩：沒有，先生。
萬斯：你怎麼知道的？
男孩：整個晚上我要麼是在接電話，要麼在開電梯上上下下，他要是出去，我不可能會看不到他的。
萬斯：當時就你一個人值班？
男孩：晚上十點以後只有我一個人值班。
萬斯：只有大門一個出口，是嗎？
男孩：是的，先生。
萬斯：你再次見到班森先生是什麼時候？
男孩（想了一下）：我拿一些碎冰上去，是他打電話來要的。
萬斯：什麼時候，準確一點。

男孩：我記得不太清楚，我想想啊……噢，對了，十二點半，就是十二點半！
萬斯：他當時問你幾點了嗎？
男孩：嗯，他讓我看看他客廳裡的鐘是幾點了。
萬斯：他是怎麼說的？
男孩：我把冰塊拿上去的時候，他已經睡下了，他讓我把冰放在客廳的水壺裡。這時他讓我看時間，他說他的手錶停了，要重新對一下時間。
萬斯：沒說別的？
男孩：沒有，他只是說不管是誰打來電話都不要叫醒他，他想睡覺。
萬斯：他強調過這一點？
男孩：他的意思就是這樣。
萬斯：他還說了什麼？
男孩：沒說什麼，他只說了聲「晚安」，就把燈關掉了，我跟著下樓了。
萬斯：他關的是哪盞燈？
男孩：臥房的。
萬斯：在客廳裡能看到他臥室裡的燈光嗎？
男孩：看不到，臥室在走廊的另一頭。

萬斯：那你怎麼知道他關燈的？

男孩：臥室的門沒有關，我看到燈光從門縫裡射出來。

萬斯：出去的時候你路過臥室了嗎？

男孩：當然，我出去的時候一定要經過臥室。

萬斯：你看到門依然開著？

男孩：是的，先生。

萬斯：臥室只有那一個門嗎？

男孩：嗯。

萬斯：你進入公寓的時候，知道班森少校在哪裡嗎？

男孩：床上。

萬斯：你又是怎麼知道呢？

男孩（他撅起嘴，樣子有點惱火）：我親眼看到他在床上躺著。

萬斯（思考了一下）：你，確定他沒有下過樓？

男孩：我說過，他要是下樓來，我一定會看見他的。

萬斯：有這種可能嗎，你去開電梯的時候，他下樓了，而你卻沒看到？

男孩：有這種可能，不過我給他拿過碎冰之後就沒開過電梯，差不多一直到凌晨兩點半默特格先生回來後。

萬斯：當你上樓把冰塊送給班森少校，到凌晨兩點半的這段時間裡，電梯就沒有載其他人上去吧？

男孩：一個人也沒有。

萬斯：這段時間你也沒有離開過？

男孩：是的，一直在這裡。

萬斯：那麼你見他最後一次，是午夜十二點半，他躺在床上？

男孩：是的，到第二天早晨有人打電話來，告訴他說他的弟弟被人殺害了（很顯然就是普利斯太太），他接完電話大約十分鐘後就下樓了。

萬斯（從口袋裡掏出一塊錢，給了男孩）：好了，別告訴其他人我們來過，不然你很可能會被抓起來，懂嗎？回去工作吧，孩子。

男孩回去工作了，萬斯裝得可憐巴巴，懇求似地看看馬克漢說：「老夥計，為保障社會正義和公理，現在你必須再次違背你的本性了，說明白點，就是我們現在必須立即潛入少校的公寓了。」

「什麼？」馬克漢暴跳如雷，抗議地喊道，「你發瘋了？那個男孩的證詞，沒有一點問題啊！或許我不夠聰明，但我還是能分辨出證詞真假的。」

萬斯很平靜，點頭表示贊同：「他說的不全是實話，因此我才要親自去一趟。走吧，老夥計，這個時候班森少校絕對不會在乎我們到他公寓的。嗯，還有就是——」他聳了聳肩，笑了，「你還記得嗎，你曾經答應過我會給我任何幫助。你沒忘吧，親愛的朋友？」

萬斯沒有理會馬克漢的抗議，非常堅持。

幾分鐘之後，我們潛入了班森少校的公寓。

唯一的入口就是公共的走道，房間裡有一條狹長甬道直通到後面的客廳，甬道的右面是臥室。

萬斯直接進入了客廳，右牆上有一座壁爐，桃木製作的時鐘放在壁爐架上，銀製水壺和六隻高腳杯，放在旁邊角落的小桌子上。

「這個就是剛才提到的鐘，」萬斯解釋說，「這是那個用仿雪弗耳銀銅合成板製作的水壺，男孩放冰塊時用過。」

他站在窗前往下看了下後院的情況，大約距地面有二十五至三十英尺的高度。

「我們的少校不可能從窗戶出去。」他轉過身來，端詳了一會兒甬道，「門是開著的，牆上反光又非常耀眼，那個男孩當然可以輕易地看到臥室裡面的燈關掉。」

他返回臥室，看到正對門的那個地方擺著一張床，床頭櫃上擺放著一盞燈，於是他坐在床邊仔細地思考，同時把關著的鐵鏈拉開，他眼睛一眨不眨地望著馬克漢。

「你想想少校是怎麼離開這裡，才不會讓男孩知道的呢？」

「有翅膀，飛出去的？」馬克漢無奈地回答。

「飛？差不多。」萬斯點點頭回答，「少校午夜十二點半打電話問男孩要冰塊。當男孩把冰塊拿上樓的時候，他看見少校躺在床上，是從開著房門的臥室外面看到的，他按照少校的指示把冰放在客廳裡面的水壺裡，男孩走過甬道，穿過客廳走到角落的桌子前，這時候少校又讓他看鐘指在幾點的位置。男孩看了：十二點半，少校說他不想再被打擾，就關掉了臥室裡面的燈，然後從床上跳下來——當然早已穿戴整齊——趁那男孩還沒有把冰塊倒完的這段時間，少校迅速走到走廊的另一頭，在電梯還沒有降下的時候，少校就從樓梯很快地跑到外面的街道上。等男孩經過臥室出去的時候，臥室裡面已經是一片漆黑了，男孩也不知道少校是否還在臥室裡面，清楚了嗎？」

「當然，有這種可能性，」馬克漢點點頭，表示承認，「但你這些想法缺乏證據，似是而非，你還是沒辦法證明，他是怎麼回到自己公寓去的啊！」

「這個很簡單，他只需要在對面的街道上等其他住客回來。那個男孩說一位叫默特格的先生於凌晨兩點半返回的，少校可以趁這個機會悄悄地溜進來，等電梯上去的時候，他就可以爬樓梯上樓了。」

馬克漢咳嗽了一下，忍住了笑，沒說話。

「你看，」萬斯繼續，「糟糕的演出讓人頭疼，可真不幸！但為什麼偏偏那天他這麼倒楣呢？當然是因為那天是十三號。少校有意讓男孩對十三號這個日期留下深刻的印象，不過這一天對男孩來說卻非常幸運——銀幣，一大堆零錢。只是單純地給他小費這麼簡單嗎？如果那樣的話，他為什麼不給一張鈔票呢？」

「我認為你現在指控普利斯太太的理由是最合理的。」馬克漢的表情雖然很嚴肅，聲音卻很平和。

萬斯突然站起來，「我還沒有說完，我要找出兇手使用的手槍。」

馬克漢用懷疑的眼光看看他，覺得難以置信。「兇器當然是最有力的證物，不過你確信能找到嗎？」

「小意思。」萬斯愉快地眨了一下眼，肯定地回答。

他把五斗櫃的抽屜一個一個拉出來，「他沒有把槍留在艾文家中，他天生就是那種小心謹慎的性格，這就決定了他肯定不會隨意丟掉任何東西。身為少校的他，一定有一件這樣的武器，也許有些人早就已經知道他有這樣一把槍了。如果他是無辜的，如同他自己認定的那樣，槍就一定不會換地方，因為一旦失蹤就會引起人們的懷疑。這樣就形成了一個常見的有趣的現象，無辜的人會因為恐懼在慌亂中把槍藏起來，結果被誤認為是兇手，比如說里奧・庫克上尉，而真正的罪犯卻為了製造假象常常把槍留在原處。」他繼續在五斗櫃的抽屜裡找尋，「我們現在的難題是找到少校平常放槍的地方……不是在五斗櫃裡。」他什麼都沒有找到，於是關上了最後一個抽屜。

他接著檢查了床前地上的一個旅行包，「也不在旅行包裡面，看來只可能是放在衣櫥裡了。」他輕輕走過去拉開了衣櫥的門，慢慢打開裡面的燈，看到一個凸起的槍套用軍用皮帶連住一端，放在上層木架上。

萬斯小心地輕拿起來，放在靠窗的床上。

「就在這裡了，老傢伙，」他愉快地說，「你看皮帶和槍套上面都是灰塵，但是槍套上面蓋住槍的那一部分垂下物卻沒有灰塵，這說明槍套最近肯定被人打開過。你太重視證據了，當然這也不一定是決定性的，馬克漢。」

接著他謹慎地把槍從槍套裡面取出來。

「看，槍上面也沒有灰塵，最近應該有人擦拭過它。」

接著他將手帕的一角塞進槍裡，然後再把手帕拉出來。

「你看到了嗎？槍管裡面也是乾淨的，裡面的子彈應該一顆也沒有少。不信的話，我可以跟你打賭，就賭我收藏的水彩畫。」

他卸下彈匣，在我們眼前排列著七顆整齊的子彈，說明槍是滿膛的。

「馬克漢，我再告訴你一項證據，子彈如果長時間留在槍裡面就會失去光澤；而一顆全新的子彈如果密封得很好，就能長久保持光澤不褪色。」說著他從彈匣中倒出第一顆子彈，指著它說，「仔細看，這是最後裝入槍匣的一顆子彈，它比其他幾顆都要有光澤。馬克漢，你不是最擅長推論嘛，那推論是什麼呢？這顆子彈是不久前才被裝進槍裡面的。」他清了清喉嚨，抬起頭直視馬克漢，「它目前取代了在海德恩隊長手裡的那顆子彈。」

馬克漢一下子抬起了頭，他覺得自己已經被催眠了，想讓自己趕緊清醒過來，「我還是認為你指控普利斯太太那份摘要，才是你真正的經典之作。」

「少校殺人的這個事實，我已經有了十足的把握。但是，我先要給你講解一下，少校他是怎麼知道他弟弟艾文在十三日那晚於午夜十二點半回家的？那是因為他聽到艾文邀克萊兒小姐共進晚餐。還記得赫林蔓小姐說他偷聽談話的事嗎？他還聽到聖・克萊兒小姐說必須在午夜之前離開。昨天，離開克萊兒小姐的公寓後，我曾經說過，她的一些話可以讓罪魁禍首不再逍遙法外，說的就是她在午夜前一定要回到公寓的這個事實。少校清楚艾文一定會在十二點半左右到家，與此同時，他也確定那時屋裡不會有旁人，說不定他早就在那裡候著了。他的弟弟會不顧自己的形象，衣冠不整地在出現他面前嗎？答案是肯定的。他站在台階上輕敲窗戶，很顯然他的聲音極易辨認，所以立刻被允許入內。在哥哥面前艾文不用那麼在乎自己的形象，所以也沒有必要戴上自己的假髮、假牙。少校的高度與兇手吻合嗎？是的。那天在你辦公室談話的時候，我就刻意地站在他旁邊打量了一下，他足有五英尺十英寸半高。」

馬克漢安靜地待在一旁，一邊觀察著已經被拆解的手槍，一邊琢磨萬斯的說話語氣，他的語氣與以往假設兇手為其他某一人時，完全不同。

萬斯說：「我們現在開始說一下珠寶。還記得嗎？我曾經說過，我們發現凡菲期票的抵押品之時，就是找到真凶之日。我當時琢磨應該是少校拿走了珠寶，等到赫林蔓小姐說他要求她別提包裹這件事情的時候，我就更加肯定了。十三號下午，艾文把它們拿回家，這事情少校百分之百知道，於是他打算在十三號晚上殺掉艾文，他想要那些東西。」他突然輕快地站起身來走到門口，「我們現在的首要任務是找到珠寶。兇手將它們佔為己有了，我覺得珠寶就在這屋裡。如果它們被少校拿到辦公室了，就會有人看到；如果被他存放在保險櫃裡，那麼銀行職員也應該記得這件事情。在珠寶上面也可以運用和藏槍一樣的心理因素——要讓自己看起來很無辜，只有放在這裡是最安全的，他肯定在想等這樁案件淡去之後，再來慢慢處理這些珠寶。馬克漢，跟我來，我知道對你來說這件事很痛苦，我也知道你的心臟比較衰弱，根本無法承受這種刺激。」

我真的相當同情馬克漢，他稀哩糊塗地跟隨萬斯進了甬道，他已經肯定少校就是兇手，萬斯對他的指證是正確的。我總是覺得馬克漢懷疑萬斯要求調查少校不在場證明的真正動機，他之所以強烈反對完全是懼怕知道結果，而並非存心阻撓真相的發現。暫且先不去管他和班森少校多年的交情，此刻我可以清晰地看到他內心的千絲萬縷，他明知無法躲藏，但仍存留一絲幻想，希望萬斯的推論是錯的。

萬斯第一個走進客廳，站在那裡大概有五分鐘，仔細地觀察了每一件家具，馬克漢則停留在客廳的入口處，手插口袋看著他。

萬斯觀察後說：「當然，這間公寓我們也可以請專家來徹底搜查一下，可我認為沒有那個必要。少校的長相堅毅而又果敢，他那寬廣的額頭、嚴厲的眼神、挺直的後背和結實的小腹，就足以說明他是一個膽大、奸詐、工於心計的人了。因此他比誰都清楚把珠寶藏在一個沒人察覺的角落沒有什麼用，所以他根本不會把它藏起來。那麼最自然的想法就是鑰匙和鎖了，臥室裡沒有箱子、櫃子什麼的，我們到客廳裡面看看吧！」

他看到角落裡有一張矮几，於是走了過去。所有的抽屜都沒有上鎖，他拉開長桌的抽屜，也沒有上鎖，窗戶前的一個小型西班牙式櫥櫃也是同樣。

「我一定得找到一個上鎖的抽屜，馬克漢。」

他又一次巡視整個大廳，當他準備返回臥室的時候，突然看到在長桌的底下，有一個東西半掩在雜誌當中——一個保持煙草濕度的核桃木的貯藏箱。他快步走上前拎起那個箱子，箱子是鎖著的，打不開。

「瞧瞧！」他想了想說，「這裡面不是藏了金子害怕有人拿走，才上鎖的吧！」

他看到長桌上有一把刀，於是拿起來直插入貯藏箱的鎖的上方的縫隙裡。

「住手！」馬克漢慌忙大叫。

萬斯根本沒聽到他在說什麼，只聽到「嘭」地一聲，箱子被打開了，裡面放著一個雕飾華麗的珠寶盒。

「言語可沒有珠寶表達得更直接。」萬斯向後退了一步說。

馬克漢站在那裡一動不動地注視著珠寶盒，樣子好像很悲痛，轉身重重地坐在椅子上，震得地板咯吱作響。

「天哪！」他小聲說，「我該說什麼？」

「我知道你現在的困境，你和大多數的哲學家一樣氣餒。」萬斯說，「很多無辜者被你當做嫌疑犯，怎麼現在知道了真凶，你反而沈默不語了？」他的話語中全是譴責和藐視，但眼裡卻閃爍著理解的目光。

馬克漢把臉埋在手掌中，看起來很無助。「請告訴我動機！」他粗暴地喊道，「他絕對不會為了區區一些珠寶，而殺死自己的親弟弟，絕對不會！」

「對，」萬斯點頭同意，「珠寶只是附加的東西而已，我敢保證有一個致命的動機存在。當你從會計專家那裡拿到報告的時候，我相信很多的問題都會自然解開了。」

「這才是你要求派人查他所有帳目的真正意圖？」馬克漢毅然地站起身來，直起了腰，

「我要把這些證據從頭到尾好好研究一番。」

萬斯並沒有立刻響應他開始行動，他正在研究放在壁爐架上的那個東方古董燭台。

「老天爺！」他低聲嚷道，「這玩意幾乎可以以假亂真！」

砍斷魔爪

六月二十日
星期四
正午

馬克漢帶著槍支和珠寶盒離開了公寓。在第六大道街口的雜貨店那兒，他打電話通知希茲和海德恩隊長馬上到辦公室來，接著又打電話吩咐政府會計師史蒂盡快提交調查報告。

「我想你該明白了吧，」萬斯在我們搭乘計程車前往刑事法庭大樓的途中說，「我的方法更有效。如果一個人一開始就知道嫌疑犯是誰，他就不會被事件的表象迷惑。反之，如果沒有預見性，就很容易受到迷惑失去方向。因為我一開始就懷疑少校是兇手，知道他一定會準備好當時不在現場的證據，所以我讓你調查所有的不在場證明。」

「但是，為什麼還要調查出所有嫌疑人的不在場證明呢？為什麼還要把時間浪費在奧斯查爾上校身上？」

「這樣做是為了不動聲色地把少校牽扯進來，不然我們就沒有機會調查到少校的真實情況了。如果我一開始就讓你調查少校的不在場證明，肯定會被你馬上拒絕。我之所以把奧斯查爾上校的不在場證據作為開場，是故意留出個漏洞。很幸運，我選中了它，如果我能拆穿其中一個不在場證明的謊言，你就會比較相信我，從而協助我完成其他的調查。」

「這麼說，從一開始你就已經知道少校是真正的兇手，你為什麼不早點告訴我呢？讓我這個星期過得豬狗不如的日子。」

「你太天真了，親愛的，」萬斯答道，「若是我一開始就指控少校為兇手，估計我已經被你逮捕了，罪名就是誹謗。所以我只好把事實瞞著你，然後慢慢地將全部畫面拼湊出來，才能讓你在今天心悅誠服地接受這個事實。可是我從來沒有欺騙過你，我提出了很多建議，用事實來讓你恍然大悟。但你根本不理我屢次的暗示，總是氣急敗壞地提出異議、暴跳如雷地反對我。」

馬克漢沒有說話，沈默了半天。

「我明白了，那你為什麼總是先樹立假目標，然後又去否定他們呢？」

「我的腦袋裡裝的都是證據，」萬斯回答，「我要讓你明白那些證據都是沒有用的，然後才能順利調查少校。因為我們此前沒有一丁點對他不利的證據，他比誰都清楚這一點——沒人相信有人殺害自己的親兄弟，更不會懷疑到我們親愛的少校頭上。而我儘管花了很多技巧進行暗示，你依然在各個方面找理由來反對我，你不會否認吧，要不是我的堅持，我們早就半途而廢了，少校永遠都不會被人懷疑到。」

「但有一點我到現在依然不太明白，為什麼他極力反對我逮捕里奧．庫克？」

萬斯的腦袋搖得像個撥浪鼓：「你太天真了！我的老朋友，你最好別做壞事，如果你做了很快就會露出馬腳。你還不明白嗎？他越是對你逮捕的人感興趣，就越顯得他很無辜。還有就是他知道無論說什麼都不會改變你要逮捕里奧．庫克上尉的初衷，你難道不知道自己向來都是如此尊貴的嗎？」

「哼，還有很多次他故意誤導我，認為克萊兒小姐是罪魁禍首。」

「毋庸置疑，少校利用這個機會，計畫將犯罪的整個過程和所有嫌疑推到上尉身上。他見過里奧．庫克曾經為了克萊兒小姐當著很多人的面恐嚇他的弟弟，並且那位年輕女士當天又單獨和艾文外出共進晚餐。而第二天早晨，艾文就被一把軍用柯爾特手槍射殺了。這樣，上尉和克萊兒小姐就成了嫌疑最大的兩個人。而且少校早就知道上尉是一個人住，不容易找到不在場證明。現在，你知道他為什麼推薦凡菲為咨詢對象了吧？他多狡猾啊！他清楚只要你跟凡菲談話，就一定會聽到恐嚇之事。他假裝不經意地提起凡菲，這招夠狠吧？」

馬克漢皺著眉，仔細地聽著。

「現在看看他利用了哪些機會，」萬斯繼續，「你曾告訴他，你知道艾文和誰外出晚餐及你已有足夠的證據起訴此人的想法提醒了他。他知道在這個城市裡，無論證據怎樣，沒有一位女士會因謀殺而被定罪，因為這裡最具騎士精神。所以他用這種十分高明的手法誘導你懷疑那位女士，還總是表現出不願將她牽扯進來的樣子。」

「你讓我去調查他的帳目，並且請他到我辦公室裡討論有人投案認罪一事，還讓我假裝認罪的人是克萊兒小姐，難道就是這個原因嗎？」

「對！」

「少校要保護的人是誰？」

「是他自己。但是他希望你認為是克萊兒小姐幹的。」

「你既然確定他有罪，為什麼還要把奧斯查爾上校牽扯進來？」

「我希望他能夠提供一些東西——少校葬禮時用的柴堆。他和艾文·班森及他的死黨們都是熟人，我知道他這個人愛打聽，也許他已經打聽到班森朋友們之間一些不和的消息，從中得知了真相。我也希望聽到凡菲的流言來排除克萊兒小姐的可能性。」

「但是我們對凡菲的為人很了解。」

「我想知道的不是表面的證據，而是他的心理，特別是他作為一個賭徒的心理和性格。這樁命案只可能是陰險冷血的賭徒犯下的。」

對於萬斯的理論，馬克漢絲毫不感興趣：「少校說，關於保險箱中珠寶的來歷，他弟弟沒有告訴他實情，你相信嗎？」

「艾文很狡詐，可能真的從沒有在安東尼面前提起過珠寶一事。」萬斯回答道，「我猜想凡菲來訪的消息或許來源於隔牆的那隻耳朵。說到偷聽這件事，它告訴我一個犯案的動機，我希望你的會計師史蒂能夠向我們證明這一點。」

「你覺得這件謀殺是臨時計畫的嗎？」

「執行是臨時決定的，」萬斯修正道，「少校很早就想殺掉他的弟弟，關於何時執行、手段如何可能作出了很多計畫，後來又一一推翻。直到十三號那天——機會終於來了，一切情形都非常符合他的要求。因為他聽到克萊兒答應前去赴約，所以他知道艾文會在午夜十二點半左右回到家中，他選擇在那個時候動手，就會將最大的嫌疑推給里奧·庫克上尉。醞釀已久的謀殺計畫，終於可以動手了。他看到艾文把珠寶帶回了家，接下來的事情就只需要刻意製造一個不在場證據，我已經說明過他是怎麼做的了。」

馬克漢僵坐在那裡，出神地想了一會兒。

「我相信你的推論。」他心悅誠服，「我現在必須證明他是有罪的，問題是我們手上的證據是否足夠了！」

萬斯挑了挑眉、聳了聳肩，說道：「對像豬一樣愚蠢的法庭和那堆白癡似的證據，我根本不感興趣。但是我說服了你，我贏了你的挑戰。」

「是，我是敗給你了。」馬克漢的眉頭和嘴角的肌肉都開始緊縮，「萬斯，該做的你都做了，餘下的我會繼續調查的。」

抵達辦公室時，我們發現希茲和海德恩隊長已經等在那裡了。現在馬克漢已恢復正常了，他用他慣常的態度和他們隨意地打著招呼，沈著、冷靜而有力地來處理眼前的這些工作，他盡職盡責。

「我想我們已經找到真正的殺人兇手了，巡官，」他說，「坐吧，我必須先弄清楚一些事，稍後我會把整個案情告訴你。」

「隊長，你檢查一下這把槍，然後確認一下它是否是殺死班森的兇器？」他把班森少校的手槍交給了武器專家。

海德恩搖搖晃晃地走到窗台，把手槍放在上面，又從外衣口袋裡取出了一些工具放在武器旁邊。拿出一個鑒定珠寶時用的放大鏡，開始拆卸武器。為了能看清楚槍管內部，他打開槍機、拉開撞針、取出射擊用的指針、拔掉螺絲釘，我誤以為他想把這支槍大卸八塊。接著，他朝著窗戶舉起了槍，眼睛瞄著槍口，並隨著光線稍稍調整，大約觀察了有五分鐘。

他沒說話，小心翼翼地將槍重新組合好，笨拙地坐回到椅子上，若有所思的樣子。

他眼珠一斜，從鏡片後面凝視著馬克漢，「你知道嗎，這好像就是——那把凶槍，但目前我還不敢十分肯定。我注意到那天早上檢查的那顆子彈上槍膛特有的記號，跟那把槍的槍管看上去非常符合，我還需要再用特殊的螺旋儀檢查一下槍管，才能下最終結論。」

「你認為這把槍就是凶槍？」馬克漢濃眉上挑，逼問道。

「我不能確定，根據目前的檢查是這樣的，也許最後發現我錯了。」

「不錯，槍交給你，全面檢查之後第一時間給我電話。」

「我敢肯定那就是那把凶槍，」海德恩離開之後，希茲說，「我還不了解這個傢伙？他要是不能肯定這是凶槍，就不會說那麼多廢話了……呃，請問這是誰的槍，長官？」

「稍等一下再告訴你，」馬克漢的內心很矛盾，除非所有的嫌疑全部落實，否則他是不會宣布少校有罪的，「我得先聽聽史蒂的報告，他差不多快回來了，我派他去調查班森證券公司的帳目去了。」

史蒂隔了十五分鐘便回來了，只見他滿面愁容並且哭喪著臉向檢察官及希茲問安，抬起頭後捕捉到了萬斯的目光，感激般地對他笑笑。

「你的情報不錯，如果有什麼辦法能讓班森少校離開的時間再長一些，我想我的收穫會多一點，我的舉動每時每刻都在他的監視之下。」

「唉，我已經盡力了。」萬斯嘆氣道，他對馬克漢說，「在昨天午餐的時候，我一直想辦法想要在史蒂先生查帳的這段時間裡，把少校從他的辦公室引開，正好有一個消息，給了我一個藉口——里奧．庫克投案自首，我只是想讓史蒂先生能夠放手去做事，而不是希望少校到這裡來。」

馬克漢問會計師：「你有什麼發現嗎？」

「很多，先生！」會計師簡潔地回答。

會計師拿出一張紙放在辦公桌上，「您看看這份報告。我遵從萬斯先生的建議，仔細查看過了所有股票買賣的紀錄和出納員的帳簿副本，並且調查了所有轉帳的收據。我還沒來得及清理證券行的流水帳，只是看了看負責人的交易紀錄，我發現有股票不斷地過戶給班森少校來作為買空賣空的擔保，他在場外股票交易上損失相當慘重，至於準確數字，我也無法得知。」

「再說說艾文．班森。」萬斯問道。

「他也玩弄了相同的小把戲，但是他的運氣比較好。他的祕書告訴我，幾星期前他從『哥倫布汽車公司』撈了一大筆錢，錢都鎖在他自己的保險箱裡。」

「如果班森少校有保險箱的鑰匙，那麼他弟弟被殺會使他得到很多利益。」萬斯說

「因禍得福？」史蒂反駁地說，「那他只能下地獄了。」

會計師走了，馬克漢安靜地坐在椅子邊上，直視著牆壁陷入了沈思，他多麼希望少校沒有犯罪，可是他的希望一次又一次地破滅了。

一陣電話鈴聲響起，他起身緩慢地走到話機旁，他的眼神透露出此刻他已完全接受了事實，整個人筋疲力盡地拿起電話。

「海德恩的電話，」他說，「這把槍就是兇器。」馬克漢又轉過身來面對希茲，「班森少校是槍主。」

巡官深吸了一口氣，吃驚地瞪圓了他的小眼睛，但即刻又恢復了一貫冷靜而麻木的表情，回覆道：「一點都不意外。」

馬克漢按鈴喚來了史懷克：「給班森少校打電話，你就說，就說我希望他能快點過來，因為我馬上要下令捉拿兇手了。」

他要史懷克打電話給班森少校的心情，我們都能理解。

班森少校涉案的情況，馬克漢對希茲大略說明了一下，之後他站起身來重新擺放辦公桌前的幾把椅子去了。

「等班森少校到了，他就坐在這裡，」他指著他座位正對面的那把椅子，「你坐在他的右邊，他的左邊最好也找一個人。除非我下達逮捕的命令，否則你們誰都不許輕舉妄動。」

希茲找來腓普西坐在左邊那個位子上，萬斯說：「巡官，如果少校知道我們叫他來的意圖的話，他肯定會凶性大發，你可要小心提防。」

希茲對此嗤之以鼻：「萬斯先生，多謝您了，我平生又不是第一次逮捕犯人，而且我覺得少校也不一定是這種類型的人，別搞得大家緊張兮兮的。」

萬斯淡然地說：「隨便，反正我已經提醒過你了，你愛怎樣就怎樣吧。就因為少校是一個冷酷無情的人，所以他一定會鋌而走險，即使輸掉了口袋裡最後一毛錢，他也不會皺一下眉的。尤其是當他所有的詭計被揭穿死路一條時，他壓抑著的情緒會全部爆發出來，一發不可收拾。一個平時不宣泄自己情緒的人，總有一天會以驚人的形式表達出來，但不同的是，有的人會發狂，有的人會自殺，兩者所遵循的道理是差不多的。我認為少校會發狂，因為他不是那種有自殺傾向的人。」

希茲笑了笑，輕蔑地說：「我們是不懂什麼心理學的大學問，但是對人的本性，我們還是很清楚的。」

萬斯滿不在乎地抽著煙，但實際上通過他那獨特的拿煙方式，我已經知道此刻他的腦子正充斥著某種奇特的想法，我注意到他將自己的座椅從桌邊稍稍移後了一些。

「長官，看來這個難題馬上就可以搞定了，再也不用困擾您了，以前我總認為您要找的人是里奧・庫克……我想知道到底是誰查到了兇手是班森少校的？」腓普西說。

「希茲巡官和刑事局功不可沒啊！」馬克漢說，「對不起，腓普西，檢察官辦公室和其他與本案有關的人員全都沒份兒。」

「那好吧，一輩子就只那麼一次。」腓普西好像話中有話。

我們靜坐在辦公室裡等待少校來臨。馬克漢抽著雪茄，到冰箱取罐裝飲料的時候，還不忘看看史蒂留下的備忘錄；萬斯走到書架前隨便拿了一本法律書翻看著；希茲和腓普西則坐在那裡，幾乎沒有移動過位置。

班森少校到了，馬克漢把自己埋在辦公桌的報紙裡，眼睛都沒有往上看一下，以免和他握手；希茲則相當亢奮，他替少校拉開椅子，說了一些諸如今天天氣真好之類的傻話；萬斯合上手中的法律書把它放回原位，整理了一下衣服，回到座位上。

班森少校還是那麼的誠懇和高貴，他看了馬克漢一眼，看起來毫無疑心。

「班森少校，你得回答我幾個問題。你願意嗎？」馬克漢說話的聲音很低沈。

「當然。」少校輕鬆地說。

「你有一把軍用手槍，對吧？」

「對啊，是柯爾特自動手槍。」他揚起眉毛，有些遲疑。

「回憶一下，你最後一次清潔槍膛及填裝子彈是在什麼時候？確切一點。」

少校的呼吸很均勻，「記不清楚了，我清潔過好多回，不過自從我海外回來之後，就再也沒有裝過子彈。」

「最近你把槍借給過其他人嗎？」

「沒有。」

馬克漢看了看史蒂的報告，說：「如果你侵吞了顧客的股票，他們會怎麼想？」

少校「哼」了一聲，大聲道：「你查我的帳！」

他頸後的青筋開始顯露，一直延伸至耳下，火氣真不小。

馬克漢不緊不慢地回應道：「這並非是我派人查你帳目的唯一目的，今天早上我已經進入過你的公寓了。」

「你！你未經我允許就私自闖入我家！」少校的臉變成了絳紅色，前額血管裡的血，馬上就要爆裂出來。

「少校，班尼爾夫人的珠寶，怎麼會……在你那裡？」

「這跟你有什麼關係！」他冷冷地回答說。

「為什麼你要赫林蔓小姐不要提起它？」

「這要你來問嗎？」

「有一件事情，不知道該不該問你，殺死你弟弟艾文的那顆子彈，是來自於你的手槍嗎？」馬克漢接著問。

少校很頑固，「一石二鳥，你夠卑鄙！」他望著馬克漢輕蔑地說，「你在我還沒弄清你的意圖之前問我這些問題，是想讓我往你們設下的圈套裡鑽吧？你叫我來是要逮捕我吧？」

萬斯的身子往椅子前靠一下，厲聲道：「愚蠢至極，難道你沒有看出來？他問你這些問題的原因，是因為他是你的朋友，心裡仍希望你是無辜者。」

少校氣急敗壞地說：「你算什麼東西！娘娘腔！」

「娘娘腔？我不是！」萬斯無奈地說。

少校氣得用一隻顫抖的手怒指著馬克漢：「你，你會為此事一輩子都惶恐不安！」他謾罵著，呵斥和褻瀆的語言像瀑布　樣傾瀉而出，他的鼻孔張得很大，一根根鼻毛豎立著，雙眼冒著怒火，憤怒到了無法抑制的極限。扭曲、抓狂、令人厭惡，他就好像是一個中風患者。

馬克漢坐在椅子上忍耐著，一手枕在腦後，一手捂著耳朵，眼睛閉得嚴嚴實實，眉頭緊鎖，當少校的語言讓每一個人隱隱作嘔的時候，他睜開雙睛向希茲點了一下頭，巡官已經等候這個訊號多時了。

希茲還沒來得及行動，少校就從椅子上彈跳起來，用盡全身力氣轉身朝希茲的臉上重重地揮了一拳，巡官立刻被打倒在地。看到這種狀況腓普西向少校身上撲去，少校把膝蓋用力往他的小腹一頂，只聽「啊」一聲慘叫，他跌倒在地上來回打滾並且反覆地呻吟著。

這時，少校凶神惡煞地轉身面向馬克漢，瘋子一般惡狠狠地瞪著他，雙肩聳起，手臂向前伸攥著拳頭。

「輪到你了，親愛的！」他好像一頭發了瘋的野獸，咆哮著向前撲去。

萬斯一直鎮定自如地坐在那裡抽著煙，冷眼旁觀這場混戰，這會兒他機敏地繞到桌子邊，兩隻手分別抓住少校的胳膊肘和右手腕，大力一扭，少校痛得慘叫一聲，終於投降了。

這時，希茲清醒過來，立刻起身撲向少校，隨著手銬「咔嚓」一聲合上，少校終於被銬住了，他像一坨豬肉一樣重重地癱在椅子上，肩膀好像受了傷，痛苦地前後擺動。

萬斯告訴他：「沒關係，只是輕微的韌帶拉傷，休息幾天就會好的。」

希茲歪著腦袋伸出手，走向萬斯，這個一語不發的舉動表現出他對萬斯的歉意和敬意。現在大家跟我一樣對萬斯崇拜得五體投地。

希茲帶著少校走了，腓普西被我們扶到了一把舒適的椅子上，此刻馬克漢拉著萬斯的手說：「走吧，我累壞了，我想休息。」

真相大白

六月二十日
星期四
晚上九點

當晚，洗過了三溫暖，也用完了晚餐之後，馬克漢、萬斯和我三個人在史蒂文森俱樂部大廳的一角坐了下來。

吞雲吐霧了半個多小時之後，萬斯開口了：「悲哀，就是因為有像希茲這樣的傢伙存在，才會引起罪犯和社會大眾之間的矛盾和對抗，他們既頑固又缺乏想像力。」

「難道你還想在當今的社會找到英雄？」馬克漢說，「即使有，人家也不會當警察。」

「但是即便他們熱中於這份光榮的職業，有時也會因為身體的緣故被拒之門外。據我所知警察必須強壯，是按身高體重的標準來錄取的——就好像暴動和幫派械鬥是他們唯一對付的罪惡一樣。美國人不論在藝術、建築、飲食，還是警員各方面都認為碩大便是美，這樣『偉大』的理想，真讓人難以置信。」

「他已經諒解了你，不管怎麼說，希茲還是很寬宏大量的。」馬克漢開始為他辯護。

萬斯微微一笑，「今天晚報上報導了他，全是功勞與讚美之詞，他當然心軟了，說不定連少校對他施加的暴力都忘了呢！何況他身體這麼結實，現在就恢復了。只可憐了腓普西，估計他這輩子都不會忘記今天的腹痛之苦了！」

馬克漢說：「你確實猜對了少校的反應，他真是凶性大發了。我都快被你那些與心理有關的理論說服了，這樣的推論讓你找到了正確的破案方向。」他停頓了一下，一臉好奇地望著萬斯問，「現在你可以原原本本地告訴我，你是如何從一開始就懷疑少校是兇手了吧？」

萬斯往椅背上一靠，神祕地一笑，「首先要考慮與這件凶殺案有關的一切特徵，即使蛛絲馬跡也不能放過。很明顯班森和少校當時正在談話或者已經發生了一些爭執，然後少校才開槍的——一個坐著，另一個站著。班森說完了想說的話，就假裝看書表示他不想再與少校講話了。而兇手有備而來，見事情根本沒了轉機，就掏出槍對準了班森的太陽穴。槍殺了班森之後，他關上所有的燈走了出去……這就是犯案的全過程。」

萬斯吸了幾口煙，相當用力。

「現在我來分析一下，我以前也說過，死者的身體並沒有被兇手當做目標，雖然命中率比較大，但致死的機率卻很小。他直接無畏的作風促使他選擇了最困難與最危險的方式，只有一種人才會用這種勇往直前且冒險的手法，那就是有鋼鐵般的意志和賭徒性格的人，所以，那些緊張、衝動和膽小之人，最終都從凶嫌名單中消失了。兇手的作案手法乾淨利落並帶有職業手法，沒有留下任何可以讓我們指控他的充分的證據，一切都是在冷靜部署之下進行的，從而證明了他是一個相當自信且愛冒險的人。馬克漢，現在，你覺得你是一個可以理解人性的好法官嗎？」

「你的推論，我想我是明白的。」馬克漢遲疑了一下點點頭說。

「很好，」萬斯繼續說，「只要能找到一個思想性情相近的人，就能判斷出人類行為的心理傾向，因為他會在相同的情況下，毫不猶豫地做出相同的事來。剛好我在命案發生前就認識了少校，所以那天早上我一看到現場就立刻聯想到他。他的個性和最佳心理狀態都是從這起案件的各方面的顧慮和特色看出來的。就算我不認識這個人，只要掌握了兇手的個性，一樣可以從嫌疑人中把他挑出來。」

「也有可能是一個跟少校性格相同的人做的啊？」馬克漢問。

「雖然偶然會有兩個人性情相似，但一般來說兩個人的性格是不會完全相同的，」萬斯解釋道，「而且就目前這個案子來說，由另外一個跟少校性情相同的人作案的可能性幾乎為零，就是法律也無法證明。即使有兩位在本質和性格上都相似的人同時出現在紐約市，他們也不太可能都有殺死班森的理由和機會。比如凡菲，其實我並不認識他，但我早就聽說他是一個賭徒和狩獵者，於是我乘機調查了他的經歷，結果你看到了凡菲很快就喪失了鬥志，因為我一早就從奧斯查爾上校那兒打聽到了很多關於他的消息。」

「但是這件事與他自身的利益很有關係，並且他也是個有膽量的、衝動的投機者。」馬克漢仍不同意。

「一個是冒失易衝動的投機者，而另一個是像少校一樣膽大心細的賭徒，他們在心理上的差距是很大的。其實他們的特徵完全不同，懼怕、盼望和私慾是投機者的推動力，頭腦冷靜的賭徒則是靠權宜利害、自信和判斷力來行事；他們一個是情緒，而另一個是智力。少校是個天生的賭徒，而且相當自信，和凡菲的冒失截然不同。弗洛伊德所說的自卑情結，在他身上沒有任何體現，他對自身能力深信不疑。凡菲沒有這種自信，而少校有。所以說凡菲是無辜的，我正是通過嫌疑犯身上的特徵來證明的。」

馬克漢想了一會兒說：「我有點糊塗了。」

「嗯，還有一些徵兆是心理上和其他方面的，」萬斯繼續，「我知道是班森本人允許兇手進入屋內的，這一點能從衣冠不整的屍體、樓上房間的假牙和假髮、兇手對室內隔間的熟悉程度推斷出來；再加上兇手知道班森會在那一段時間裡獨自一人在家，這樣，所有的因素都指向了少校。還有一點就是兇手的身高和少校相符，雖然這個事實並不是最重要的，因為即使相符合，我也會認為那只是子彈偏斜的緣故；我不會受海德恩隊長的影響，不管全世界說什麼，我都不會改變我的看法。」

「你為什麼認定兇手不是女人？」

「這不是女人所犯的刑事案，女人不會用這種手法作案。一個女人無論多麼有智慧，向他人取命時都免不了會情緒激動，這從我們所了解的人類本能上就能得知。從五至六英尺外瞄準太陽穴射擊，這樣冷靜的殺人計畫，這麼乾淨利落的職業化手法可不是女人做得來的！女人認為坐下來比較有安全感，所以通常他們不會站在坐著的仇家面前與他爭辯，女人坐著講話比較流暢，而男人是站著。即使是一個女人站在班森面前，她也不可能在班森毫無察覺的情況下掏出槍。男人平常的一個自然動作就是喜歡把手插進口袋裡，而女人不是這樣，她們的衣服沒有口袋，只有挎包可以把槍藏起來。當一個女人在你面前憤怒地打開挎包時，任憑哪個男人都會提高警覺，有所防備。另外，兇手不可能是女人，你看看案發現場班森的禿頭和腳上的拖鞋，就明白了。」

馬克漢說：「不久前，你才說兇手是那天夜裡臨時執行槍殺行動的，那你為什麼又認為案件是他精心策劃的？」

「你問得很好，但是這兩件事並不矛盾。毫無疑問，他早就計畫謀殺了，只不過少校比較仁慈想給班森先生最後一個機會。少校在財務方面出了大麻煩，很可能會入獄，他知道他弟弟有一大筆錢，所以那天夜裡到他家說服他先借點錢來用用。他先是開門見山地講了自己的處境並向他提出借錢，艾文可能說了一些讓他下地獄的氣話，當時少校苦苦哀求，也不想殺害他，但當他發現艾文低頭看書對他一言不發時，他發現低聲下氣的請求，根本是徒勞無用的，於是他扣下了扳機。」

「算你說得有理，」馬克漢默默地抽著煙，「那關於少校將禍水引向里奧·庫克上尉這件事，你又是如何得知的？」

萬斯解釋道：「心理學家就像一個對主要成分和形貌瞭如指掌的雕刻家，可以提供構成雕像所必須的任何部分，他了解人類的心理，能夠補充人類行為上所缺少的要素。缺少的要素一定和已知的一切有關聯，就如『斷臂維納斯』雕像的那隻遺失的手臂一樣，所有的傳言差不多都是胡扯，凡是懂美學的藝術家都可以連貫地將遺失的斷臂接上。」

他為了突出語氣，做了一個罕見的、優雅的手勢。

「陷害他人在每一件精於算計的犯罪行為中都是相當重要的一環，積極、確定和具體是這種犯罪類型的典型特徵。如果少校只是稍微動一下腦筋、粗略計畫一下，就可以讓自己不被別人懷疑，那麼就會和其他犯罪的心理行為觀念大相徑庭，變得模糊、直接而難以確定，但他策劃並實行這個典型案件的心理狀態，提供了一個相當明確而且詳盡的可疑目標。所以當對里奧·庫克上尉不利的證據越來越多的時候，少校非常熱心地幫助他、替他辯護，其實這只是在做戲。當然，剛開始我認為少校選擇的陷害目標是克萊兒小姐，但是之後發現她的手套和提袋出現在班森家中純屬意外時，少校又提供凡菲作為我們的咨詢對象，凡菲告訴我們上尉曾經恐嚇過班森，這些都讓我明白克萊兒小姐在案件中所扮演的角色並不是理所當然的，而是有人故意操弄的。」

馬克漢站起來活動了一下筋骨，「不錯，我太累了，我想休息。你的工作已經圓滿結束了，可是我的，才剛剛開始……」

一週以後，安東尼．班森少校以謀殺罪名被起訴，但由於缺乏直接證據，最初只能定為二級謀殺。審訊期間造成了巨大轟動，這條新聞在好長一段時間裡霸佔著全國報紙的頭版，經過一連串開庭審訊之後，檢方在這場艱苦卓絕的戰鬥中取得了勝利，安東尼．班森少校被判二十年甚至終身監禁。

馬克漢因為和被告之間曾有過長期的友誼，沒有充當檢察官。他的立場非常尷尬，所以當他把整個案件委託給助理檢察長蘇來維全權負責的時候，沒有遭到任何人的指責。班森少校請來了陣容強大的律師團，其中包括兩位知名度很高的律師，他們竭盡全力為其辯護，不過最終也無能為力，因為有許多不利的證據指向少校。

在馬克漢接受少校有罪的事實之後，徹底地調查了兩兄弟的財務狀況，結果很糟糕——證券公司的股票有系統地全部被移為私人投機使用，艾文．班森賺了一大筆錢並歸還了借用的股票，少校則投資失敗。少校能夠還債並避免吃官司的唯一方法，只有讓艾文．班森即刻死亡一途了。

在審訊期間，還了解到發生命案的當日，少校曾經作出過驚人的承諾，如果要兌現這些承諾只有取得他弟弟保險箱的擁有權才能辦到。還有，這些承諾和另一人的財產所有權有很大關係；他曾經開出了一張四十八小時的期票，並且抵押擔保，如果他弟弟依然活著，一定可以憑藉這個拆穿他的陰謀詭計。

在審訊期間，一個助益極大的證人赫林蔓小姐，憑藉對「班森&班森證券公司」內部情況的高度熟悉，有效地加重了對少校罪名的指控。

普利斯太太也證明她曾經在案發前夜聽到過兄弟二人的爭吵，少校想向艾文借五萬元但沒有借到，他當時說：「如果只能讓我在你我之間做出選擇，我不會讓自己再受煎熬。」

公寓裡開電梯的男孩作證時，提到當天夜裡凌晨兩點半默特格先生返家，這位先生說當他搭乘的計程車進入公寓的時候，車燈照到一個站在對街的疑似班森少校的人影，他的證詞對少校不太有利。凡菲在少校被捕之後也說曾經在去酒吧的路上，看見少校穿過第六大道，當時他沒多想，認為少校可能是剛剛在百老匯附近的餐館裡用過餐正要回家，而少校並沒有看到他。

默特格先生的證詞加上這段證詞，完全推翻了少校精心策劃的不在場證明；當助理檢察長蘇萊維在萬斯的指導之下，用圖表詳細說明少校如何能夠在不驚動男孩的情況下成功地進出公寓後，雖然辯方一再強調他們認錯了人，但陪審團還是被這些證據深深打動。他還證明了珠寶一定是被兇手拿走了。萬斯和我都被傳喚作為在少校寓所找到珠寶的證人。在法庭上，萬斯示範了如何測量出兇手的身高，但是這要用到一些複雜的科學實驗，因而效果並不理想。對辯方而言，最棘手的一件事是推翻海德恩隊長對手槍的鑒定。

在審訊的最後一個星期，克萊兒小姐參加了一場百老匯製作的大型輕鬆歌舞劇，演出相當成功，這台歌舞劇後來持續上演了長達兩年的時間。克萊兒小姐過上了幸福美滿的生活，因為她嫁給了最具騎士精神的里奧・庫克上尉。

凡菲如往日一樣高貴，依舊保持已婚的身分，儘管他那位「親愛的艾文」已經不在了，我仍然會看到他和班尼爾夫人一起出現在紐約市。不知道為什麼，我一直都非常欣賞這位女士。凡菲籌到一筆一萬元的現款，聽說是用來贖回她的珠寶，至於錢是怎麼弄到的我就不得而知了。還有值得我高興的，就是在審訊過程當中他們之間的那種親密關係並沒有被拆穿。

宣布少校判決的那天晚上，萬斯、馬克漢和我在史蒂文森俱樂部裡一同共進晚餐，根本沒有談到過去幾個星期內所發生的事。但是我看到萬斯的嘴角浮現出一絲微笑，這微笑裡帶有諷刺的味道。

「馬克漢，你不覺得整個審訊過程異常荒誕無稽嗎？真正的證據都被置之不理，班森少校被定罪完全是因為懷疑、暗示、推測和推論。上帝僅僅可以幫那些一不留神跌進法律獅子口中的無辜者，但還必須是遵循法律的無辜者！」

出乎我的意料，馬克漢竟然嚴肅地點點頭，表示同意：「是的，但如果蘇萊維嘗試用你所謂的心理學理論來定罪的話，人家會以為他神經錯亂。」

萬斯嘆氣道：「毋庸置疑，你已經說明了用智慧去做你們的那些工作，在法律上是根本行不通的。」

馬克漢回答說：「從理論上來說，你的道理既清楚又明白，但是我不可能為了你那些心理和技巧而放棄法律，也許是因為懼怕自己和證據打交道的時間太長了。」他輕鬆自如地加了一句，「萬一有一天，我的法律證據一點也派不上用場了，你不會袖手旁觀吧？」

「隨時聽候您的差遣，老傢伙，」萬斯說，「我猜想，也許你最需要我的時候，也就是當你的法律證據無法指向罪犯的時候。」

這句話聽起來像是在開玩笑，奇怪的是，後來卻成了一句預言！

〈終〉

國家圖書館出版品預行編目資料

班森謀殺案／范・達因 著 -- 初版 -- 新北市：
新潮社文化事業有限公司，2021.12
面； 公分
譯自：THE BENSON MURDER CASE
ISBN 978-986-316-817-1（平裝）

874.57 110017794

班森謀殺案
范・達因／著

【策　劃】林郁
【製　作】天蠍座文創製作
【出　版】新潮社文化事業有限公司
電話 02-8666-5711
傳真 02-8666-5833
E-mail：service@xcsbook.com.tw

【總經銷】創智文化有限公司
新北市土城區忠承路 89 號 6F（永寧科技園區）
電話 02-2268-3489
傳真 02-2269-6560

印刷作業　東豪印刷事業有限公司

初　　版　2022 年 03 月